Utges av Melker Förlag
www.melkerforlag.se
info@melkerforlag.se

I0550016

ISBN 978-91-7615-224-9

Omslagsfoto: © bnorbert3 via Fotolia.com
Omslag Göran Waldt

Kapitel 1

Kroppsdelarna låg utspridda med kraniet i den ena änden av inhägnaden och bålen i den andra. Benen och ena armen hade gått åt först. Mannens skjorta hängde kvar på gallergrinden och byxorna hade ramlat ner på den frusna leran. Termometern visade minus arton och de flesta av gårdens djur höll sig inomhus. Men inte dessa. I samma sekund doften av blod hade kittlat deras trynen lämnade de stian. Den första tog för sig av mannens utskurna tunga och den andra tog ett par fingrar som förrätt. Det lät som en välbesökt klicker-kurs på hundklubben alltefersom benen knäcktes. Någon utfordring de närmsta dagarna behövde bonden inte bry sig om.

"Jag ska betala, jag har inte…"

"Du borde ha betalat för en månad sedan. Jag har konstaterat att du inte har några pengar och att du inte kommer att betala över huvud taget." Pauli hade stått ansikte mot ansikte med killen medan Aulis låst hans armar bakom ryggen. Han såg rädslan i blicken men hade slutat bry sig för länge sedan. Han gjorde enbart sitt jobb.

"Om jag får tills imorgon på mig lovar jag…"

"Din tid är ute."

Pauli slog snabbt och killen hann inte reagera. De följande slagen gjorde honom medvetslös och det var inte förrän Pauli skar av honom tungan med en rostig kniv, som han vaknade. Det gurglande ljud som kom ur hans strupe tystnade efter ett tag. Aulis hävde över den lealösa kroppen till grisarna och deras grymtanden tog överhanden. Pauli nickade mot kumpanen och efter det var jobbet klart.

Han svor och halkade på en isfläck på väg mot bilen. Vilket ställe. Tänk att det fanns människor som kunde bo under dessa förhållanden. Pauli borstade bort snö från byxbenet och stampade med kängorna i den frusna marken. Djupa traktorspår, illaluktande boskap och avskavd färg på ladugårdsväggarna. Traktorn var säkert inte rengjord under det sista seklet.

Han skulle bli förvånad om den över huvud taget fungerade. Närmsta granne fanns en kilometer bort och det var inte läge att bli sugen på något som inte fanns i kylen, eftersom det var minst en halvtimma till närmsta affär, via en oasfalterad skogsväg. Rena ödebygden, med en skog som ramade in huset.

Cigaretten flög i en vid båge innan den landade i snödrivan och han drog handen genom sitt ljusa, tunna hår. Hans klarblå ögon och vassa hakparti avslöjade det finska påbråt.

Handskarna låg kvar i bilen och han längtade efter att få sätta sig på det uppvärmda sätet och få upp kroppstemperaturen. Kylan gjorde honom irriterad. Axlarna åkte upp och han värmde händerna i fickorna. Och just idag kändes våren avlägsen.

Han ryckte till av ett skall från gårdens hund och drog vant fram pistolen ur byxlinningen.

Hunden, som var en blandning av schäfer och rottweiler, såg misstänksamt på de båda männen. Efter en stund började han försiktigt vifta på svansen.

"Låt byrackan vara." Aulis lyfte avvärjande sin hand och viftade med nyckelknippan. "Vi drar."

"Han sade inget om någon hund."

"Kom."

"Den ser inte farlig ut." Han böjde på knäna och sträckte fram handen. Hunden kom fram och nosade. "Ingen vakthund direkt."

"Man kan inte vara säker. Hundar är lömska. Min farbror hade en folkilsken schäfer som bet min kusin i ansiktet på hans treårsdag."

"Hunden eller kompisen?"

"Vad?"

"Vi drar. Det är för fan som Sibirien här." Han slängde en sista blick mot inhägnaden och hörde det glada grymtandet. De röda fläckarna syntes knappt eftersom snön lagt ett täcke över det mesta av måltiden.

Killen som fått sätta livet till efter att ha blivit hämtad av Pauli och Aulis samma dag, hann endast bli nitton år. Han hade ingått i en härva med stulna lyxbilar från Sverige och Finland. Bossen hade kommit på honom med att leva ett alltför lyxigt liv mot vad han hade pengar till och låtit Pauli spionera på honom och utgett sig för att vara kund. Efter att Pauli talat om för bossen vad han fått betala för Mercedesen insåg han att summan diffade och härskade till.

Killen hade fått en chans till men inte brytt sig. Det var i den sekunden Pauli och Aulis blev uppringda.

"Jag har ett problem."

"Det kanske vi kan lösa."

"Han ska bort från mina affärer, bort från verksamheten, och från mig för tid och evighet."

"Inga problem, men det kostar." Pauli visste sitt pris.

"Inga problem, du kan behålla bilen om du vill."

"Vi får se, jag återkommer."

"Har vi en deal?"

"Vi har en deal."

Grisarna slogs om de sista bitarna och grymtade ikapp. Hunden lommade iväg in i ladugården för att njuta av värmen innan husse kom hem. Han vände sig om innanför dörren och blängde på de två besökarna.

Pauli gillade djur och hade funderat på att köpa en hund. En i samma storlek som bondens hund kunde vara ok. Men det betydde en massa tid i form av uppfostran och med det liv han levde var det omöjligt. Resorna kunde ofta bli både långa och oförberedda.

Bonden skulle inte märka ett dugg av vad som hänt på gården vid hemkomsten. Möjligtvis om han hittade någon tand som blivit kvar framåt vårkanten. Men tänder var inget han brukade leta efter. Inte den här gången och inte de andra gångerna heller. Pengar kan täppa igen den mest pratglade bonde och han hade fått rutin på att åka bort efter samtal från männen.

Eftersom han inte valt ett av de mer lönsamma yrkena var en slant alltid välkommen. Han gjorde sig ingen brådska utan beställa in ännu ett glas vin. Och kaffe och en värmande whisky. Det var han värd. Han hade fått ett par tusen för att hålla sig borta några timmar och satt på en restaurang och åt oxfilémedaljonger med klyftpotatis. Frågan var vem som blev mättast denna eftermiddag.

Aulis fick snart upp värmen i bilen och torkarbladen jobbade febrilt för att få bort snön som levererade allt större flingor. Pauli tog ett djupt andetag och blundade. Det luktade fortfarande nytt i bilen eftersom de hämtat ut den från bilfirman två dagar tidigare. Den doften hade han inte känt på flera år. Förr hade han fått rynka på näsan vid köp av billiga, rökinpyrda bilar på den svarta marknaden. Med trasiga säten och dålig fläktrem. Men år av slit hade gett resultat.

"Se upp, jag vill inte att vi krockar med en kossa."

"Kossa? De är inte den tiden på året." Aulis garvade.

"Man kan inte vara säker på vad som händer på landet."

"Nej, och det är lika bra det."

Pauli rullade med axlarna och kände sig nöjd med dagen. Första jobbet redan klart. Han var bra på det han gjorde. Det var inte många som visste hur han såg ut eller var han bodde. Det gjorde det hela enklare. Via telefon kunde man lösa det mesta. Polisen hade ingen aning om vem de borde spana efter och det fanns inga vittnen som kunde peka ut honom. De som hade haft planer på att göra det hade hamnat i en tunna med släckt kalk eller hos en grisfarmare som hållit inne med fodret ett par dagar. Hans kontaktnät var stort men den innersta kärnan bestod av lojala medarbetare, vilket gjorde honom oåtkomlig.

"Jag tar ett par timmar på gymmet innan vi äter. Klockan är halv elva. Ska du med?" Pauli knöt sina händer och såg de stinna blodådrorna som pulserade under skinnet. Inget kött med insprängt fett, inga efterrätter och enbart proteinrik kost, hade skapat hans kropp. Han avskydde kampsporter, tyckte det var fjompigt med karlar som brottade ner varandra i en MMA-ring och låg och småhånglade i ett fast grepp innan domaren blåste för nästa rond. Jag slår inte fort, men jag slår hårt, var hans ledord. Och det var inte många som hade tänderna kvar efter att ha fått ett besök av hans högernäve i ansiktet.

"Ja, men jag måste äta efter det."

"Självklart. Stanna bakom den röda bilen. Jag vill inte gå långt."

En kvart senare var de ombytta och gick ut från omklädningsrummet tillsammans. Aulis ett par steg bakom Pauli. Det var som ett hav som öppnade sig vid deras framfart. Ingen ville vara ivägen. Pauli värmde upp med några snabba reps i bänkpress medan Aulis parkerade sig vid hantlarna.

Det tog en timma och en kvart att köra igenom bröst och rygg med avslutande stretchning. Det var Aulis som propsade på det sistnämnda. Pauli var mest intresserad av att bygga massa. "Vi sticker." Pauli började gå mot omklädningsrummet och Aulis släntrade efter. Det blev en snabbdusch innan de satte sig i bilen.

"Jag är hungrig. Var ska vi stanna?" Aulis seniga kropp gjorde honom frusen och värmen var det första han slog på.

"Ta första bästa, jag vill hem fort. Det har varit fullt ös idag."

Han hade redan skickat ett sms till sin uppdragsgivare om att jobbet var slutfört. Pengarna satt säkert på hans konto och resten låg i skåpet på tågstationen. Numera fick de vara försiktiga med transaktioner i och med att finansinspektionen kunde sniffa till sig pengatvätt och terrorist- pengar på flera kilometers avstånd.

Och han hade inga problem med att ta betalt för sina tjänster i kon- tanter. Pengar som pengar. Han avskydde kontokort eftersom varenda transaktion kunde spåras och vändas emot dig om du åkte fast. Att handla kontant var det bästa som fanns. Dessutom hade Pauli fyra olika banker.

"Cash är bäst. Inga spår vet du."

Det var något av en brudmagnet vid prasslandet av sedelbunten på krogen. Något han ofta utnyttjade. Pauli älskade pengar och de var en drivkraft för honom. De underlättade livet och man behövde inte gå hungrig. Det hade varit annorlunda förr.

De svängde in på parkeringen utanför ett av deras favoritställen och gick med snabba steg in på krogen. Mannen i baren nickade igenkän- nande och de satte sig vid ett bord längst inne i lokalen.

De satt tysta en stund medan de bläddrade igenom menyn. I ärlighe- tens namn var Pauli uttråkad av att äta ute, men kunde inte förmå sig att ställa sig vid spisen och laga mat. Att han skulle skala potatis och steka köttbullar kom inte på frågan. Det var kvinnogöra. Och hade man ingen kvinna fick man äta ute. Han hade haft några kortare förhållanden men det rann för det mesta ut i sanden. Hans arbetstider och skumraskaffärer satte käppar i hjulen för biobesök och fredagsmys.

Aulis däremot, gillade att laga mat. Tyvärr blev inte tillfällena många, men de gånger han fick chansen att ställa sig vid spisen kunde han laga de mest fantasifulla och smakrika rätter på endast några få ingredienser. Några gånger hade han bjudit Pauli på mat och det hade varit mycket uppskattat.

Pauli tog en brödbit från korgen på bordet och sköt över den till Aulis. Han längtade efter sin mammas hembakta bröd och kom ihåg den gången hans syskon bakat och närapå bränt upp hela lägenheten. Han log åt minnet och tog en tugga av brödet. Smulorna som föll på bordet borstade han ner på golvet. De beställde kyckling och fläskfilé. Under tiden flirtade de hejdlöst med servitrisen och Aulis påtalade att hon var lik Paulis syster.

"Ja, det stämmer."

"Inte lika snygg men i alla fall."

"Syrran har varit på resa ett tag. Hon borde komma hem, men jag har inte hört något ifrån henne på länge."

Pauli var orolig. De hade haft bra kontakt med varandra under alla år. Men på sista tiden hade hon hittat nya vänner och kontakten hade blivit sämre.

"Hon är schysst din syrra. Vart åkte hon?"

"Jag vet hon är fin. Men du ger fan i henne, fattar du?"

"Skämtade. Men vart åkte hon? England eller?" Aulis tog en klunk av ölen.

"Nej, till Sverige. Jag vill fan att hon kommer hem."

"Hon trivs antagligen. Det är ett bra land har jag hört."

"Förr möjligtvis, inte längre. Det finns skit överallt."

"Så farligt är det väl inte."

"Det här är ett riktigt skitland. Vem fan vill bo i Polen? Nej, hon ska ha det bra. Elena är den bästa syrra man kan tänka sig."

* * *

Att skriva brev var något fullständigt främmande för Lisa. Ett FB-inägg och en selfie med putande läppar kändes mer rätt. En bild på dagens rätt eller på hästen var vardagsmat. Likaså instagram och sms. De hopskrynklade pappren trängdes med varandra i papperskorgen och hon lekte med pennan mellan fingrarna. Hur svårt kunde det vara? Man skulle ju inte behöva vara författare för att skriva några rader.

Hon längtade redan hem till Sverige och till Herrestanäs och alla tankar gick till familjen. Hon tänkte bli kvar ett tag men innan hon kunde gå vidare ville hon skriva av sig. Brevet fick ligga i lådan tills hon var mogen att posta det. Hon var tvungen att få ur sig sin ångest innan hon kunde åka hem igen. Det var som en stor, tung vägg som var i vägen.

Vissa nätter drömde hon om tiden som varit. Spelandet och sveket. Det var en känsla som hon alltid skulle komma att bära med sig. Hon fick helt enkelt lära sig att fokusera på annat.

Till slut satte hon pennan till pappret och började. Medan tårarna rann nerför kinden beskrev hon för sin mamma vad som hade hänt. Hur hon träffat Thomas och blivit blixtförälskad och hur han manipulerat henne totalt genom att få in henne i pokervärlden. En spännande resa från singellivet till tvåsamhet med oanade följder.

Men den dagen kontona började gapade tomma och hon sjunkit till den grad att hon stulit champagne och årgångsvin från pappas källare för att lägga i potten, var det inte kul längre. Hon bad om förlåtelse i brevet, men visste inte hur det skulle tas emot.

Hon berättade om den stora boll av ångest som växt likt en elakartad tumör i hennes kropp.

Hur hon fått tips av Thomas på vilka hon kunde få låna av för att kunna betala skulderna.

Det var när hon kom till våldtäkten som hon slutade skriva. Pennan hamnade på golvet och hon begravde ansiktet i händerna. Allt forsade ur henne som en vårflod och det tog en halvtimma innan hon kom till sans. Hon plockade upp pennan och fortsatte skriva.

Jag hade inga pengar att betala med. Efter hotbreven kände jag mig förföljd överallt.

Varje gång jag gick ut såg jag mig över axeln. De kidnappade mig efter ett restaurangbesök. Mina händer sattes ihop med buntband och de tejpade runt mitt ansikte. Efter det körde bilen iväg. Jag släpades upp för en trappa. Som en säck utan värde. De kastade ner mig på en madrass och våldtog mig. Båda två, efter varandra. Jag grät hela tiden och svimmade. Jag minns inte hur länge de höll på, enbart att jag vaknade utomhus och att en tant tog hand om mig. Det var vidrigt och jag känner mig fortfarande skitig. Jag vet att det inte var mitt fel, men ibland tror jag ändå att det var det. Man får inte vara lika lättlurad som jag var. Man måste betala sina skulder.

Efter det fick jag inte tag i Thomas. Han var som bortblåst. Jag vet inte om jag orkar träffa honom igen om han tog kontakt. Lika bra att han stack.

Nu mår jag bättre. Vi rider varje dag och vädret är underbart. Vilken dag som helst föder Charisma ett föl och jag ska hjälpa till att rida in fölet när det blir dags. Jag saknar er och längtar hem, men jag tror att jag blir kvar ett tag. Jag hör av mig. Jag älskar dig, mamma.

Din Lisa

Kapitel 2

Johan hade fått skjuts av Philip in till centrum. Han höll på att bli galen av att sitta hemma och var dessutom tvungen att göra ett par ärenden. Allt tog längre tid med ett par kryckor inblandade. En enkel sak som att ta på sig ett par byxor kunde ta fem minuter. Till kängorna fick han använda skohorn och det var inte förrän nu han fattade hur bra kardborreband var.

Philip kom i samma sekund som han stack näsan utanför dörren. Vinden bet i kinderna och han höll på att snubbla på trappan som var dåligt sandad.

"Ska jag hjälpa farbror in i färdtjänstbilen?" Philip drog ner rutan.

"Äh, inga problem att ta sig in i din blå container."

Jargongen var vass men godhjärtad och de skämtade hela vägen in till Katrineholm.

"Vi tar en fika på Hembagarns om en timma."

"Klarar du dig?" Philip tittade misstänksamt på Johan då han halkade fram på parkeringen med sina kryckor.

"Jag tar det lugnt." Han virade halsduken ett varv till runt halsen och stapplade iväg.

Runt hörnet låg affären. Det var fortfarande skyltat med erbjudanden från julruschen och hade han tur var det fortfarande bra priser. Å andra sidan spelade det ingen roll. Anna var värd det bästa och det fick kosta. Han fick uppbåda all sin kraft för att öppna dörren och när han äntligen kom in höll han på att halka på snön som fastnat under kängan. Balansen var dålig.

"Oj, det är halt." Tjejen bakom kassan log.

"Ja, det stämmer." Han försökte stampa av sig snön men benen ville inte.

"Vad kan jag hjälpa dig med?"

"Jag vill titta på ringar. Förlovningsringar menar jag."

"Vi ska se, härborta har vi ringarna." Hon tog fram förslagen på förlovningsringar och ett leende spred sig över hans ansikte.

"Oj, det blir svårt att välja." Han tittade och provade och blev osäker på om han skulle ha en ring med pärla i eller om den borde vara slät. Alternativen tycktes oändliga.

"Hur ser hennes övriga smycken ut? Är de enkla eller har hon smak för det extravaganta?" Tjejen tittade nyfiket på honom.

"Eh, ja hur ser hennes smycken ser ut? Jag borde ha förberett mig mer känner jag." Johan blev förlägen och backade. Det var ingen brådska, men han var tvungen att åka hem till Anna och tjuvkika i hennes smyckeskrin. Han tittade på sina egna fingrar och konstaterade att hennes ringfinger var mindre än hans lillfinger.

"Är det ok att jag tar en kund emellan?" Tjejen pekade mot en äldre kvinna som kommit in med rullator.

"Absolut." Johan fortsatte att titta och var nära att ge upp när han fick syn på den. Eller rättare sagt vad som skulle kunna bli en färdig ring. Anna borde bli riktigt nöjd.

Tjejen tog emot ett armband som spännet lossnat på och kvinnan tackade och gick. Någon minut senare var hon tillbaka hos Johan.

"Den i guld ska jag ha och hon ska ha en röd pärla i sin. Eller jag menar tre röda pärlor." Han såg glad ut som ett barn på julafton.

"Det kommer att bli jättefint. Men det kan ta någon vecka så jag hoppas att det inte är dags än."

"Nej, det är inte bråttom. Jag vet inte exakt vilken dag men… kan man återkomma om datum?"

"Absolut. Vill du återkomma med ringstorlek till tjejen också, eller vet du det?"

"Känns som att jag inte var förberedd alls."

"Det gör inget, det är många som kommer fler gånger och tittar. Jag skriver upp vad vi kommit överens om och därefter kan du återkomma till mig om storleken efter du kollat. Ska det vara en överraskning?"

"Ja, jag har inte bestämt datumet än. Jag får återkomma om det också." Han drog förläget i halsduken.

"Inga problem. Vill du att det ska stå något i ringen, förutom datumet?"

"Brukar man skriva i något?"

"Det är väldigt individuellt. Tänk på saken, du kommer säkert på något fint." Hon lade undan ringen och gjorde noteringar.

Johan passade på att kolla priserna och fick numret till butiken. Han var tvungen att komma på ett sätt att kolla Annas ringstorlek utan att hon misstänkte något. Frågan var hur. Köpmangatan gapade tom medan januarivinden tog tag i honom. Han stod stilla en lång stund och kände hur kylan bet tag i kinderna.

En hundägare med två labradorer som liknade Dolly och Parton passerade. De viftade på svansen och passade på att blöta ner en lyktstolpe innan de traskade vidare. Johan nickade åt mannen och gick för att köpa en kvällstidning.

Kryckorna var ständigt ivägen och han tycktes aldrig vänja sig. Men efter de svåra brandskadorna året innan, hade han inget val. Tankarna plågade honom och han tänkte ofta tillbaka på vad som hänt. För varje dag som gick kom nya fragment fram i minnet. Eld, otrolig hetta, flickan som varit där och det smärtsamma uppvaknandet. Han ruskade på huvudet, som för att skaka bort det som hänt.

Tröttheten tog sitt grepp om honom och han gick in på kaféet. Kaffet värmde hans kropp och efter en stund dök Philip upp. Han undrade vad Johan hade gjort men han vägrade att avslöja något. Ingen skulle få reda på något innan Anna svarat ja. Om hon nu gjorde det. Men just i denna sekund existerade inga andra tankar för Johan.

De hade träffats sedan maj förra året. Han hade tidigt känt att Anna var den rätta för honom och hade fått uppfattningen att hon känt likadant. Men med tjejer kunde man aldrig veta.

Efter fikat gick de ut i blåsten och traskade iväg mot parkeringen. ”Ska du göra något mer eller ska jag köra hem dig?”

”Jag är klar, vi åker hem.”

Snön föll i små flingor men sikten var klar. Ett par rådjur syntes i skogsbrynet när de lämnade Katrineholm och Philip lättade på gasen. En kvart senare svängde de av vid Herrestanäs.

”Välskottat och sandat.” Philip körde ända in till dörren.

”Det är pappa som är uppe tidigt.”

”Saknar du att jobba i skogen?”

”Ja, det gör jag. Men det lär dröja. Vi hörs.”

Johan blev avsläppt av Philip hemma på herrgården kände han att han behövde vila. Det fick bli en kopp kaffe till och en smörgås. Benen levde fortfarande sitt eget liv. Musklerna var otränade och kryckorna var hans bästa vän. Rullstolen blängde han på varje gång han kom innanför dörren. Den hade samlat på sig damm eftersom den stod oanvänd men han hade behållit den tillsvidare.

De dagliga besöken på sjukhusen för att lägga om brännskadorna började tära på hans psyke. Johan ville inte vara beroende av någon annan. Han ville sköta sig själv och skulle han åka taxi var det inte av den anledningen.

"Aj som faan." Johan slog knäet i bordskanten, föll framåt och landade på soffan.

Kryckorna flög iväg och kaffekoppens innehåll spred sig på mattan. Han konstaterade att en stor fläck höll på att bildas på mattan som lämpade sig för kemtvätt.

"Man blir inte stark av att få filmjölk i armen under tre månader", hade Johan sagt och skrattat i all bedrövelse. Han satte sig tillrätta i soffan och drog morgonrocken tätare om sig. Fläcken fick han ta hand om senare.

Han funderade på vid vilket tillfälle det var bäst att fria till Anna. Fria var tidigt men en förlovning kunde vara en bra början. Efter det kunde de satsa mer helhjärtat och veta att det var på allvar. Det var tur att han hade något kul att se fram emot.

Det började bli trist att spendera dagarna framför teven utan att kunna jobba eller gå till gymmet. Om han lyssnade noga kunde han höra skogsmaskinens mullrande och se Gustafs fokuserade blick framför sig. Träd efter träd, timma efter timma, dag efter dag. Med kaffe och smörgås på en stubbe i skogen om vädrets makter tillät. Ackompanjerade av fågelsång och möjligen i sällskap av någon nyfiken hare. Han kom på sig själv med att sakna skogen och de friska dofterna. Tyvärr skulle det dröja innan han kunde ta sig upp i en skogsmaskin igen.

Hallåan meddelade att nyheterna strax började och han tog en tugga av smörgåsen han brett. Flera skivor prästost och två skivor prickig korv. Det påminde honom om smörgåsarna hans mamma gjort till skolutflykter under hans barndom. Varm choklad och prickigkorvmacka. En klar favorit som hade hållit i sig under alla år.

Han höjde volymen och sträckte sig efter en kudde som han placerade bakom nacken.

"Det känns som droganvändningen blir större och större?" Den energiske reportern intervjuade polismannen som såg ut att vilja vara någon annanstans.

"Ja, vi ser även att det går ner i åldrarna."

"Vad gör polisen för att stoppa drogerna?"

"Vi gör allt vi kan men det finns begränsade resurser."

"Tror ni att drogerna kan öka ännu mer i Katrineholm?"

"Ja, inget är omöjligt. Vi försöker spåra kanalerna som för in drogerna i Sverige men vi har inte lyckats." Polismannen ryckte på axlarna och sänkte blicken.

"Känns som om ni har en hel del arbete att ta tag i."

"Det stämmer, vi arbetar för högtryck, dygnet runt."

"Vilka droger är det som förekommer?"

"Det har gått från cannabis till kokain."

"Vad för drogerna med sig?"

"Vi har sett flera fall av grov misshandel som vi tidigare inte har haft. De är troligtvis drogrelaterade. Det är också flera inbrott som skett under sista tiden och även den problematiken har ett samband med droger."

Polisen i Katrineholm förde en ojämn kamp mot drogerna som snabbt intagit staden den sista tiden. Ingen visste hur de kom in i landet och de som visste höll tyst. Man pratar inte om saker i onödan. Fler och fler ungdomar blev beroende och de blev det snabbt. Johan log för sig själv och blev påmind om hur han och Philip med Lennarts hjälp blivit stadens största leverantör av det vita pulvret.

Jag vet, vi har försökt att bearbeta den lokala marknaden allt vad vi har orkat. Jag ska snart slänga kryckorna, spotta i nävarna och ge mig ut på krogarna igen. Vi ska fylla alla näsor som finns med kola och tjäna grymma pengar. På gamla och nya kunder. Vem vet, vi kanske kommer till en stad nära dig. Till din lilla dotter som nyss fyllt arton och ska ut på krogen. Det är pengarna som styr, förstår du inte det? Pengarna och spänningen. Spänningen att kunna glida förbi inkompetenta idioter om er. Ni kommer inte hinna ifatt oss. Vi arbetar för högtryck, dygnet runt.

Johan bytte kanal och signaturen till en trist såpa fick honom att zappa vidare och sjunka ner i soffan. Han höll på att somna in just som hans mamma dök upp i dörröppningen.

"Sover du?"

"Nej, jag slappade en stund."

"Men vad har du gjort? Det kommer att bli världens fläck." Hon fick syn på det utspillda kaffet och hämtade en rulle kökspapper från köket.

"Kan vi ta det senare?" Johan blundade och önskade att hon kunde gå.

"Inte för att jag vill köra ut dig, det vet du, men det vore på tiden om du skaffade en egen lägenhet."

"Vill du att jag ska flytta?" En spelad besvikelse och slokande blick fick Charlotte att stanna upp och sätta sig bredvid honom i soffan.

"Nej, det gör jag inte. Men ibland tror jag att du skulle må bra av att ha något eget. Flytta ihop med Anna?" Hon log och gav honom en kram. "Jag kan hjälpa er att inreda."

"Jag vet. Jag ska kolla efter något eget. Måste få fart på benen först."

"Har du ont?"

"Nej, men det stramar och musklerna måste komma igång. Sjukgymnastiken är trist men det ger resultat."

Med en sjukgymnast som Elin, med D-kupa, kunde han snart göra underverk. Han log vid tanken och sträckte ut sitt högra ben som fungerade bättre än det vänstra. Med andra gradens brännskador efter den våldsamma skogsbranden var det ett under att han fortfarande levde.

Det var inte enbart kroppen som hade tagit skada. Mardrömmarna gjorde sig ständigt påminda och hans nattsömn hade inte varit som den borde på länge.

"Du, jag glömde, jag ska hälsa från Lisa." Charlotte fortsatte torka.

"Vad ska hon göra i Sydney, på andra sidan jorden?"

"Hon behöver komma bort ett tag. Det är inte i Sydney utan en bit utanför hon ska bo. Hos Evelina. Kommer du ihåg henne?"

"Hon med hästarna?" Han hade ett svagt minne av Lisas bästa vän som ridit och haft hästar i massor. Efter grundskolan hade Evelina flyttat men sina föräldrar till Australien och födde de upp kapplöpningshästar. Det var exakt rätt plats för Lisa att vila upp sig på.

"Jag tror det blir bra. Ska du inte äta något mer?"

"Nej, det är bra. Jag ska gå och lägga mig snart."

En gäspning kom som på beställning och Charlotte lämnade honom och gick in till Gustaf i huvudbyggnaden. Johan satt kvar framför teven och tog fram en liten påse ur fickan på morgonrocken. Philip hade sett till att han fått påfyllning. På kaféet hade de pratat om framtiden.

"Vi måste igång snart. Jag snackade med Lennart, han är på som fan."

"Jag vet Philip, men jag måste komma i form först. Det tar längre tid än jag trodde. Såren är vidriga, det är ingen bussig match. Jag spydde efter att ha sett hur det såg ut."

"Vidrigt. Hoppas påsen får dig på bättre humör ikväll i alla fall."

"Det gör det säkert."

"Lennart börjar trycka på. Alla saknar stålar vet du. Vi får höras i veckan."

Det vita pulvret hamnade på veckans tevebilaga och snart fyllde det hans näsa, kropp och själ. Förhoppningsvis skulle han kunna sova gott i natt. Han hörde en bil och gick fram till fönstret. Lamporna tändes i herrgården och hans pappas bil stod parkerad utanför porten.

Gustaf hade blivit lat med årens lopp.

* * *

Gustaf hade kommit innanför dörren och hälsade på Dolly och Parton som mest höll sig inne eftersom det var kallt. Han fortsatte uppför trappan och hundarna följde efter. Charlotte hade dukat extra fint och tänkte berätta om en idé hon fått under den senaste veckan. Hon var trött på att gå hemma och fördriva tiden och förstod hur Johan kände sig som var van att arbeta och vara i farten med vänner och flickvän.

"Maten är klar."

"Jag ska ta en snabbdusch först."

Charlotte tog ut potatisen ur ugnen och ställde den på de nya underläggen. Hon nynnade och rättade till tygservetterna än en gång och tände ljusen. Vinet stod på luftning i köket och allt var förberett. På eftermiddagen hade hon varit inne i Katrineholm på ett möte med en väninna. Det hade varit ett lyckat möte och hon firade med att köpa en ny klänning och en kofta.

Vid hemkomsten hade hon tränat på formuleringen. Det hade gått jättebra att stå framför spegeln och prata högt. Det var man tvungen att göra, hade Claes sagt. Det är då man lär sig var och när man ska betona viktiga ord. Nu dansade alla ord omkring i huvudet och hon visste inte hur hon skulle börja.

Hon visste i alla fall att hennes idé var genomförbar och bra. Frågan var om Gustaf var på tillräckligt bra humör för att hon skulle få gehör för sina tankar?

Kapitel 3

Snön föll och det höll på att bli mörkt. Blåljusen dansade omkring och ambulanserna körde så fort som väglaget och trafiken tillät. Alla var trötta på vintern och hoppades på en tidig vår.

Klockan var halv fem och alla verkade vara på väg hem från jobbet. Båren och droppställningen skramlade när han rullades in genom dörrarna. Teamet stod redo att ta emot och det plaskade under fötterna vid språngmarschen i korridoren. Proffsiga händer som tog över blandades med en muntlig avstämning.

"Alkohol?"

"Nej, för ovanlighetens skull inte."

"Brännskador?"

"Ja, en del i ansiktet och huvudet."

"Blodtrycket normalt."

"Japp."

"Har ni fastställt någon identitet?"

"Polisen var snabbt på plats. Jag tror att de fick tag i deras plånböcker."

"Bra. Tack vi tar över."

Ambulansmännen sprang ut och hjälpte nästa patient in. Eftermiddagen var lugn på akuten på Kullbergska sjukhuset och de anställda var glada över att den fortfarande fanns kvar.

Indragningar gjorde snart att patienterna kunde få ta hand om varandra i sjukhuskorridorerna. Rummen var överfulla och en del operationer fick ställas in för att det inte fanns vårdplatser. En ohållbar situation som ambulansmän och sjukhuspersonal fått vänja sig vid. Att åka till Nyköping eller Eskilstuna med patienter skulle vara en mardröm.

Personalen rullade in de båda patienterna i varsitt rum och började jobba. För ovanlighetens skull var det gott om läkare på plats och det hela flöt på. Några timmar senare rullades de vidare ut i varsitt rum. Polisen kom efter en stund men de kunde enbart konstatera att inga förhör kunde hållas.

"Ni får höra av er om några dagar. Det kommer att ta tid innan de vaknar."

"Ok, hör av er." Svensson lämnade sitt nummer till den korta, blonda sköterskan och log brett. Han hade varit på akuten flera gånger med sönderskurna fyllon och kände igen henne.

"Självklart. Är det numret hem till dig eller?" Hon blinkade och skrattade. "Nej, men det kan du få om du vill."

"Det är just nu min hetaste önskan."

"Du ska få se på hett."

Karlsson puttade iväg honom och de åkte vidare mot en misshandel i Vingåker. En alltför vanlig kväll tog sin början.

* * *

Drömmarna skingrades och han såg något vitt komma emot honom. Han försökte lyfta armarna för att skydda sig men de kändes som timmerstockar vid hans sida. Ett tag trodde han att han fortfarande befann sig i snödrivan. Det var därifrån det sista minnet fanns innan han blev medvetslös. Han blundade igen och öppnade ögonen försiktigt. Blicken vandrade runt och han förstod att det vita var taket och att han befann sig på ett sjukhus. Efter ett nytt försök att röra på sig gick det bättre och han blev lättad eftersom han kände att alla kroppsdelar svarade.

Han lyfte högra handen och snuddade ansiktet. Smärtan var plågsam och minnet började komma tillbaka. En olidlig hetta och ett sprakande ljud. Det var omöjligt för honom att ta sig därifrån och han mindes med en gång elden. Flammorna som slog ut genom bilvraket.

Värmen, hettan, röken och smärtan. Ångesten över att kanske dö.

Han mindes hur han krupit ut ur bilen och att han ropat på sin bror. Ögonen sved fortfarande och han kliade sig försiktigt i högerögat. Toalettdörren var öppen och om han vred på huvudet kunde han skymta en spegel. Handen gick vidare upp mot huvudet och han kände att håret delvis var borta och att ett bandage var omlindat. Han såg säkert ut som en mumie.

Dagarna som brudmagnet verkade vara som bortblåsta. Tankarna snurrade och han undrade om hela ansiktet var sönderbränt. Ett titt i spegeln skulle troligtvis knäcka honom. Han kunde ändå inte ta sig dit själv.

På bordet bredvid honom stod ett glas med någonting i och han sträckte sig efter den vita muggen. Den kalla drycken fuktade hans strupe och känslan var underbar. Som en kall öl på första uteserveringen i maj.

Han lade sig ner igen och såg armbandsklockan bredvid muggen. Smutsig, men med en fungerande sekundvisare. Kvart över tio. På morgonen tydligen, eftersom det strilade in ljus mellan de sönderblekta gardinerna. Frågan var hur länge hade han legat som ett kolli? Och var fanns hans bror? Sekunden senare mindes han vilka han sett innan han tuppat av. Det var ingen angenäm syn.

Thomas försökte samla tankarna men huvudvärken gjorde det omöjligt. Det fanns en larmknapp vid sängen och han testade att trycka. En syster kom några sekunder senare. Blond, smal och med ett bländande leende. Det enda som förstörde locken var de trista arbetsskorna. Lågklackade med tjock gummisula.

"Skönt att du har vaknat." Hon bylsade till hans kudde.

"Hur länge har jag legat såhär?"

"Två dagar." Hon kollade hans dropp och log. "Minns du inte att polisen var hos dig igår?"

"Vad är det för dag i dag?"

Trodde hon att han var uppdaterad på allt eller? Han fick reda på att det var fredag förmiddag och att han brutit ena nyckelbenet och tre revben. Några brännskador och blåmärken hade han fått på köpet, men han borde bli fullständigt återställd igen. Håret skulle växa ut, men ett par ärr i ansiktet blev kvar som minne efter händelsen. En otrolig tur i oturen eftersom fallet hade varit över tio meter. Systern kopplade bort droppslangen och hämtade varm buljong och en tillbringare med saft. Buljongen var het och smakade salt och var betydligt godare än han trott. En pizza eller en rejäl biff kändes som en utopi i sjukhusvärlden. Han orka inte tugga i alla fall.

Den blänkande namnbrickan avslöjade att hon hette Ann. Doften hon delade med sig av luktade sött och somrigt med en lätt touch av svett. Han funderade på hur hon kunde se ut i en minimal BH och ett par strumpebandshållare. Troligtvis inte tillräckligt sexig för att få fart på honom i nuläget.

Syster Ann, berättade att hans bror Patrick, låg i rummet bredvid. Även han med brännskador och brutna ben. Thomas nöjde sig med det för stunden. Så fort han kunde ta sig upp ur sängen skulle han in till brorsan, det var en sak som var säker. Det spelade ingen roll om han skulle krypa dit.

Direkt efter buljongen somnade han och vid uppvaknandet på eftermiddagen hade huvudvärken lättat och han drack två muggar med saft i snabb följd. Han ville resa sig och fick kämpa i tio minuter för att komma upp ur sängen. Någon syster tänkte han inte ringa på. En rullstol stod bredvid sängen. Han dråsade ner i den och mannen i sängen vid fönstret vaknade med ett ryck. Mannen tittade på Thomas ett par sekunder och därefter vände han på sig, fes och somnade om.

Smärtan var outhärdlig och dessutom kände han att det var dags att tömma blåsan. Att pissa i en påse var inte hans stil. Inne på toaletten lyckades han häva sig upp och kunde med stor möda ställa sig framför toaletten och lätta på trycket. Det skvätte på hela golvet och skjortan blev blöt men han brydde sig inte. Hellre piss på skjortan än att en Syster Ann med armsvetten, skulle hålla snorren. Någon måtta fick det allt vara. Känslan var enorm och han dråsade på nytt ner i rullstolen.

Thomas rullade fram och grinade illa. Sjukhuskorridoren kändes lika lång som kinesiska muren. Brorsan låg i rummet bredvid, jaha. Han chansade på den högra dörren och mötte en sköterska som var på väg ut.

"Skönt att se att du är piggare, Thomas."

"Ja." Det var det enda han fick ur sig,

"Ska jag hjälpa dig med rullstolen?"

Rullstolen var förnedrande och enbart till för dem som var på väg att byta planhalva. Och möjligtvis för dem som följt med en bil nerför en bro.

"Du, det går bra i alla fall. Tack." Det tänkte han inte bjuda på. Sköterska öppnade dörren och försvann i korridoren.

Synd att rocken var vadlång på sköterskan, tänkte han innan han rullade in till sin bror. Ett friskhetstecken om något.

Den sterila doften gjorde att maginnehållet var på väg upp. Han och brorsan måste härifrån fortast möjligt. Rullstolen rullade in i rummet och han fick direkt syn på sin bror som såg nyvaken ut. Håret stod på ända och han gäspade stort.

"Fan vad skönt att se dig." Patrick försökte resa sig upp men sjönk tillbaka ner mot kudden.

"Skönt att se dig också." Thomas gav Patrick en halvdan kram och tittade på hans bandagerade kropp. "Du har i alla fall håret kvar."

"Själv ser du luggsliten ut."

"Ska testa högerbena under veckan."

De skrattade lätt tillsammans och var tvungna att ladda för att få ork att prata.

"Vaknade du nyss?"

"På förmiddagen, jag har knappt någon koll alls. Tror det var vid tio. Efter det slocknade jag igen, men jag är på gång."

"Skönt. Jag håller fan på att bli galen."

"Ta det lugnt brorsan. Vi är snart ute härifrån."

"Snart ute? Fan jag kan knappt torka mig i arslet själv."

"Det blir bättre brorsan. Jag klarade av att pissa själv innan jag seglade in hit. Det kan bara bli bättre." Han tog hans hand och satte sig på stolen vid sängen och pustade.

"Mm, vi kan roa oss med att anordna saftkalas under tiden. Hur är det med armen?"

"Det kliar under gipset."

"Har polisen varit hos dig?" Han tittade sig omkring och konstaterade att Patrick var ensam i sitt rum. Själv delade han med den yrande gubben som inte ens kom ihåg vad han hette.

"Det var ett par på besök igår men jag låtsades sova. Läkaren sade att de inte fick snacka med mig och de blev skitförbannade." Han garvade igen men slutade kvick och tog sig över bröstet.

"De var inne hos mig också. Men jag kommer knappt ihåg vad de frågade efter. Det var något om ifall vi hade fiender, om vi var skyldig någon pengar eller hade någon misstanke om vem det kunde vara."

"Vad sa du då?" Patrick reste sig upp på ena armbågen trots smärtan.

"Ingenting, fattar du väl. Jag yrade en stund och läkaren som var med konstaterade att de fick komma tillbaka en annan dag."

"Fan, den här staden är inte bra. Vi måste härifrån. Fortast möjligt."

"Jag vet, men det är inte det lättaste. Du vet vilka som stod på bron och rökte?"

"När?"

"När bilen kraschade. De trodde att vi dog på kuppen."

"Vad menar du? Vem var det?"

"Blir nog jävligt förvånade över att vi klarade oss."

Patrick hade varit medvetslös efter kraschen och nära döden. Han hade kört och i samma sekund som den andra bilen prejat deras hade han hållit sig förvånansvärt länge på vägen, men efter det följde bron och fallet genom det skrangliga brostaketet. Han hade fått omfattande skador i huvudet och på vänstersidan. Fem revben hade gått av vid mötet med ratten eftersom han inte använt säkerhetsbältet. De kom in till sjukhuset i sista stund med honom. Thomas hade klarat sig bättre men smärtorna var desamma.

Det knäppte till i dörren och en syster kom in med ett brett leende på läpparna och en lång hästsvans dansande på ryggen.

"Vill du ha något att dricka?" På brickan stod en karaff saft och ett glas. Hon sträckte sig mot bordet för att ta ut den gamla och Thomas kunde konstatera att hon hade fina tuttar.

"Ja, vad har baren ett erbjuda?"

"Hmm, hallonsaft, blandsaft eller lingondricka. Vem vet, jag kanske kan skaka fram lite is till herrarna." Hästsvansen gungade vidare när hon sträckte på sig och svassade ut genom dörren.

"Kom hit stumpan så ska vi se om du kan skaka på något annat."

"Fan, vad fin hon är. Jag tror jag vill ha ett par glas lingondricka ikväll. På tu man hand med henne på mitt rum. Ska göra mig av med idioterna i de andra sängarna först."

"Vad menade du med det du sade förut?"

"Vad?"

"På bron? Vilka var det som stod på bron?" Patrick spände blicken i Thomas men de blev avbrutna på nytt.

En annan syster kom in och envisades med att ta blodprov. De var tysta under tiden och Thomas funderade över vad de skulle ta sig till när det var dags att lämna sjukhuset. Det var omöjligt att ta sig hem eftersom de tydligen var ett hett villebråd.

"Så ja, klart." Hon satte ett plåster på Patricks arm och drog upp hans täcke. Trevlighetsfaktorn hade ökat betydligt om du dragit ner det och fixat en rejäl avsugning, i så fall kunde jag fanimej kunnat gå härifrån redan idag stumpan. Men du kan komma tillbaka när brorsan gått.

"Vad fint." Patrick log och räknade sekunderna tills hon rullat ut sin vagn genom dörren. "Vem var det som stod på bron?" Han höll ett hårt tag om Thomas arm.

"Det var Abbe och Zinken. Och inte fan var de på plats för att inspektera snödjupet direkt."

"Menar du att det var de som…?"

"Ja, det menar jag. Våra polare, Abbe och Zinken, prejade ner oss från bron. De ville att vi skulle dö."

"Hur fan har det gått till?"

"Jag vet inte. Men jag ska ut härifrån fort som fan och ta reda på vad det är som är på gång." Thomas knöt nävarna.

"Det kan du ge dig på. Jag ska med och de ska få veta att man inte trampar på kungarna." "Nej, och gör man det kan man bli avsatt. Vi ska ge oss in i leken igen."

"Jag minns hur det gnisslade från plåten när deras bil drog in i vår. Ett tag trodde jag vi var på väg att klämmas ihop på mitten."

"Vi kommer igen brorsan, vi kommer igen." Thomas rullade sakta in till sin säng och blev sittande en stund innan en manlig sköterska kom för att hjälpa honom upp i sängen.

"Du ska nog ligga stilla ett par dagar." Killen rullade undan stolen.

Ska du skita i din lilla bögjävel, tänkte Thomas och flinade. Inte ens chans att du får tvätta mitt arsel även om du sett fram emot det.

Den kvällen somnade han tidigt och drömde om Lisa. Platinablonda Lisa som han raggat upp och hjälpt till att få spelberoende. Han drömde om tusenlappar som kom svävande, ut från hennes mun mellan de röda läpparna och in i hans plånbok. Om spelkort med hans och brorsans huvud på. Hur de singlade omkring på pokerbordet och ingick i kåkar och par. Hur Lisa skrikit på hjälp när Abbe och Zinken våldtagit henne. Och hur han fått reda på att hon numera flytt utomlands.

Han vaknade halv sex nästa morgon, med båda armarna i ett krampaktigt grepp om kudden. Genomsvett i landstingets härligt, slitna långskjorta av senaste städrocksmodell. Gubben bredvid yrade som vanligt och Thomas försökte somna om. Han blundade och började drömma igen.

En timma senare kom en sköterska och väckte honom. En underbar landstingsfrukost stod på menyn och Thomas tvingade sig själv att äta. Han måste få tillbaka sin styrka för att de skulle kunna ta sig från sjukhuset.

De närmsta dagarna bestod av sjukgymnastik och mat. Han fick vänja sig vid att titta på teve på kvällarna. Läkaren konstaterade på ronden att det var ok att poliserna kunde få komma och genomföra förhör med bröderna. Men då fick Patrick bråttom. Ett förhör var inget som vare sig han eller Thomas ville vara med om.

Kapitel 4

Charlotte vaknade tidigt och drack det vanliga morgonkaffet stående vid diskbänken. Gustaf kom in i köket med hundarna i släptåg. Han tog fram en kopp ur skåpet och satte sig vid bordet. Brödrosten var igång och han tog in doften av brödet. Charlotte tog fram marmeladen och osten.

"Ny ost."

"Vad gott. Är det den starka?"

"Ja, för din skull älskling."

"Har du tänkt igenom det noga?"

"Det är klart att jag har. Jag kan inte gå hemma längre och endast existera. Jag måste få utlopp för min kreativitet."

"Ja, det verkar pocka på ordentligt." Han bredde en smörgås och hyvlade tjocka skivor av osten. "Men att starta en butik, Charlotte?"

"Sluta. Kan du inte hjälpa mig istället? Jag ska titta på en lokal under dagen och om jag tycker att läget och hyran är ok, tänker jag slå till." Hon ställde sig bakom honom och lade armarna runt han breda axlar. Efter det bet hon honom i örat och han fick en snabb puss på halsen. Kvar blev en sträng rött läppstift.

"Jahaja, titta på lokal, det verkar vara långt framskridet. Hur länge har du…?" Osten gled av och smöret rann längs med hans fingrar. "Sablar också."

Charlotte sköt fram servetterna och han tog tre stycken.

"Det räcker med en. Gustaf, om jag får igång en verksamhet som är lönsam inom ett halvår, kommer jag att fortsätta, annars lägger jag ner. Jag lovar. Men jag måste prova i alla fall. Det är onödigt att dö ovetande."

"Det har du rätt i, men sex månader? Lönsam? Ja, vi säger väl det." Han torkade upp smöret och stoppade in resten av smörgåsen i munnen. Efter det reste han sig och gav henne en smekning på kinden.

"Ska du ha en smörgås till?"

"Måste tänka på vikten." Han log mot henne och slog ut med armarna.

"Du." Hon pekade på sin kind och han förstod vinken.

Gustaf tog på sig kläderna och gav sig iväg. En dag i skogen väntade. Hennes envishet hade han levt med och han visste att hon lyckades med det mesta hon tog sig för. Det kunde bli en lyckad affär om hon kom igång bra. Och visst var han beredd att stötta henne.

Men vilken bransch man än vill jobba inom måste man ha en affärsidé och han kände att det var en bristvara hos henne. Han kunde eventuellt tipsa om en starta-eget-kurs, men vid närmare eftertanke hade hon inte en tanke på att gå en kurs med någon som talade om för henne vad som borde göras och inte. Nej, Charlotte var kvinnan som gärna uppfann hjulet själv.

Däremot kände han på sig att han blev den som fick bidra med ett startkapital innan hon drog igång. Herregud, han borde egentligen följa med och kolla på lokalen. Det förelåg en viss risk att den annars kunde bli gigantisk. I sin ungdom hade Charlotte läst ekonomi och var medveten om vad debet och kredit stod för men mer var det inte. Budgetar var inget som hon ägnade sig åt, snarare inköp.

* * *

Charlotte var på väg träffa Lotten Rosén på en bokföringsbyrå i Katrineholm och gå igenom detaljerna inför starten av företaget. Att hon drömde om något inom inredning var hon säker på, men inte mycket mer.

Lotten hade en egen byrå som hon drivit i sexton år efter att ha slitit på diverse mer eller mindre välbetalda arbetsplatser i Stockholm i början av karriären. Hon hade sex heltidsanställda och var på väg att anställa en till. Hon och Charlotte hade läst ekonomi tillsammans men eftersom Charlotte hade hoppat av utbildningen hade de tappat kontakten under många år. Efter en tid hade de av en händelse mötts på stationen och börjat prata och Lotten hade sagt att om hon någon gång drog igång något eget skulle hon hjälpa henne.

Charlotte hade skrattat åt förslaget men tagit emot visitkortet. De kunde ta en lunch framöver. Och nu var det dags.

”Och du har bestämt dig för att starta en butik, det tycker jag är jättekul. Vad har du tänkt dig för bransch?” Lotten satt i fåtöljen mitt emot Charlotte vid det runda bordet på hennes kontor. Det var inrett med de senaste kontorsmöblerna och på väggarna hängde konst av mer eller mindre kända konstnärer. Lottens mamma hade målat hela sitt liv och Lotten hade själv fuskat inom området, men eftersom hon insett att talangen var begränsad och konkurrensen benhård, bytta hon bana.

De hade tagit en kort lunch innan de gått till kontoret för att dra upp riktlinjerna. Charlotte började svamla om inredning och Lotten förstod att hon inte hade tänkt igenom vare sig bransch eller affärsidé. Hon agerade lika hjälplöst ytligt som hon gjorde på den tiden de studerade tillsammans. Det fanns ingen som kunde kindpussas som Charlotte.

"Mattor, möbler, lampor eller något annat?" Lotten lämnade några förslag för att få igång hennes tankar och kunna begränsa sig.

Charlotte tänkte lika febrilt som ett barn i en leksaksaffär veckan innan jul. "Vad tror du om lampor? En lampaffär. Ja, en lampaffär vill jag ha."

En lampaffär vill jag ha. Lotten suckade inombords, tänk att ha det så beviljat att man tar någon idé ur högen och köra på den. En oåtkomlig lyx för de flesta av hennes klienter. Men hon var snäll och harmlös och visst skulle Lotten hjälpa henne att komma igång med företaget. Några papper och påskrifter, en F-skattsedel och lite bankkonton. Efter det var det dags att bestämma lokal, köpa varor och kavla upp ärmarna. Hon visste att hon fick betalt för sina tjänster i alla fall.

En lampaffär fick det bli, med fokus på det mer exklusiva. Lotten hade fått nys om ett par lediga lokaler, några som låg centralt och hade skaplig hyra. Bara för att det fanns pengar behövde man inte förköpa sig, ansåg Lotten. De bestämde att träffas snarast. Efter det skulle Lotten kontakta de som hyrde ut lokalerna och under tiden kunde skatte- och avgiftsanmälan skickas in till skatteverket och bankkonton öppnas. Därefter hade Charlotte fått i uppgift att göra någon form av budget och försöka hitta på ett namn för att kunna kontakta PRV. Så fort Charlotte åkt satte Lotten igång. Hon såg fram emot samarbetet.

* * *

Ett starta eget bidrag varade i sex månader och efter det kunde hon stå på egna ben, det hade Charlotte redan bestämt sig för. Gustaf hade sin skog och sina göromål, men Charlotte hade mest gått hemma. Visst fixade hon middagar och var en perfekt värdinna de gånger hon skulle vara det, men hon hade ingen egen identitet förutom att vara ett bihang. Det var dags att ändra på det. Att fylla i alla papper var som en djungel men Charlotte skärpte sig och fick ihop en ansökan om bidraget och om att hon sökte arbetskraft.

"Har du någon erfarenhet av att anställa?"

"Nej, men det kan väl inte vara så svårt?" "Ja, det är en del att tänka på och..."

"Lotten, något säger mig att du inte tror jag klarar av att hitta någon som kan hjälpa mig att sälja lampskärmar."

"Kära du, det tror jag visst att du kan. Säg till om du vill att jag hjälper dig."

"Det lovar jag."

* * *

Några dagar senare var det mesta fixat och Charlotte tog bilen för att träffa killen som skulle visa en av de lediga lokalerna. Hon nynnade under bilfärden och tittade på sina nylackade naglar. Rött var hennes älsklingsfärg och hon hoppades att de kunde bringa tur. En kopp kaffe fick göra henne sällskap i bilen och en kvart senare stannade hon utanför lokalen. Killen kom halvspringande efter en stund och ursäktade sig för att han var sen.

"Bättre att köra sakta och komma fram än att hamna i diket." Han låste upp och öppnade dörren.

"Absolut, jag har ingen brådska." Charlotte klev in och stampade av sig snön på dörrmattan som vad det enda som fanns kvar efter den förra hyresgästen. Hon blev stående en stund och rynkade på näsan. Instängt var enbart förnamnet. Väggarna var smutsgrå och det behövdes en rejäl restaurering innan hon kunde starta något. Hon suckade och kände hur lusten försvann.

"Vi kan hjälpa till med målning och en ny dörr. Den gamla kunde i alla fall bytas ut inom ett par år." Killen såg att intresset sviktade och eftersom hon inte sade något utan gick in i pentryt följde han snabbt efter.

"Ja, det finns en del att fixa ordning." Hon drog med fingret på diskbänken och gjorde en diskret grimas i samma sekund som hon såg dammansamlingen. "Jag hade tänkt komma igång omgående. Men det kräver en del..."

"Vi kan börja måla imorgon och om du är intresserad av att skriva ett tvåårskontrakt, står vi för nytt golv också." Desperationen i hans röst avslöjade att hyresvärden hade försökt få lokalen uthyrd en hel evighet.

Flera hade tittat på den men ingen hade nappat. Hans chef skulle bli överlycklig om han kom tillbaka till kontoret med ett påskrivet kontrakt.

"Jag vet inte, två år?" Hon kom ihåg sina ord till Gustaf om ett halvår. Skrev hon på pappret betydde det hårt arbete en lång tid framöver. Frågan var om hon orkade? Det kunde bli många sena kvällar och även helger. Men det var det värt. Hon var tvungen att hitta på något att göra. Det fanns säkert billig arbetskraft att få tag i. Det drällde av arbetslösa och någon borde tycka det var roligt att jobba i en butik.

"Vad hade du tänkt dig för verksamhet?"

"Inredning. Lampor framförallt, tyger och kuddar vore kul att komplettera med. Möjligen även mattor, man kan aldrig veta vad kunderna vill ha och jag tänkte vara flexibel."

Redan i unga år hade hennes dröm varit att få ha en egen affär. Det var de enda lekarna hon ägnat sig åt under barndomen. Sälja kaffekoppar eller handdukar, det spelade ingen roll. En inneboende önskan att få serva kunder, vara social och möta nya människor hade varit ett vinnande koncept för många. Det kunde det bli även för henne. Hon visste att hon hade det som behövdes. Om inte annat kunde Lisa få hjälpa till den dagen hon kom hem från Australien.

Killen fick telefon och ursäktade sig och Charlotte passade på att gå runt och insupa atmosfären. Framför sig kunde hon se hyllor med lampor, kuddar, mattor, tavlor och några mindre bord. Det fanns stor potential i lokalen. Läget var suveränt. Hon ringde Lotten som hade fått förhinder att följa med.

"Jag kommer att skriva på. Det är underbart läge."

"Ska du inte titta på några flera innan du...?"

"Nej, det kommer att bli suveränt. Jag hör av mig." Hon lade på och tittade på killen som avslutat sitt samtal. "Det kommer att bli jättebra, läget är perfekt."

Efter en stunds dealande med hyran och vem som skulle betala vad i en renovering, skrev Charlotte på. Hon hade bestämt villkoren och kommit med klara riktlinjer. Killen hade fått ge med sig både vad det gällde renoveringskostnader och hyra. Frågan var om det var hon eller killen som var lyckligast efter deras möte en halvtimma senare. Hon ringde till Claes för att berätta om den glada nyheten och han tyckte att hon hade tagit ett klokt beslut.

"Men mamma, det är alldeles underbart. Vilket bra beslut."

"Ja, det gick bättre än jag trodde."

"Vad tycker pappa då?"

"Jag vet inte. Kontraktet blev något längre än tänkt, han blir galen när jag kommer hem och berättar.

"Strunta i kontraktet och fokusera på det roliga istället. Du kommer att lyckas med detta, det vet jag. Jag och Linda kommer ner till invigningen."

"Å vad kul, menar du det?"

"Om jag inte jobbar. Du får höra av dig. Jag måste fortsätta mamma. Vi hörs."

"Kram på dig och hälsa Linda. Mår hon bra?"

"Alldeles lysande."

Charlotte var överlycklig över att få ett barnbarn och hon hade redan börjat titta på barnkläder även fast Claes protesterat.

"Det är liite tidigt mamma."

"Det gör inget. Han eller hon ska få en fullständigt bedårande garderob av mig. Det gäller att börja i tid."

Charlotte var glad över att Claes trodde på henne. Hon saknade honom och brukade åka till Stockholm och hälsa på så ofta hon kunde. Men nu var tillfällena på väg att bli färre.

* * *

Claes log och tog en klunk te och fortsatte bläddra i manuset. Han hade fullt upp hela dagarna och önskade att han kunde komma hem till Herrestanäs oftare. Men nu fick jobbet vara i fokus. Och barnet förstås, som han såg fram emot med skräckblandad blandad förtjusning. Att bli pappa var ett stort steg. Linda hade redan köpt hem böcker om barnafödande och allt eftersom Claes hade bläddrat, tyckte han det såg mer äckligt än gulligt ut. Men han tordes inte säga något till Linda. Det fanns tid att vänja sig. Trots det kände han att det var något om började skav i magtrakten.

Musikalen Company spelades för fulla hus med Claes i huvudrollen. Den hade fått fem plus och en hel drös med getingar och alla beskrev Claes insats som något utöver det vanliga. Superlativen överträffade varandra. De hade redan fått sätta in extraföreställningar på grund av biljettrycket och den hade blivit förlängd ända in i maj. Problemet var att Claes även skulle spela huvudrollen i Buddy Holly och det gjorde att allt fick förskjutas till hösten. Inte det lättaste att flytta en teaterpremiär, men i nuvarande situation var det ett måste. Efter många möten och trixande hade allt ordnat sig.

Hela familjen Lilliecroona hade varit på Folkans premiär på självaste nyårsafton. Pappa Gustaf hade för första gången känt att han kunde vara stolt och glad över sonens prestation. Han hade under alla år varit väldigt avigt inställd till Claes studier och hans val av intressen. Men efter deras förtroliga samtal innan jul hade hans inställning ändrats. Händerna hade blivit röda av alla applåder och han var en av de första att ställa sig upp vid applådtacket. När de äntligen träffade Claes gav han honom en kram så han höll på att tappa andan.

Claes satt vid köksbordet i hans och Lindas lägenhet på Hornsgatan och pluggade repliker. Han läste högt för sig själv och jobbade med pauseringar och betoningar. Ibland träffade han sina motspelare över en fika och läste ihop men hade han valt att sitta själv.

Lindas graviditet fortlöpte som planerat och hon hade bestämt sig för att hålla igång så länge hon orkade. Jobbet som sminkös innebar inga tunga lyft och var flexibelt, men innehöll en hel del sena kvällar och helger. Denna dag var hon för en gångs skull ledig. De hade hunnit vara ute och tittat på barnvagn och en säng. Linda ville handla allt på en gång, men Claes tyckte de borde titta i fler affärer.

"Lugn, vi hinner."

"Jag tycker att tiden går fort. Och du jobbar hela tiden."

"Jag vet, det är som det är."

Claes tog tekoppen och förflyttade sig till sin gamla slitna fåtölj som följt med från det rum som han tidigare hyrt i Gamla Stan. Det bringade tur med sig hävdade Claes. Linda tyckte den såg förskräcklig ut och han fick behålla den på nåder.

"Efter barnafödandet ska vi köpa nya möbler."

"Efter barnafödandet kommer du att byta blöjor och amma." Claes log mot henne.

"Jag, byta blöjor? Och vad ska du göra?" Hon kastade en handduk på honom och han

låtsades bli arg och började jaga henne. Han fick tag i henne i vardagsrummet och drog ner henne på golvet.

"Jag ska enbart jobba och sällan vara hemma. Och efter jobbet kom-

mer jag hem och då ska barnen vara snutna och maten stå på bordet."
Han kysste henne och skrattade.

"Du är en riktig skitstövel." Hon slet av honom tröjan och särade på sina ben.

"Jag vet, det är därför du älskar mig."

Hon skrattade, besvarade hans kyss och drog lätt med sina naglar på hans rygg. Stönet av välbehag som infann sig gjorde dem båda upphetsade och de älskade på golvet. Claes kände en oerhörd lycka över sin livssituation. Det fanns inget som kunde ändra på den.

Kapitel 5

Lårcurlen var en plåga. Tjugofem kilo var en förnedring, men det skulle snart bli mer. Möjligen tio kilo i veckan om han kämpade på. Det rasslade i metallen och det var ett ljud som brukade få honom på bra humör. Nu kändes det mer som ett oljud. Han var ensam i träningssalen med sjukgymnasten och det fanns ingen musik. Det var peppen från kompisar och en hög volym som gav en extra krydda på träningarna. Philip och han brukade hjälpa varandra att passa. Det kändes bra att ha någon med sig, eftersom man inte kunde smita från träningen på samma sätt som om man var ensam. Philip hade fått träna själv och passen hade blivit betydligt färre.

"Kom igen Johan. Kämpa på. Sista rycket för dagen. Visa att du är en fighter." Sjukgymnasten slet hårt med Johan för att få hans muskler att vakna till liv igen. Det var minst lika slitigt psykiskt som fysiskt för honom. Ibland kändes det jobbigt och lönlöst att fortsätta men sjukgymnasten fanns där och stöttade. Hon fick vara stark för dem båda.

"Jag är totalt slut." Johan stönade tungt efter passet och tog upp en handduk ur väskan för att torka svetten ur pannan.

"Ta en klunk vatten. Känns det bra?" Hon sträckte fram flaskan.

"Ja, men det känns jädrigt segt. Men jag vet att det kommer." Han drack flera klunkar och torkade sig på nytt.

"Det gör det. Bra jobbat, vi ses om ett par dagar. In i duschen med dig." Hon tackade för sig och Johan såg trånande efter hennes ryggtavla i korridoren.

Varenda muskel var på rätt ställe och häcken var säkert lika hård som betong. Armarna var smala och brunbrända men spände hon dem framträdde biceps och triceps med stor självkänsla. Hon tränade fem dagar i veckan och ville tävla i Athletic Fitnes under det kommande året. Johan skulle inte ha något emot att sitta i publiken. Han kände hur han blev hård mellan benen och skakade på huvudet innan han packade ihop.

Tankarna förflyttades till Anna. Vackra Anna som han kollat ringstorlek till. Om han blundade kunde han känna hennes doft som luktade sommar. Hennes juridikstudier i Stockholm tog all hennes tid och han längtade ihjäl sig efter henne. Hon hade stöttat honom och ställt upp på alla tänkbara vis under och efter sjukhusvistelsen. Det var många gånger hon somnat, sittande vid hans sjukhussäng.

När vårterminen kom var hon tveksam om hon tordes lämna honom för studierna i Stockholm. Johan hade tvingat iväg henne. Hade hon kommit in på utbildningen fanns ingen annan väg än att ge järnet. Ibland sov Anna över i sin övernattningslägenhet, om inte längtan hem till Johan blev för stor. Pendlandet var trist och SJ fungerade sällan som det borde.

Johan tittade på klockan och tog en dusch. Därefter klädde han på sig och skyndade ut mot kafeterian och mötte upp sin mamma för fika och skjuts.

"Hej, vill du ha kaffe?" Charlotte var på väg fram för att fixa fika.

"Ja tack gärna."

"Hur går det?" Hon hämtade varsin kopp kaffe.

"Framstegen är inte stora men jag känner att det går åt rätt håll. Nästa vecka ska jag börja gå med enbart en krycka."

"Klarar du det?"

"Absolut." Johan såg stolt ut och Charlotte gladdes åt hans framsteg.

"Om pappa får reda på det vill han nog att du börjar jobba snart."

"Känner han sig ensam i skogen?"

"Det kan du lita på, dessutom vill några bönder som bor i Södertälje ha hjälp. Du vet hur han avskyr att pendla." Charlotte torkade sig om munnen med servetten.

"Det vet jag."

"Jag har en kul sak att berätta." Hon sträckte på sig.

"Vad?"

"Jag ska öppna en butik."

"Vad säger pappa om det? Vad för butik? Var?" Han trodde knappt på vad han hörde. Han visste att Charlotte var driftig, men hon hade klagat över Gustaf och hans engagemang för skogen och gården. Och nu skulle hon själv igång. Att starta eget var ingen lätt match. Det visste Johan. Ständigt jaga kunder, sälja in, skapa kontakter. Mer kokain till fler.

"Så snart som möjligt. Jag måste ta mig för med något."

"Det kan bli kul. Har du någon som hjälper dig?"

"Lotten är igång, vi får se om jag anställer någon?"

"Haha, mamma ska du bli egen företagare? Anställa personal?"

"Just det."

"Det kan bli bra. Kör hårt." Han såg att hon var beslutsam och ville inte berätta vad han egentligen trodde. Hon borde klara ett par månader, efter det kunde orken ta slut.

"Ska vi åka?"

"Släpper du av mig på stationen?" Johan reste sig upp.

"Stationen?"

Johan fick skjuts till tåget av Charlotte som inte ville att han skulle åka. Hon ansåg att han var för svag. Men han lovade att höra av sig så fort han kom fram. Eftersom han ville träffa sin bror lät hon honom åka.

"Var rädd om dig."

"Du också."

En halvtimma senare hade han löst biljett och satt på tåget till Stockholm och var på väg för att hälsa på sin bror Claes och Linda. Det var fest på gång och Johan behövde livas upp. Han funderade på om han kommit in i någon sorts depression av allt som hänt, men han vägrade ta några lyckopiller. Det fanns annat som kunde liva upp. Anna stannade hemma eftersom hon åkt på en förkylning med 39 graders feber.

"Vill du att jag stannar hemma hos dig?"

"Nej, åk du, jag orkar i alla fall knappt titta på teve. Jag vill sova."

"Ok, ska bli kul att träffa brorsan och Linda. Vi kan åka upp senare."

* * *

Claes och Linda hade inte hunnit ha någon inflyttningsfest i den nya lägenheten. Det var jobb och jobb hela tiden. Men det här var en måndag och enda dagen i veckan som teaterfolk var lediga. Inga föreställningar och inga sminkjobb. Det var enbart branschfolk som var bjudna och det var ingen stor tillställning. Claes hade köpt plockmat från en cateringfirma och Linda fixade bål och dukade. Städningen hade de fått hjälpas åt med och Claes tyckte det var tur att Charlotte inte skulle dyka upp. I värsta fall hade hon börjat med att dra fram dammsugaren och kört över gästerna.

"Vad skrattar du åt? Har du hämtat maten?" Linda vek de sista servetterna.

"Inget, tänkte på mamma." Han gav henne en kyss och tog på sig jackan i hallen. "Rensa kylen, jag är snart hemma."

"Det blir trångt om alla kommer."

"Det blir mysigt, man får sitta nära varandra."

"Ja. Det ordnar sig."

"Kommer snart."

Linda städade undan det sista och vek ihop några nytvättade handdukar. Hon hade köpt nya blommor och det doftade gott från blommorna i vasarna. De hade endast två rum och kök men trivdes otroligt bra. De hade bestämt sig för att bo kvar så länge som möjligt efter barnets födelse. Förhoppningsvis fanns det någon ledig trea eller fyra i närheten inom de närmsta åren. Men priserna var hutlösa och köerna lika långa som kinesiska muren. Man fick gilla läget.

Hon satte på musik och bytte om till en ny klänning. Vid promenaden framför hallspegeln stannade hon och tittade på sin mage. Därinne låg det ett nytt liv, en liten Lill-Klas. Ett eget barn var det hon längtade efter mest av allt. De skulle bli världens lyckligaste familj.

* * *

Johan försökte slumra en stund. Dunkandet från tågrälsen blev till ett sövande ljud och han såg städerna passera som i ett rus. Flen, Gnesta, Södertälje, Flemingsberg. Han vaknade efter en timma och konduktören förkunnade att det var Stockholm nästa, Stockholm nästa. Han gäspade och sträckte på benen. Stelheten slog till eftersom han suttit för länge. Drickan var slut och han kastade flaskan i papperskorgen innan han reste sig och tog på sig jackan. Tåget rullade in och vid ankomsten fick han hjälp av konduktören med väskan och efter det tog han sig in till Centralen för att leta taxi.

Att träffa Claes var inte enda anledningen för Johan att åka till Stockholm. Han skulle hinna träffa Lennart och Philip också innan han åkte till brorsan. De var tvungna att strukturera upp verksamheten. Lennart var orolig över affärerna och Johans hälsa. Mest för affärerna.

"Har du hört något ifrån honom på länge?" Lennart drack sin tredje kopp kaffe medan benen darrade nervöst av röksuget. "Fan att man inte får röka inomhus längre, rena tortyren." Han trummade med tändaren på bordet.

"Ja, jag var och hälsade på honom förra veckan med en påse godis. Han har fortfarande ont och äter smärtstillande."

"Å fan."

"Dessutom går han på kryckor. Jag tror han går på sjukgymnastik ett par gånger i veckan också." Philip saknade sin bästa polare och önskade att han kunde tillfriskna fort.

"Ja fy fan, det var ganska creapy. Har du sett riktiga brännskador någon gång?"

"Nej, men jag kan ana hur det ser ut."

"Tur att han klarade sig med livet i behåll."

"Ja, verkligen."

"Tror du han skickade tillbaka Elena i taxin."

"Jag vet inte, det verkar inte bättre."

"Men vad kunde ha hänt henne? Hon kan inte ha gå upp i atomer."

"Vi får se vad som händer. Har hon inte dykt upp vid det här laget, kommer hon troligtvis inte att göra det senare."

"Förhoppningsvis inte. Fan jag måste ut och röka. Är du klar eller?"

Lennart tänkte tillbaka på Elena, sexton år, råttfärgat hår, barnsligt ansikte och pinnsmala ben. Full av drömmar. Drömmar om att komma till Sverige och få jobba som barnflicka och tjäna pengar, utbilda sig, lära sig svenska och få ett välbetalt jobb.

Hon och hennes väninna hade fått kontakt med en man som lovat henne jobb i Sverige.

"Ni kan tjäna stora pengar, få utbildning. Vacker stad, Stockholm. Jag har hjälpt många flickor som dig. Ni får ett bättre liv."

Mannen, vars kontakt i Sverige var Lennart, uppträdde charmigt och var trevlig. En gentleman som öppnade dörren vid restaurangbesök och som betalade notan utan att blinka. En respektabel man med fin kostym och ny bil.

"Du kan lita på mig."

Pålitlig ända tills Elena och tre andra tjejer kom till Sverige med färjan och bryskt blev transporterade till en sjaskig lägenhet i Tumba. Där tog mannen som tagit emot dem i hamnen ifrån dem passen och öppnade deras resväskor och plockade ut påsarna med det vita pulvret som de andra männen i Polen i smyg placerat i den dubbla väskbottnen. De hade inte bara lyckats smuggla ut sig själva ur landet utan även ett halvt kilo rent kokain. En synnerligen lönsam affär.

Tjejerna hade blivit kvar i lägenheten i fem dagar. Det fanns gott om mat i kylen och en man vaktade dem för att de inte kunde ta sig därifrån. Sakta men säkert började det gå upp för dem vad de hade kommit till Sverige för att göra. Knulla. Bli sålda som horor i en organiserad traffickingverksamhet, som Lennart var mannen bakom.

Sista dagen hade han dykt upp för att kolla in tjejerna. De var ok. Han avslutade sin dag med att provknulla tjejerna, en efter en. Därefter packade han in dem i bilen och körde till lägenheten i Flen. Vilken jävla håla. I Flen bodde det 25 000 invånare och han frågade sig varför.

Lägenheten i Flen, som om möjligt var sjaskigare än den i Tumba, bestod av tre rum och kök. Den såg inte ut att ha renoverats sedan sjuttiotalets början. De storblommiga tapeterna hade sprickor och målarfärgen låg mer på golvet än på dörrarna. Flickorna hade fått turas om att ta emot kunder i två av rummen. Det tredje rummet fick de dela på som sovrum och i köket satt en man som hade koll på finanserna. På lediga stunder fick de passa på att dammsuga och diska. Variation var bra, tyckte Lennart.

Lennart kom på besök varje morgon och räknade pengar och kollade att flickorna såg ok ut. Han brukade kräva sex av dem med jämna mellanrum och det gjorde även hyresvärden som tack för att han bortsåg från att det var spring i trappan. Och visst kan man hålla käften om vissa saker om man får ett par tusen och en gratis avsugning varje månad.

Ibland tog Lennart med dem ut från lägenheten och det var enda gången de fick gå ut, förutom vid rökpauserna på balkongen. Men det var endast vid hembesök hos någon kund. Ibland var det en av flickorna och ibland två. För att stå ut med sin situation fick de tillgång till mängder med alkohol som helst för att bedöva sig. Och det behövdes. De gånger man fick suga av en skitig bonde från Malmköping kunde man hålla sig för skratt. Det förstod till och med Lennart.

De var på väg ut för att röka just som Johan kom in genom dörren.

"Johan?" Lennart ropade och gick fram mot honom och gav honom en stor kram.

Johan tittade på Lennart. Att kramas var inte riktigt hans grej och i samma sekund släppte Lennart taget och såg förlägen ut. Den mannen fick inga kramar som barn, tänkte Johan innan han fortsatte in.

Han hade inte sett Lennart sedan innan jul och fick en tillfällig flashback av minnen som rullades upp. Han stod stilla ett par sekunder innan han svarade.

"Läget grabbar?"

"Har du sålt rullstolen?" Philip garvade och tog fram en stol till Johan.

"Ja, nu är det enbart kryckor som gäller. Ska köra med en från nästa vecka." "Känns skönt att se dig." Lennart tittade på Johan och var glad över att han var ok. "Jag har varit dålig på att höra av mig." Johan tittade ner i golvet.

"Vi har fattat att du inte mått bra." Lennart fortsatte att dricka av sitt kaffe.

"Vad gör du i Stockholm?"

"Jag är uppe att hälsa på brorsan och hans tjej. Liten bjudning ikväll."

"Trevligt. Vill någon kändis ha kola vet du var jag finns." Lennart hämtade mer kaffe.

"Haha. Jag ska köpa kaffe och macka."

"Ska jag hjälpa dig?" Philip var på väg att resa sig.

"Nej, jag klarar mig." Johan var envis och han ville klara sig själv. Han tog sig fram till kassan och kom tillbaka med kaffe och en köttbullsmörgås.

"Vad tror du om framtiden, Johan?"

Han hann knappt sätta sig igen förrän Lennart slängde ut frågan. Han ville ha tillbaka sin mjölkko snarast. Johan hade sålt deras varor på krogen tillsammans med Philip. Dessutom hade träffat många presumtiva kunder till traffickingverksamheten. Det fanns alltid män som ville ha sex utan tjafs och var villiga att betala för det. Ibland som en engångsföreteelse men det var många som valde att komma tillbaka. Johan hade dessutom haft turen att träffa på några hyfsat täta affärsmän som besökte Katrineholm varje månad och de var ofta intresserade av flera flickor åt gången och gärna i flera dygn. Det hade gjort att Lennart gått omkring med dollartecken i ögonen och Johan hade fått ett rejält tillskott i kassan. Därefter kom branden och Elena emellan.

"Framtiden? Ja, jag går på sjukgymnastik varje dag och…"

"Business Johan, jag snackar business." Lennart avbröt honom. "Hur snart tror du att du är redo att starta med försäljningen igen?" Han blev tyst några sekunder eftersom Johan blev sittandes alldeles stilla, som om han inte fattade vad Lennart hade frågat om.

"Jag vet inte, jag har inte hunnit tänka på verksamheten. Hur har det gått med affärerna?" "Brudarna går bra, jag har fixat en ny lägenhet till i Stockholm och har ett par till på gång.

Men försäljningen på krogen går inget vidare. Det är till krogen vi behöver ha tillbaka dig Johan. Omsättningen har minskat dramatiskt och jag ligger på ett stort jävla lager just nu. Det känns inte tillfredsställande. Varorna bör omsättas snarast."

"Jag har rest en hel del och har inte lyckats behålla kontakterna på ett lika bra sätt som du." Philip tog en tugga av sin bulle och tittade vädjande på Johan.

"Ska jag ta med mig kryckorna på krogen?" Johan garvade och den spända stämningen släppte.

"Inte så jävla diskret direkt." Lennart flinade. "Haha, du är så jävla skön Johan, vi har saknat dig."

De fortsatte att prata och Johan kände att han saknat spänningen. Drivet fanns kvar och han ville börja komma igång med kokainförsäljningen fortast möjligt. De bestämde att han skulle börja kontakta alla sina gamla kunder och göra sig påmind om sin existens och efter det rulla igång. Det fick bli från bilen eller på privata fester i första hand. Det kunde handla om två till tre veckor trodde Johan, efter det borde businessen vara igång i nästan samma skala som tidigare. Philip och Lennart trodde dock att det kunde ta lite längre tid men Johan var envis.

Han ville minsann visa dem att han kunde komma tillbaka på ruta ett igen. La dolce vita skulle erövras igen.

Kapitel 6

Morgonen började som vanligt. Han slog upp ögonen, tittade på klockan som visade sju noll noll. Därefter slog han på morgonnyheterna för att se vilka nya hemskheter som världen drabbats av. Det stämde även denna morgon. Mordbrand, skottlossning och bortsprungna barn. Allt i en salig blandning. Meteorologen pratade väder och det var minusgrader med chans till sol som presenterades. Kocken pratade matlagning och berättade om köttets hållbarhet och fetthalt och hur man bäst tillagade det. Som om någon brydde sig klockan sju en morgon.

Han lät ljudet vara igång medan han sträckte på sig och gick upp. Det kändes mindre ensamt om ett sorl spred sig i rummet. Under en period hade han lyssnat på radion men bytte vana eftersom det inte var någon bra musik.

Han lämnade sängen obäddad, det var ändå ingen som brydde sig. Grannen hade en katt som var på väg att få ungar. Tänk om han skulle tinga en. Det kunde kanske vara ett bra sällskap. Hans blick svepte runt i lägenheten och skakade på huvudet. Det räckte med att dammsuga en gång i veckan. Till och med en kanariefågel var duktig på att skräp ner. Och en guldfisk var för tråkigt. Han slog bort tanken på husdjur medan han gäspade.

Morgonrocken hängde på stolen och han slängde den över axlarna och tog på sig tofflorna. Han drog åt skärpet hårt. Banden blev längre för varje dag. Han borde äta mer. Lusten infann sig inte att laga mat alla dagar. Ibland kom han på sig själv med att leva på frukt en hel vecka. Efter att ha tagit en snabbdusch, tryckte han igång kaffebryggaren som han laddat kvällen innan. Han gnuggade sig i ögonen och hämtade morgontidningen.

Chang drack sitt kaffe vid köksbordet. När han sträckte på benen kom han emot den tomma stolen andra sidan bordet. Tänk om det kunde sitta någon på stolen. Bara ibland. Och prata, eller enbart vara tyst.

Han tittade ut genom fönstret och såg hundägarna ta sina morgonpromenader. Mannen med taxen och mannen med collien gick sakta och stannade vid varje lyktstolpe. Hundarna nosade och såg till att snön blev gul. Ett par barn cyklade om paret och en kvinna med barnvagn strosade förbi med lång halsduk och neddragen mössa. Temperaturen hade visat på minus åtta grader och vintern höll sig envist kvar. Pelargonerna i fönstret hade fällt ett par blad och han plockade ihop dem i en hög på köksbordet. Vanligtvis älskade han blommor men just dessa var han trött på. Mer skräp än blommor.

Chang trummade med fingrarna på bordet. Hämtade sockerskålen och lät en bit landa i koppen. Det blev en fläck på duken och han torkade bort den med en av servetterna som fanns kvar efter julen. De med tomtar och kälke på. Och guld på kanterna. I princip all plast fanns kvar runt servetterna och han tog en till för att torka sig om munnen. Någon gång måste de ta slut. Kaffegästerna vid hans köksbord var obefintliga.

Under dagen skulle han besöka arbetsförmedlingen igen. Ännu ett trist möte som mynnade ut i ingenting. Staden var hopplös. Möjligen även han själv?

Fem år tidigare hade han flyttat från Stockholm till Katrineholm med sin fru. Ett år senare hade hon avlidit i en hjärtattack och nu var han ensam och arbetslös. Några småjobb hade gjort att han hankat sig fram men eftersom han var femtiofem ville han få tag i något som varade innan han gick i pension. Men vem ville anställa en femtiofemåring? Erfarenhet och kunskap var ingenting värt.

Han rörde i kaffekoppen, tog ett par klunkar och reste sig. Dags att ta på sig och gå ut.

Tofflorna landade på de tjocka kinamattorna och de få som besökt hans hem kunde vittna om hade en utsökt smak och klass. Möbler, tavlor och lampor hade följt med från den tidigare lägenheten och en del hade fyllts på genom årens lopp. Han hade fortfarande bra kontakt med sina släktingar i hemlandet och det kom fina gåvor på födelsedagar och julaftnar. Ibland åkte han hem och hälsade på, men nu var det ett år sedan sist. Han saknade maten och värmen men kom sig inte för att resa.

Blombladen hamnade i den överfulla soppåsen och han gick in i sovrummet. Han knäppte knapparna i skjortan tittade på fotografiet av hans underbara hustru. Lia. Smal och nästan genomskinlig men full av energi och glädje. Han drog med fingret på fotot och blev sittande på sängen med det i sina armar. Han kunde fortfarande känna hennes hud mot sin, känna hennes doft och höra hennes röst. Lika varm som havet en sommardag i juli. Lika böljande och förförisk som stranden som havet vilar mot. Utan henne var han halv. Det värkte i hjärtat och han lade sig ner på det svarta överkastet med den röda draken på. Tårarna fortplantade sig på kinderna och han blev liggande en stund.

Dagarna segade sig fram och han hade för lite att göra och för gott om tid att tänka. Det var inte hälsosamt. Frågan var hur länge han orkade leva med att ha henne i tankarna.

De hade träffats på en restaurang för snart trettio år sedan och blivit blixtförälskade. Hon var svenska och han var kines och många rynkade på ögonen åt deras beslut att förlova sig och flytta ihop. Men kärleken växte sig starkare och med tiden blev de accepterade av sin omgivning. Några barn hade det inte blivit men det hade de klarat sig bra utan. Han hade trott att de skulle leva tillsammans tills de blev pensionärer. Ta promenader tillsammans och skaffa en hund. Stanna vid varje lyktstolpe och prata med andra hundägare. Men verkligheten blev en annan.

En ringsignal fick honom att rycka till och han drog med handen under ögonen. Fotot låg kvar på sängen när han gick till telefonen i hallen.

"Chang."

"Eva Larsson, arbetsförmedlingen." Hon kvittrade som en skadeskjuten fågel och Chang höll luren en bit från örat.

"Jaha."

"Vi hade en tid idag, men jag har fått förhinder."

"Jaha." Håglösheten spred sig som en förkylning på dagis i hans kropp och han lutade sig mot väggen.

"Men jag har pratat med en kvinna som ska starta en butik inom kort. Hon var hos mig igår och ville ha hjälp av någon som kan inredning."

"Jaha."

"Det kunde vara bra om du kunde kontakta henne omgående."

"Jaha." Han lät som en papegoja men med ökad entusiasm i rösten.

"Du har en bakgrund inom inredning och jag tänkte att det kunde passa dig bra."

"Jaha. Jag menar givetvis. Det är fantastiskt."

Han fick namn och telefonnummer med en adress för att kunna kontakta henne. Nu blev det bråttom. De smala benen dök ner i ett par rena byxor. De välputsade kängorna fick samsas med en ny skjorta och en ljus tröja. Han kontrollerade adressen en gång till och studsade ut från lägenheten, glad som ett barn på julafton. Äntligen. Nu gällde det att göra att bra intryck.

Tänk att komma igång med inredning igen, det hade han jobbat med i Stockholm. De flyttade till Katrineholm eftersom Lia fått jobb som läkare. Själv hade han trott att han också skulle hitta något men det dröjde. Till slut var det hon som drog in pengarna till hushållet medan han skötte hemmet. Ett tag hade han jobbat i en matbutik men efter deras konkurs blev han arbetslös igen. Orken att starta eget fanns inte och han såg åren ticka iväg med stormsteg. Men nu skulle det bli ändring på det.

* * *

Charlotte instruerade killarna som kommit med butiksdisken var den skulle stå samtidigt som hon pratade med en leverantör.

"Längre bak. Nej, jag pratar med killarna som levererar. Ja, det vore bra om det kunde komma så snart som möjligt…det där blir bra…tack."

Tröjan hon bar var full av färg och jeansen dammiga och oljiga. Hon kände sig obekväm men insåg snabbt att Dior-dräkten var opassande i detta sammanhang. Men givetvis hade hon ombyte med sig. En timma senare var ett möte med Lotten angående bokföringsprogram inbokat och om två veckor var det invigningsdags. Almanackan på väggen syntes knappt på grund av alla post it-lapparna.

"Akta väggen, den är inte riktigt torr." Hon spärrade upp ögonen och log krystat när killen konstaterade en målarfläck på byxorna.

"Ingen fara, det är arbetsbyxorna."

"Blir det bra vid väggen?" Den andra killen torkade svetten ur pannan och tittade på Charlotte.

"Alldeles lysande. Kassaapparaten kommer på eftermiddagen och disken kommer att få göra nytta redan idag." Hon kände på den släta vita ytan. Snart kunde det langas upp varor och säljas. Hon kunde knappt vänta på att få komma igång.

"Ja, lycka till? Vad ska du sälja?"

"Det kommer framförallt att bli lampor, men även textilier och mattor. En personlig inredningsaffär med fokus på smak och stil, helt enkelt." Hon log stolt. Det kändes som om hon hade fått till en bra affärsidé och att hon kunde presentera affären på ett trovärdigt sätt. Till och med Gustaf hade blivit imponerad av hennes energi.

"Tack för oss." De lämnade henne och åkte iväg med bilen.

Charlotte snurrade runt i lokalen och nös ett par gånger av målardoften. Under dagen eller morgondagen var det dags att packa upp den första pallen med tyger och lampor och ikväll skulle en hantverkare komma och sätta upp hyllor. Hon slängde en blick på klockan och suckade. Kunde det vara möjligt att bli klar inom två veckor? Pressen gjorde henne yr i huvudet när hon böjde sig ner för att rulla ihop målarpappen som skyddat golvet.

"Jösses." Hon tog sig åt pannan och blev sittande på golvet. Det var snart lunchdags och hon hade enbart ätit en banan till frukost. Det fick bli ändring på det. Hon var på väg att resa sig när hon fick syn på en man på trottoaren utanför. En äldre kinesisk herre med tunt hår och pigg blick tittade åt hennes håll. Ytterrocken var av senaste snitt och han såg välklädd ut.

Han kontrollerade numret som satt ovanför dörren och gick därefter upp för trappsteget och tittade in genom glasdörren. De stirrade på varandra i några sekunder innan han slet upp dörren och rusade fram till Charlotte.

"Mår ni bra? Har ni ramlat, frun?" Han tittade storögt på henne och tyckte med en gång att hon påminde om Lia. Samma kroppshållning och skirhet med en touch av elegans. Detta var en äkta kvinna.

"Eh, ja." Charlotte blev röd i ansiktet och ville först inte ha hjälp. Men hon tyckte att mannen verkade snäll och sympatisk och hon gav med sig. Hon blev sittande på en målarpall medan Chang hämtade ett glas vatten.

"Drick."

"Tack snälla du. Jag har inte ätit något och…"

"Det är viktigt med mat. Annars orkar man inte." Han tittade myndigt på henne och lade ifrån sig rocken på disken. Efter det började han rulla ihop pappret och placerade det i en svart sopsäck som stod i ena hörnet. Därefter tog han glaset, gick ut och fyllde på det.

"Drick. Vatten är livets källa. Det är från vatten vi hämtar kraften."

"Tack." Hon tittade tacksamt på honom och log medan hon tömde glaset igen.

"Förlåt, jag ska presentera mig. Jag heter Chang och har pratat med Eva på arbetsförmedlingen." Han sträckte fram sin hand och hälsade med ett fast handslag.

"Vad bra att Eva fick tag på dig. Jag heter Charlotte och ska försöka få ordning på lokalen."

"Det kommer du att få." "Tror du det?"

"Det är ett extremt bra läge. Här kommer du att lyckas. Lokalen är fin och. Jag är villig att hjälpa dig med all min kunskap." Chang slog ut med armarna och tittade sig runt. "Mer vatten?"

"Nej tack, nu klarar jag mig. Tack i alla fall. Utan dig hade jag blivit sittande alldeles ensam."

De skrattade och hon bestämde sig i samma sekund för att Chang skulle vara den som fick hjälpa henne i butiken. Han verkade lugn och trygg och var inte rädd för att ta initiativ.

Dessutom verkade han vara självgående. Exakt en medarbetare med den kapaciteten som hon sökte.

En stund senare hade Chang hämtat mat som de åt i pentryt och Charlotte hade passat på att avboka mötet med Lotten.

"Vilken tur att du dök upp, som på beställning." Charlotte pratade med mat i munnen, något som var väldigt olikt henne. Efter en stund kände hon att styrkan var på väg tillbaka.

Charlotte hade ringt arbetsförmedlingen under tiden Chang hämtat mat och gått igenom det praktiska. Lönebidrag och papper hit och dit. Det fick hon ta med Lotten vid senare tillfälle.

Tur att hon hade någon som kunde ta hand om det administrativa medan hon ägnade sig åt det kreativa.

"Eva tyckte det var fantastiskt att du ska börja och du kan besöka henne imorgon för att skriva på pappren."

"Jag är jätteglad och tacksam över att få börja jobba med dig. Ser fram emot detta." Livsglädjen hade på några timmar kommit tillbaka i hans ögon och han kunde jobba hela natten om hon hade önskat. En trist morgon hade förvandlats till en underbar dag med oanade möjligheter.

"Jag också." Charlotte satte igång kaffekokaren och tyckte att det var en charmig man.

Språket var inte perfekt, men vem var perfekt i dessa dagar?

Chang log med hela ansiktet och plockade undan efter måltiden. I den här butiken skulle han trivas. En kvinna med stil och smak och en butik i sin linda.

Resten av eftermiddagen gick de igenom det sortiment som Charlotte planerat och Chang kom med kloka inflikningar. Det klickade mellan dem på en gång och de märkte snart att de hade samma smak vad det gällde inredning. Strax innan fem på eftermiddagen kom hantverkaren och satte upp hyllorna. Efter det ägnade de flera timmar åt att packa upp lampfötter och skärmar som levererats på eftermiddagen, en dag för tidigt.

"Har du sett vilka fina? Vet du vad? Jag har kontakter i mitt hemland och kan undersöka vilket sortiment de kan erbjuda."

"Men Chang, det kunde vara jättespännande. Jag vill att vi ska ha ett brett sortiment och får vi det kan vi starta upp en hemsida och sälja via den. Det finns oanade möjligheter."

"Det är en bra idé. Internet är ett bra komplement till butiken. Det kan bli hur stort som helst. Jag kan undersöka möjligheterna med hemsida och försäljning."

Oanade möjligheter, hon skulle bara veta, tänkte Chang och vek ihop några småkartonger.

"Är du duktig på datorer?"

"Jag har gått några kurser. Det är inte svårt, man kan googla på det mesta. Det är bara att ta ett steg i taget och följa anvisningarna."

"Underbart. Själv avskyr jag datorer. Och vad det gäller importerade varor kunde de sätta piff på butikens sortiment." Tankarna snurrade. Importerade varor från olika länder kunde betyda mycket. Eftersom det fanns många nationaliteter i närheten kunde många kunna få sina behov tillfredsställda.

De lämnade inte butiken förrän vid halvtio på kvällen och avslutade med en hamburgare och läsk. Något som Charlotte i princip avskydde lika mycket som datorer, men hon kände sig ung på nytt med en burgare i handen och pommes dippade i ketchup.

Vid hemkomsten mötte hon Gustaf i köket.

"Åh, vilken toppendag jag har haft." Hon strålade och tog ett glas kallt vatten. "Åh, vad gott. Jag har ätit hamburgare."

"Hamburgare? Ja, jag tyckte att du hade gått upp några hekto…"

"Hördudu." Hon satt händerna i midjan och låtsades bli sur.

"Jag älskar dig och du får äta vad du vill. Kom hit." Han reste sig och kysste henne.

Den kvällen somnade både Charlotte och Chang snabbt. Charlotte med Gustaf vid sin sida i sängen och Chang med fotografiet på Lia.

Kapitel 7

Vanligtvis gillade Johan fart och fläkt. Att träffa nya människor och skapa kontakter. Men efter att ha blivit halvt omkullsprungen två gånger, varav en gång av en dam med rullator konstaterade han än en gång att Stockholmshetsen inte var något för honom. Vad var storstadens stress mot landets rena luft och lagom stora krogar? Fågelsången var tusen gånger trevligare än rödljusens blippande. Han längtade hem.

Att ta sig fram en halvmil i Stockholms centrum med taxi, var som att åka tre mil på landet. De röda gubbarna tycktes ha patent på att visa sig och taxametern snarare rasslade än tickade. Det stämde med vad Philip brukade säga. Det bästa med Stockholm är E4:an därifrån. Han hade haft en stund för sig själv och hunnit handla en inflyttningspresent. Priserna i Stockholm var lika höga som gubbarna var röda. Att drogaffärerna hade stagnerat märktes i hans plånbok.

Efter en hamburgare och inköp av en ny skjorta stannade taxin på Hornsgatan. Redan när han öppnade dörren till Claes och Lindas hus hördes musik. Han funderade på om grannarna hade rest bort. Det lät som en välbesökt fest och Johan stannade till i trapphuset. Han undrade om det endast var mystiska, konstnärliga typer på plats. Eller om det fanns någon man kunde prata med som vanligt. Vad nu vanligt kunde innebära. Nåja, det spelade ingen roll. Han ville träffa sin bror, ge hans gravida flickvän en kram och äta gott. Det kunde vara skönt att få träffa andra människor än sjukgymnasten och mamma. Eftersom han fortfarande åt starka värktabletter fick han ta det lugnt med alkoholen.

Även om mötet med Philip och Lennart hade gått bra, kunde han inte låta bli att känna en viss press inför framtiden. Lennart var beroende av inkomsterna både från droger och trafficking. Det var tjejerna som tog in drogerna. Efter det såldes både tjejerna och drogerna. Win-win, hade Lennart sagt. Johan gillade inte traffickingen, det hade växt lavinartat innan han blev skadad. Smutsigt, men inkomstbringande.

Johan måste tillbaka, in i ekorrhjulen. Ut på krogen, träffa kunder, sälja in och vara trevlig. Charma fulla tjejer och prata omkull unga killar. Allt för att få bjuda på en påse namnam, som snabbt kunde mynna ut i ett beroende.

Han mindes den svarthåriga tjejen med tatuerad hals, som tog en överdos andra gången hon köpt av honom. Redan första gången han pratade med henne reagerade han på hennes tomma blick. Ensam och sökande. Tjejen hade hängt efter honom hela kvällen och frågat om han kunde skjutsa henne hem.

Skjutsar du hem mig kan du få ligga med mig, hela natten. Du får göra vad du vill, om du rör mig, om du är med mig en stund. Om jag får känna närhet och du säger något fint, det behöver inte vara äkta, behöver du inte ens bjuda mig på kola. Se mig.

Eller de två unga killarna som kom in på krogen för första gången. Stolta tryckte de upp sina leg i näsan på ordningsvakten och skrek att de nyss fyllt arton.

"Men vad fan, syns det inte att vi är artoooon. Kolla körkortet."

De beställde två öl vardera i baren och blev avvisade redan kvart över elva. Portade för att ha stått på borden och tagit av sig skjortorna, men med varsin liten påse i fickan med sig hem. Redan tre dagar senare hade Johan fått sms om en ny beställning. De hade blivit några av hans trognaste kunder.

Han hade sett en av killarna på apoteket en vecka tidigare. Risigt hår och en skitig jacka.

Nere i ett svart hål som han aldrig orkade krypa upp ifrån. Johan hade vänt ryggen mot honom och dragit ner mössan. Att bli igenkänd som knarklangare på apoteket var inget han ville. Han hade skyndat sig ut därifrån och försökt glömma killen. Frågan var om det var det här Johan ville hålla på med.

Ett par fnittriga tjejer kom in genom porten och han blev avbruten i sina tankar. De vinglade fram på höga klackar och stampade försiktigt av sig snön.

"Hej."

"Hej, ska du också till Linda och Claes?" En av tjejerna knäppte upp sin päls.

"Ja. Ni också?"

"Ja. Är du i branschen eller?"

"Nej, jag är Johan, Claes bror." Johan sträckte på sig och kände stolthet över att vara brorsa till en av Sveriges bästa musikalartister.

"Brorsan. Gud vad kul, han har inte berättat att han har en bror. Jag heter Cissi och det här är Lena. Kom, vi tar hissen."

Sekunden innan hissdörren gick igen kom en lång kille inspringande genom porten.

"Vänta på mig." Han kastade sig in i hissen och det yrde när han skakade av sig snön.

"Ursäkta om jag tog med mig en tornado in. Vilket busväder."

"Roger. Vad kul att se dig." En av tjejerna kastade sig om halsen på honom och en orgie av kindpussar startade.

"Cissi, dig har jag inte sett sedan Oscarspremiären. Fick du rollen du sökte?"

"Nej, det hjälpte inte att du lade ett gott ord heller. En tjej från Göteborg sopade mattan med alla sångare. Typiskt." Hon hängde med huvudet och han gav henne en kram.

"Göteborgsbrudar kan vara vassa, men din tid kommer. Hej förresten, Roger Fridh."

Han tittade på Johan och sträckte fram handen. Han bar en lång rock, välpressade byxor och nya lågskor. Halsduken var av siden och Johan kände igen märket.

"Hej."

"Vet du att det här är Claes bror, Johan?" Cissi log stort med sina nyblekta tänder. "Claes bror, vad kul att ses. Jag tyckte jag kände igen dig. Du var på premiären av Company, eller hur?"

"Ja, det stämmer."

"Claes är en riktig talang. Jag har inte jobbat med honom än men hoppas få göra det i framtiden."

"Med mig också kanske?" Cissi höll Roger i armen som ett barn som vill ha godis.

Snälla du, jag tänker inte ens anställa dig som soppåse Cissi. Du sjunger falskt, steppar illa och har alldeles för smala ben. Dessutom är du för det mesta sen till repetitionerna och har jämt minst två förkylningar varje halvår. Ingen har någon nytta av dig i branschen.

Ingen.

"Man kan aldrig veta." Han pressade fram ett stelt leende och tittade på de digitala siffrorna ovanför dörren.

Hissdörrarna öppnades och Cissi var snabbt framme vid dörren. Hon ringde ett par korta signaler därefter öppnade hon och sällskapet gick in. Johan såg sig omkring och kände sig vilse bland alla de kramar som utdelades. Han blev stående i ett hörn med sin jacka men Claes var snabbt framme och gav honom en lång kram.

"Det var inte igår. Fasen vad kul att du kunde komma upp. Du ser piggare ut nu."

"Tack, det känns bättre. Men det är en bit kvar."

"Härligt. Kom in i vår trånga tvåa och hälsa på alla. En del är musiker och några är jobbarkompisar. Några riktigt sköna typer, du kommer att gilla dem." Han dunkade Johan i ryggen och de klev in i köket för att hälsa på Linda.

"Johan, äntligen. Du är jättevälkommen."

"Tack. En liten inflyttningspresent." Han överlämnade ett paket till Linda som genast öppnade.

"En ny teservis, det vad vi behöver. Claes slog sönder en kopp igår. Den ska vi spara till högtidliga tillfällen. Den är helt underbar, tack snälla Johan."

"Nej, varje dag är ett högtidligt tillfälle. Fråga mig, jag vet. Spara inget för framtiden."

Johan hade fått en mer ödmjuk inställning efter skogsbranden där han höll på att mista livet. Det slitna uttrycket carpe diem, hade fått en annan innebörd.

"Synd att Anna blev dålig."

"Trettioåtta grader och en näsa som rinner. Men hon hälsade."

"Ni får komma upp i sommar, då tar vi en sväng på Grönan och avslutar på en trevlig uteservering."

"Det kommer Anna att gilla." Johan lämnade jackan till Claes som försvann till hallen.

Förra gången han och Anna varit på besök fanns fortfarande de gigantiska, gula blomtapeterna kvar i köket. Nu hade de ersatts av en ljusgul färg och nya köksmöbler. Linda hade sytt nya gardiner och det stod fräscha blommor i fönstret. Johan tittade sig omkring och blev sugen på att flytta hemifrån. En egen lägenhet med Anna. Nya möbler och mattor utan kaffefläckar. En stor dubbelsäng med varsitt täcke och varsin byrå. Med stora lådor. Han log vid tanken och bestämde sig för att ta ett snack med Anna. Vem vet, han kunde kanske börja leta lägenhet och överraska henne?

Han var fortfarande nervös över förlovningsringen men hade i alla fall kollat storlek och inskription. "För evigt." Något patetiskt men ändå kärleksfullt och ärligt menat.

Festen var i full gång och det var ett tjugotal gästen, alla inom kultursvängen, som trängdes, mumsade snittar och drack bål. Johan överraskades av hur trevliga alla var, trots att de levde i skilda världar. Det bjöds på roliga minnen från scenen, där publiken oftast var ovetande om vad som var tänkt att ske och trodde att allt var som det skulle, vad som än hände.

En tjej berättade om hur hon tappat rösten mitt under sitt huvudnummer och en annan hur hon tappat en sko på scenen mitt under ett dansnummer. Kvällens andra slitna uttryck, the show must go on, gjorde sig påmint. Claes berättade om sin första reklamfilm och hur det fick göra hur många omtagningar som helst för att han och tjejen hade spillt tandkräm på varandra. Alla skrattade och glasen fylldes på.

Claes minglade omkring och pratade med de manliga dansarna om han fått bra kontakt med under repperioden. Johan blev sittande med Linda. De pratade om det kommande barnet och hennes jobb, Johans skador och Claes framgångar.

"Han är överlycklig. Titta på honom." Linda nickade mot soffhörnet och tittade på Claes och Roger som parkerat sig med varsitt glas och en chipsskål. "Roger är en av de tyngsta producenterna i Mellansverige. Alla vill jobba med honom. Claes och jag brukar kalla honom för Magneten."

"Jag fattar. En riktig höjdare." Johan ställde ifrån sig glaset.

"Det finns mer cola. Jag stötte på honom förra veckan och bjöd in honom. Tänkte det kunde vara bra om han och Claes fick en chans att prata. Det kan leda till vad som helst."

"Det tror jag säkert. Han verkar vara tät av klädseln att döma."

"Det stämmer. Hans föräldrar kommer från London och har varit framgångsrika inom branschen i många åt"

"Kul om det blir något samarbete mellan honom och Claes. Det kan leda till vad som helst." Johan tog mer Cola.

"Det hoppas jag också."

Hade Linda vetat hur deras samarbete var på väg att utvecklas hade hon aldrig bjudit in honom.

* * *

Claes och Roger var involverade i ett djupt samtal om rollkaraktärer och hur viktigt det var att kunna leva sig in i rollen och få kontakt med sina egna känslor. Kunna relatera till personliga händelser och genom det agera trovärdigt. Inte enbart gå in på scenen och leverera utan beröra och få kontakt med publiken. Något som kunde vara svårt att göra eftersom hjärnan var full av dans och sångstämmor.

"Hej Roger, har du några jobb på gång måste du tänka på mig." Cissi slog sig ner i hans knä iförd en av kvällens kortaste kjolar, som numera liknade ett brett skärp.

"Givetvis gullet." Roger tittade på Claes och himlade med ögonen samtidigt som han lyfte bort henne. Svettdoften spred sig och han rynkade på näsan.

Claes hade slutat att förvånas över vissa människors desperata metoder för att få jobb.

Arbetslösheten bland skådisar och musikalartister hade under alla år varit hög. Han var en av de lyckliga som kunde leva på det han gjorde, men han hade fått slita för det. Cissi var en av de tjejer som hade det tufft. Ena veckan jobb som stand in och andra veckan som servitris. Det gick rykten om att hon gått sängvägen med vissa regissörer, men eftersom hon sällan presterat någon bra på scenen gick det inte längre att krypa in mellan lakanen.

Han såg att den ena lösögonfransen lossnat och hon började likna en tjej man betalar för att få träffa. Claes kände sig äcklad och började förstå varför hon sällan fick några jobb. Hon blev sittande bredvid Roger i soffan och lutade sig bakåt. Efter ett par sekunder somnade hon och Roger ställde hennes glas på bordet.

De fortsatte att prata och Roger fick flytta sig närmare Claes eftersom soffan var full. Han placerade sin arm på ryggstödet och Claes fylldes av en märklig känsla. Ett magpirr och en värme han inte känt på länge. När han tittade in i Rogers ögon spred sig ett lugn i hans kropp och han hade inte en aning om vad Roger pratade om när han fick frågan.

"Borde vi inte det?"

"Ehh, vad?" Han vaknade upp och blinkade några gånger, som för att komma tillbaka till verkligheten.

"Jobba ihop? Det kunde vara jättekul. Jag kan tänka mig…"

"Roger, jag älskar dig." Cissi hade vaknat till och drog i Rogers arm i ett desperat försök att få uppmärksamhet.

"Du har en viss fanclub." Claes garvade och Roger försökte få bort Cissi. Det gick inget vidare och resten av kvällen blev de störda var de än befann sig.

"Vi får höras av vid ett annat tillfälle. Mitt kort." Roger sträckte fram ett svart kort med guldkanter och sirlig stil. "Numret är privat. Du kan nå mig dygnet runt." Han höll kvar kortet en sekund längre än brukligt innan Claes fick ta det. Deras ögon möttes och Claes blev stående en lång stund med kortet i handen. Det var som om det brände, gav ifrån sig energi och ville ha honom. Som om det klistrade sig fast i handen. Numret är privat. Du kan nå mig dygnet runt.

"Jag måste ta med mig Cissi hem, hon är stupfull. Kan någon ringa taxi, jag hittar inte min mobil?" Lena stötte till honom och han tog snabbt fram mobilen och ringde. Ju förr de blev av med Cissi, desto bättre.

Roger hade slunkit ut före tjejerna och Claes höll sig till cola resten av kvällen. Klockan närmade sig två och några av gästerna drog vidare och några tog taxi hem. Musiken tystnade och bålskålen visade botten. Kvar i soffan blev Claes och Johan med kvarvarande ostbågar. Linda började plocka fram extrakudde och täcke. Hon bäddade i ena soffan.

"Vad skönt det ska bli." Johan gäspade och skickade ett sms till Anna.

"Jag måste försöka komma hem och hälsa på. Hörde att mamma ska öppna lampaffär."

"Ja, det var otippat."

"Hur kommer det att gå, tror du?"

"Hon har Lotten med sig på den ekonomiska sidan och pappa får öppna plånboken antar jag. Hon jobbar på för fullt och det kommer att bli fint. Orkar hon hålla det tempot blir butiken en succé."

"Jag tror hon gör rätt i det. Att gå hemma och göra mat till Gustaf som kommer hem med leriga stövlar klarar man inte hur länge som helst."

"Inte jag heller. Jag tror att hon har hittat någon som hon ska anställa."

"Det låter bra, annars kan hon nog få för sig att sova i butiken för att vara nära kunderna.

De skrattade glatt och åt upp de sista ostbågarna. Efter en stund hörde de klirr från köket.

"Kom ett tag grabbar." Hon tittade ut i vardagsrummet med en pillemarisk blick.

"Vad är det på gång?" Johan reste sig och gick ut i köket.

"Linda, vi måste lägga oss nu. Vad har du hittat på?" Claes kom efter och blev stående vid köksdörren.

På bordet var det dukat med levande ljus och de nya tekopparna. Tygservetter och småkakor som Linda köpt på det nyöppnade konditoriet i samma hus.

"Jisses, vad mysigt. Claes gift dig för fan." Han skrattade och gav Linda en kram. "Sätt er."

"Haha, vet du vad klockan är?" Claes drog ut stolen till Linda och efter en stund var kopparna tomma och fatet rensat.

"Vilken avslutning på en inflyttningsfest. Hit kommer jag fler gånger." Johan gäspade och tittade på sin bror och hans älskade.

"Det är inte ofta vi sitter här tillsammans. Det gäller att passa på." De åt varsin smörgås under tystnad och drack det nybryggda teet. Linda dukade av och Johan blåste ut ljusen.

En kvart senare sov Claes och Johan. Linda passade på att städa undan det värsta. Hon älskade att pyssla i lugn och ro. Hon tog en kopp te till och såg fram mot en lång sovmorgon när det högg till i magen utan förvarning. Det kändes som om någon stack in en kniv och vred runt. Hon blev kall i hela kroppen på ett par sekunder och hennes smala kropp veks ihop av smärtan. Något varmt började rinna längs med ena benet och tårarna kom.

Kapitel 8

Pallen flög över rummet och landade i golvet med enbart två ben kvar. Pauli knöt sin hand med mobilen i. Blodådrorna på halsen började framträda med allt mer tydlighet. Aulis blängde på honom och var nära att resa sig upp men stannade vid anblicken av Paulis svarta ögon.

"Det är inte bra."

"Vad är det som händer?"

"Jag fick den information jag ville ha. Eller den jag inte ville ha."

Han slöt sina ögon och såg sin syster framför sig. Han kallade henne för syster fast det inte stämde. De satt vid den lilla sandhögen på innergården och lekte. Hon hade ärvt hans grå tröja med hål på armbågen men var överlycklig över att fått byta ut sin gamla. Pauli hjälpte henne att göra ett sandslott och hon sa att hon skulle bo i ett slott i framtiden. Hon skulle ha vackra klänningar och fina skor. Med klack. Klapprandet av klackar i korridorerna skulle höras.

"Elena, jag ska ta hand om dig, det lovar jag. Säg till mig om du behöver hjälp."

"Det lovar jag, Pauli."

"Du är som en riktig syster för mig."

"Du är som en riktig bror för mig."

"Saknar du att inte ha en riktig mamma?"

"Vet inte. Det man inte haft, kan man inte sakna."

"Det är sant."

"Din mamma är ok."

"Bra att du tycker det."

"Men du är bäst av alla, Pauli."

"Lova mig att du hör av dig om du behöver hjälp."

"Jag lovar."

Hans mindes hur han suttit barnvakt åt henne, hur han matat henne och hur han lärt henne cykla på den röda cykeln han stulit i andra änden av staden och gömt i förrådet. Han sprang bakom och höll i pakethållaren ända tills hon cyklade för egen maskin. Han släppte och höll tummarna. Sekunden efter föll hon omkull och skrek över halva kvarteret. Han mindes hur han tröstat henne och hur han lärt henne stjäla plånböcker utan att bli avslöjad. Från de fina herrarna på den stora gatan. Hon blev den bästa i syskonskaran.

"Berätta, vad du fått reda på." Aulis reste sig och slog ut med händerna.

Han visste att Pauli hade ett hett temperament och att vad som helst kunde hända om han inte fick vad han ville. De hade känt varandra sedan barnsben. Pauli hade inte haft det lätt i skolan. Men han lärde sig att slåss och efter ett tag gick det bättre. Har man starka nävar kan man få andra att göra sina läxor och ljuga om man är frånvarande. Till och med förfalska betyg om man behövde. Det hade ryktats om att Pauli misshandlat rektorns son vid ett tillfälle. Efter det drogs hotet om relegering in och Pauli fick fortsätta i skolan.

Fått nys om att en tjej vid namn Elena rest till Sverige. Hon liknar din syster på fotot.

Tyvärr ser det ut som om hon jobbar som prostituerad. Måste kolla med fler källor, återkommer.

Pauli läste meddelandet flera gånger. Elena hade alltså åkt till Sverige och börjat jobba.

Men inte som barnflicka eller butiksbiträde. Nej, som prostituerad. De hade blivit upplockade av en kille som hon och hennes väninna lärt känna på Kafé Lime. Därefter hade de fått varsin båtbiljett och ett löfte om bra jobb och stora pengar. Den dagen sanningen uppdagades var det för sent.

Nu hade Pauli fått information genom att öppna plånboken, men han ångrade att han varit påstridig. Det kändes inte bra att veta. Nu befann hon sig i ett annat land och jobbade under slavliknande förhållanden. Pauli och Aulis hade träffat fnask och visste exakt hur de behandlades. Som handelsvaror, utbytbara och värdelösa.

"Hade jag vetat det jag vet, hade jag inte låtit henne åka."

"Du hade antagligen inte kunnat stoppa henne." Aulis tände cigaretten och satte sig vid bordet.

"Det kan du lita på att jag hade gjort. Får jag tag i den jäveln som gav henne biljett till båten…"

Mobilen ringde och han höll på att tappa den av iver när han svarade. "Hur vet du det? Är du säker? Ok." Han lade på och tittade på Aulis. "Jag fattar varför hon inte har ringt."

"Vad menar du?"

"Åk hem och packa. Vi ska till Sverige." Han stängde dörren till Aulis lägenhet med en smäll och gick ut. Framme vid bilen såg han sitt ansikte i rutan och stående. Ilskan och frustrationen pressade ihop hans läppar och vecken i pannan blev grova. Det enda han såg framför sig var Elena.

Den smala flickan på en tillplattad skumgummimadrass med ett välanvänt, fuktigt lakan över. I ett instängt rum med kala väggar och bart golv. Män som stod i kö, med pengar i den ena handen och kuken i den andra. Han måste hitta henne och ta henne därifrån. Hem till Polen och hem till... Ja, hem till vad? Att kunna hitta ett arbete med luckor i betygen var i princip omöjligt. Chanserna att göra annat i Polen än vad hon gjorde i Sverige, var lika med noll.

Magen började vända sig och han fick panikbromsa för ett äldre par vid ett övergångsställe var han tvungen att ta ett djupt andetag för att kunna åka vidare. Han parkerade utanför porten och gick in i huset. Han fick vänta på hissen och trummade nervöst med fingrarna. Han tryckte på våning två och tände en cigarett och drog ett par snabba bloss. Han var tvungen att stämma av några saker innan han kunde åka. Avboka jobb. En kille som var sen med en knarkskuld var på väg att elimineras. Det var i de situationerna man ringde Pauli. Och Pauli ringde till en bonde eller åkte hem till vederbörande och sköt honom. Tre skott, därefter var problemet över. Pengar efter förra jobbet låg hemma i kassaskåpet och det kunde räcka för en betydligt längre resa än till Sverige.

Han for runt i lägenheten och slängde ner det viktigaste i en väska. Handbagage fick räcka, resten fick köpas på plats. Han visste inte hur länge de skulle stanna. Magen knöt sig och han ville i själva verket åka till krogen, beställa mat och dricka och spendera en långlunch med Aulis för att gå igenom de framtida torpedjobben. Därefter ta en kaffe och ett par timmar på gymmet. Men efter informationen om Elena som han fått av kontakter i Danmark och samtalet, hade hungern övergått till illamående.

En halvtimma senare satt han och Aulis i bilen på väg till flygplatsen i Warszawa.

"Hur länge blir vi borta?" Aulis hade även han enbart plockat med sig det viktigaste och i all hast glömt tandbortse och tandkräm.

"Ingen aning. Tills jag fått tag i rätt person. Kan gå fort, kan gå långsamt. Vi får se." Pauli beställde två flygbiljetter i sista minuten. Våren hade inte kommit än och blåsten var envis.

Han drog ner mössan över pannan och tog ett djupt andetag. För varje meter de körde kändes det som de kom närmare mardrömmen. Han provade att ringa Elenas mobil men den var lika död som det varit sista tiden.

I början hade hon ringt. Ljugit och sagt att allt var bra. Att hon längtade efter honom och att hon snart ville komma hem och hälsa på. Den sista gången han pratat med henne var i september. Efter det hade det varit tyst. Han antog att hon jobbade men efter ett tag förstod han att det var något som inte var som det skulle. Hon kom inte hem till jul och nyår, hörde inte ens av sig och svarade varken på telefon eller sms. Ingen av hennes vänner visste var hon befann sig och han visste inte vart han kunde vända sig. Ett tag funderade han på att efterlysa henne via polisen men vid närmare eftertanke ångrade han sig. De kunde leda till att de började luska i hans privatliv och det vore inte hälsosamt för affärerna.

Pauli hade kontakter över hela Europa och han började forska efter vart hon hade kunnat ta vägen. Det tog lång tid innan han hittade någon som visste svaret.

"Bakom Volvon är det ledigt." Aulis pekade och Pauli svängde in mellan två svarta bilar. De halvsprang in och det var inte förrän de löst ut flygbiljetterna som Pauli kunde slappna av.

"Det var kontakten i Danmark som ringde." Pauli började berätta om samtalet. "Killen hade hört sig för om marknaden vid ett Sverigebesök ett par veckor tidigare. Prostitutionen växer som ogräs och har flyttat från stritan. Brudarna finns numera i olika lägenheter som de flyttades runt mellan. Killen hade känt igen Elena från ett foto och berättade att hon bott på ett ställe som kallades Flin, eller Flen. Jag vet i fan."

"Bor hon där fortfarande?"

"Jag vet inte."

"Var ligger Flin?"

"Jag vet inte. Men vi börjar med att ta oss till Sverige. Efter det får vi se vad som händer."

Aulis somnade på flyget medan Pauli satt stilla och stirrade rakt fram. Det enda han tänkte på var, hoppas det inte har hänt henne något, hoppas det inte har hänt henne något.

Huvudet dunkade och det blev inte bättre av att fem tjejer i stolarna framför men tjattrade om allt och inget med varandra under större delen av resan. Deras billiga parfym stack i hans näsa och han fick beställa en kopp starkt kaffe för att kunna klara av resan utan att spy.

Hans mamma hade varit fattig och fått ta alla jobb hon kunnat få. Ensamstående och ont i ryggen. Det blev inte bättre av att hennes syster dött och lämnat ett barn efter sig som inte hade några andra släktingar än deras familj. En mun till att mätta. Syskonen fick hjälpas åt att ta hand om flickan och till slut hade hon blivit som en riktig syster för Pauli. Hon var begåvad och hade kunnat gå ut med toppbetyg om hon hade velat. Istället ägnade hon sig åt att snatta och stjäla allt hon kom över. Allt för att få mat för dagen. Hon var vacker men inte klok nog att utnyttja sin begåvning på rätt sätt.

* * *

I Sverige var Lennart på gång att ta emot en ny laddning tjejer. Fem stycken som alla var under arton. Inom ett par dygn hade han ha placerat ut tjejerna i olika lägenheter i Stockholm, tagit deras pass och tömt väskorna på kokain. Efter det provknullade han alla och bestämt vart de skulle. Norrköping och Flen var fortfarande de bästa marknaderna med lojala hyresvärdar som struntade i springet i trapporna om de fick en slant varje månad. På sista tiden hade även lägenheterna i Stockholm varit fulla. Den marknaden var på väg att växa, det kände han på sig. Det plingade ständigt i mobilen och hans medhjälpare hade fullt sjå att ta betalt och boka in nya kunder.

Sista tiden letade de efter fler lägenheter som kunde hyras i andra hand och Lennart fick själv åka till Arlanda. Det gjorde honom inget. Han trivdes med livet. Numera hade han skaffat sig en mer sofistikerad klädstil med dyra märken. Tyvärr hade inte sättet och attityden ändrats till det bättre.

Johan och Philip brukade reta honom för det och kalla honom för utklädd clown. Han blev sårad innerst inne men visade sällan något. Ibland försökte han vara snäll och vänlig mot sin omgivning men det slutade för det mesta fel. Till slut beslöt han sig för att köra sitt eget race. Det hade han råd med numera.

Jobbet var det enda Lennart ägnade sig åt. Hans lägenhet var spartanskt inredd och han åt alltid ute eller köpte med sig mat hem. Den åt han på den bruna skinnsoffan i vardagsrummet. Dörren slog igen bakom honom och i samma sekund kröp ensamheten på honom som en ångestklump. Han kunde sitta i timmar och titta ut genom köksfönstret som vette mot en affär. Han såg barnen gå och handla med sina föräldrar, hand i hand och med ett leende på läpparna. På vägen hem hade de glass eller godis i handen. Deras lycka strålade som en sol, men han nåddes inte av några strålar.

Han somnade ofta framför teven och stängde sällan av den om han vaknade och gick in i sovrummet. Det kändes bra med ljud i lägenheten. Som om någon fanns där. Någon som brydde sig om honom. Att skaffa tjej hade inte blivit av. Han var osäker på om det var ointresset från deras eller hans sida som var störst. Ibland blev han avundsjuk på Johan som hade Anna vid sin sida. Tänk att ha en kvinna som henne. Men med hans bakgrund och nuvarande sysselsättning var chansen inte stor.

Drömma fick han göra någon annan gång, nu var det jobbet som gällde. Efter ett kort stopp på vägen var han uppe på Arlanda. Han tittade på den nya Rolexklockan och hörde plan efter plan landa. Efter en stund anlände planet från Warszawa och han såg tjejerna på långt håll.

Det behövdes inga foton för identifikation. Fem smala pinglor som tjattrade oavbrutet. Det lyste hora om sällskapet på långt håll. Han önskade att de ibland kunde tona ner imagen en aning. Det var som om det visste vad de skulle jobba som. Med lätta steg och stora leendet kom de till honom som bin till honungen. De såg räddningen som var på väg att fixa jobb och pengar, räddningen som kunde ge dem ett bättre liv.

Men det var Lennart som stod på Arlanda. Mannen som skulle smutsa ner deras självförtroende, förnedra deras kroppar och sälja deras själar. Mannen som dränerade dem på drömmar och diktera villkoren med hela handen. Ända tills han själv valde att sluta. Och då var det till att åka hem igen, utan ett öre på fickan.

Resenärer strömmade fram och han höll på att krocka med ett par män i sin egen ålder.

Båda bar mössa, djupt nerdragna i pannan och såg inte ut att vilja flytta sig en centimeter. De verkade ha klippkort till gymmet. Lennart gick åt sidan och studerade männen en stund innan tjejerna kom fram till honom. En olustig känsla spred sig inom honom. Det var något med männen som gjorde honom nervös. Mer hann han inte tänka, för efter det kom tjejerna.

Parfymdoften slog emot honom och han studsade tillbaka. Fy fan, detta fick det bli skärpning på. Han kunde inte ge kunderna som vill knulla en klädnypa direkt.

"Welcome to Sweden. Here your dreams will come true." Hans leende charmade alla tjejerna och de tackade honom med kramar och kindpussar. Det här börjar bra, tänkte Lennart, och började gå mot utgången medan kvittret följde honom som ett dåligt klistermärke.

Innan han kom till Arlanda hade han lämnat fyra tjejer vid båtterminalen. De var på väg tillbaka hem till Polen efter att ha gjort sitt. Trötta, glåmiga, såg slitna ut och hade druckit för många flaskor alkohol. Dessutom hade en av dem börjat bråka. Lennarts uppfostringsmetoder med örfilar hade inte fungerat och han hade tagit till knytnävarna för att därefter konstatera att hon inte kunde dra in några pengar på flera dagar på grund av diverse blåmärken. I det läget var det enkelbiljett hem som gällde. Ingenting kunde stoppa Lennarts framfart. Det skulle även det nya sällskapet bli varse.

En timma senare stannade han utanför lägenheten i Stockholm. Tjejerna gick molokna in genom porten och kände att de inte hade något val. Det var trångt i hissen men de klämde ihop sig och Lennart spanade glatt ner i urringningarna.

"Shall we work here?" Den yngsta tjejen med kort blont hår och uppnäsa vände sig mot Lennart.

"That´s correct. Get in to the appartement now. Hurry up." Han öppnade hissdörren och manade på tjejerna.

När de började ifrågasätta var familjerna var, som de blivit lovade att arbeta som barnflickor hos fanns, levererade han sanningen. Allt medan han skar upp deras väskor och plockade ut kokainpåsarna. Några av tjejerna började gråta och en började gå mot dörren. Men en av killarna kom snabbt till undsättning och lyfte upp henne och bar in henne i sovrummet. Efter en halvtimma innanför dörren med honom, var hon tyst resten av dagen.

"Mat finns i kylen och vatten i kranen. Tar ni passen? Jag lämnar över till er nu. Se till att de börjar jobba på en gång." Lennart värmde en halv kopp kaffe i mikron och tog ett par klunkar innan han lämnade lägenheten.

Kvar stod fem förvånade flickor som såg sina drömmar försvinna i samma sekund som dörren slog igen.

Kapitel 9

Solen gassade på Parton som skällde och viftade på svansen. Blicken vilade på en hare men han orkade inte springa ifatt den. Istället meddelade han husse att det fanns objudna gäster på tomten.

"Tyst på dig gubben. Låt harkraken vara." Gustaf daskade till honom lätt på baken med handskarna men fick ingen reaktion. "Seså, in med er nu."

Det hade hunnit bli mars och Gustaf var på väg att träffa en gammal bekant över en lunch. Han längtade efter att Charlotte skulle ha sin invigning av butiken och att dagarna kunde börja gå sin gilla gång igen. Hon hade blivit morgonpigg på kuppen och gick upp samtidigt som Gustaf, ibland tidigare. Åtminstone påstod hon att hon var det när klockan ringde och ögonen stod i kors.

"Du kommer aldrig att vänja dig vid tidiga morgnar." Gustaf passade på att reta henne medan han bredde varsin smörgås till hundarna.

"Gustaf, smörgås är inte optimalt." Charlotte blängde medan hon plockade in i diskmaskinen.

"Skulle du gå igång på torrfoder tre gånger om dagen? Det måste finnas något annat i livet." Han klappade om Dolly som kärleksfullt slickade hans arm.

"Chang har börjat prata om att öppna en hemsida och sälja via den. Vi har pratat om det tidigare och nu vill han köra igång."

"Du har inte kommit igång än och ska redan börja sälja via datorn."

"Internet Gustaf, internet. Inga hårda ord nu. Jag tror att du är orolig att det ska gå för bra för mig och att jag inte kommer att vara hemma på kvällarna." Hon stannade upp och gick fram till honom. "Du kan vara är gift med en kommande stjärna inom branschen?"

"Kära du, jag tvekar inte en sekund på att du kan driva butik, men att börja med internethandel redan nu är möjligen lite tidigt. Etablera butiken i ett år eller två. Därefter kanske du har kapacitet och..."

"Jag vill inte vänta i två år."

De fortsatte diskussionen en stund och Gustaf kände att det inte var han som gick segrande ut genom dörren. Han brydde sig inte. Var Charlotte nöjd och glad var han nöjd och glad.

Hundarna fick vara hemma medan han åkte iväg för att köpa nya sommardäck. Efter det var det dags att träffa Tore, en jaktkompis som han inte sett på evigheter. Han hade flyttat till Flen ett par månader senare och var numera ensamstående eftersom hans hustru dött. En föreningsmänniska som för det mesta var på väg någonstans. Till ett möte, till en tävling eller till barnbarnen. Han gladdes med Gustaf som väntade sitt första barnbarn.

"Det var inte igår." Gustaf mötte Tore på parkeringen och kände genast igen honom med hans basketliknande längd.

"Gustaf, vad roligt att se dig. Inga gråa hårstrån än, du måste må bra." En lång kram och flera ryggdunk senare var de på väg till lunchrestaurangen.

"Grå hårstrån har jag, men inte många."

Värmen och doften av mat kittlade deras smaklökar och de beställde och satte sig vid ett fönsterbord och tog för sig av bröd och smör.

"Berätta, hur har du haft det?"

Gustaf öppnade sin dricka och tog ett par klunkar innan han berättade om det tidigare året som mynnat ut i ambulansfärder, självmordsförsök, trubbel med Claes och sist men inte minst skogsbranden som han fortfarande inte hämtat sig från mentalt. Rösten började darra och han fick göra en paus. Som tur var serverades maten och han gick loss på potatisen och järparna.

"Jag förstår att du haft det tufft. Skogen är en del av ens eget hjärta. Som en blodåder. Om någon tar bort den, känns det som om blodtillförseln upphör och hela kroppen domnar bort."

"Johan är snart ok. Han klarade ansiktet men fick brännsår på benen. Det kan bli någon plastikoperation, men det får framtiden utvisa. Han är stark. Klarar det mesta. Snart kör vi i skogen igen. Båda två. Om det blir planterat till sommaren, vill säga." Han tog en rejäl tugga av brödet och det frasade och föll ner bitar på bordet. "Gott bröd, nybakat tror jag."

"Det märks att du är stolt över honom. Det ska du vara." Tore klappade Gustaf på armen och de åt under tystnad.

"Hur har du det?" Gustaf tittade på Tore.

"Rita blev sämre redan för tre år sedan. Från och till och ingen läkare kunde säga vad det var. Vi var hos allt från den lokala vårdcentralen till specialister i Stockholm."

"Det låter inget vidare."

"Nej, att leva i ovisshet är inget vidare. Det är värre än att få veta vad det är. Efter ett år togs det nya prover och läkarna kunde konstatera att det var ett allvarligt hjärtfel och hon dog två dagar senare." Han blick sjönk och ögonen tårades.

"Jag beklagar, Tore."

"Det är som det är. Barnbarnen håller mig ung. En har börjat rida och en skjuter luftgevär.

Det är mina takter det. Kommer att bli bra folk av dem."

"Det tror jag det."

"Och du?"

"Claes ska snart bli pappa." Gustaf kände att det var dags att lätta upp stämningen.

"Det går bra för honom. Jag läser reportage i tidningarna. Du ska vara stolt över honom."

"Det är jag. Han och Linda har inte varit tillsammans så länge men det går fortare för ungdomarna nu än på vår tid."

"Vi är rena stenåldern Gustaf. Det är härligt att se dem komma lullande med krumma ben och säger farfar för första gången. Benny ska ha sin tredje i vår. De kan leka med varandra."

"Farfar." Gustaf smakade på ordet och kände sig gammal. "Jag måste köpa några skogsmaskiner i plast till pojken så det blir fason på honom."

"Pojken, du tror det blir en pojke?" Tore skrattade.

"Absolut."

"Ska vi ta kaffe? Jag tänkte på det du nämnde förut om skogen."

"Vad menar du?" Gustaf torkade sig om munnen och sköt bort tallriken.

"Vill du ha hjälp att plantera? Är det gran du ska ha?"

"Ja, det är det."

"Orienteringsklubben har fått flera medlemmar och det skulle vara perfekt för ungdomssektionen med ett tillskott i kassan."

"Orienteringsklubben?"

"Ja, jag vet att de hjälpte någon bonde i Östergötland med att plantera granar. Fyrtiosju ungdomar, vana att vara i skog och mark och sugna på att tjäna en hacka."

"Och gänget kan ställa upp menar du?"

"Det kan du lita på. Jag kan meddela alla redan ikväll vid uppstartsmötet för juniorerna."

"Du, det skålar vi på." Det klirrade om glasen med ramlösa och de blev kvar en hel timma på restaurangen och när de lämnade stället hade de bestämt sig för att höras av några dagar senare angående ungdomarna. Gustaf kände en stor sten som föll från axlarna och ringde Charlotte för att meddela den goda nyheten.

"Det låter toppen. Jag måste sluta nu, vi ska titta på ett par skyltar. Vi ses ikväll. Hinner du handla förresten?"

"Självklart. Jag fixar något. Hur dags kommer du hem?" "Jag tror det blir sent."

Gustaf passade på att tanka och tvätta bilen innan han åkte för att handla. Han förberedde sig på att äta själv.

* * *

Charlotte valde skyltar med omsorg och inte med plånboken. Stil och finess var ledordet. När hon var klar pustade skyltkillen ut. Efter tre timmar med typsnitt, färger och teckenstorlek kunde vem som helst bli totalt slut.

"Det blev riktigt bra."

"Hoppas det." Killen plockade ihop sina prover. "Hur lång tid dröjer leveransen?"

"Vi ska skynda på den, det lovar jag." Han log.

"Tack snälla du, hoppas inte att jag tröttat ut dig med alla mina frågor."

"Inga problem." Hon tog upp telefonen och var på väg att ringa när Claes som hörde av sig.

"Hej gubben, hur är det med dig?"

"Med mig är det bra, men inte med Linda." Han lät trött på rösten.

"Men vad är det som har hänt?" Hon hejade på Lotten som kom in för att hämta henne inför en lunch och backade in i pentryt.

"Linda har fått missfall."

"Men vad säger du? Hur är det med henne?" Charlotte sjönk ner på stolen.

"Just nu inget vidare. Jag har sagt att vi får prova igen men det går inte att prata med henne. Läkaren har sjukskrivit henne en vecka men jag tvivlar på att hon kommer igång på måndag."

"Och du? Hur känner du det?"

"Jag vet inte om jag var beredd på att bli pappa än. Det kom lite hastigt och jag hade gärna väntat. Jobbet är … ja du vet. Jag kan inte säga nej till vad som helst."

"Jag vet gubben. Men nu måste du stötta Linda."

"Det ska jag. Linda ville hålla det hemligt, men det kommer fram förr eller senare i alla fall. Så nu vet du."

"Jag ska berätta för Gustaf. Ge inte upp nu Claes. Ni är unga och jag lovar att ni hinner med jobb och barn. Framtiden är er."

"Jag vet. Jag älskar dig mamma. Tack för att du finns." Han svajade på rösten och kände att kinderna blev våta.

"Jag finns alltid till för dig. Kram på dig. Och hälsa Linda."

"Det lovar jag." Claes lade på och fortsatte gå mot tunnelbanan. Träning och efter det en föreställning. Det var det liv han hade och det var det liv han ville leva.

Charlotte blev sittande en stund innan hon gick ut till Lotten. Hennes och Gustafs dröm om att bli farföräldrar hade gått om intet. Hon tyckte synd om Linda och ville helst av allt ringa men hon bestämde sig för att vänta någon vecka.

"Hej Charlotte. Är du hungrig?" Lotten bättrade på läppglansen och gav Charlotte en kram när hon kom ut från pentryt.

"Linda har fått missfall."

"Men vad säger du? Hur mår hon?"

"Dåligt."

Det plingade till i dörren och Chang uppenbarade sig. Han jobbade vidare i butiken medan de gick ut för att äta. Det blev en dämpad lunch och Charlotte satt mest och petade i maten.

"Det finns fler chanser att bli farmor, eller mormor för den delen. Johan har det väl bra med Anna?"

"Det har han. Vi får se vad som händer. Nej, nu får jag inte deppa ihop, jag har massor att göra. Vi tar en kopp kaffe innan vi går."

"Absolut."

* * *

Johan längtade efter något eget och hade börjat höra sig för med några kompisar i Katrineholm vars föräldrar ägde hyreshus. Nu hade han fått nycklarna till en liten fyrarummare som var ledig och var på väg för att hämta Anna. Han hade fått låna en automat av en kompis, annars hade han inte kunnat köra. Det stretade i benen och ett tag var han rädd att han inte skulle klara av det. Anna hade kvar sin etta på Djulögatan och han såg henne direkt när han svängde av.

"Kör du själv?" Anna stirrade på honom.

"Hoppa in nu. Automat, inga problem." Han slog ut med händerna och blinkade.

"Jag kan köra om du vill."

"Hoppa in nu älskling. Har jag klarat mig hit klarar jag mig en kilometer till. Vi tar det lugnt. Jag lovar." Han tog upp lägenhetsnycklarna han lånat och skramlade med dem för att få henne på andra tankar. Hon log och hoppade in.

"Hur går sjukgymnastiken?"

"Du, inget snack om syster Goebbels. Jag tror att jag ska dö varje gång. Snart blir det gymmet med Philip istället."

Han och Anna visste att det skulle dröja innan han kunde åka till gymmet och köra ett benpass med någon polare. Men han fantiserade om det ibland och om han koncentrerade sig kunde han känna svettdoften och höra vrålen från styrkelyftarna som drog marklyft och passade varandra i knäböjen. Hans ögon tårades när han insåg hur mycket han längtade.

"Älskling, du är snart tillbaka i matchen. Vi tar en dag i taget." Anna pussade honom på kinden och kramade hans hand. Den sista tiden hade han blivit mjukare i sitt sätt och även om han spelade tuff, kom han till slut till henne med sina tankar och funderingar. Hon var glad över att ha träffat honom och ville gärna hjälpa honom med allt hon kunde. Men tiden räckte inte till bland alla lagböcker och tentor. Men de träffades så ofta som möjligt och nu kanske det kunde bli ett nytt steg i deras förhållande.

"Hur många rum är det?"

"Fyra."

"Ska vi ha barn?"

"Är du gravid?" Johan tvärnitade vid rödljuset.

"Nej, men fyra rum. Är inte det lite stort? Och vad kostar den? Mitt studielån räcker inte långt." Hon suckade medan Johan körde vidare.

"Vänta får du se." Han kollade att asken låg kvar i jackfickan för sjunde gången. Det var dags nu.

Johan var förväntansfull och hans puls ökade när de klev in i portupp-gången. Det luktade rent och stod en fräsch blomma i ena hörnet. Han hade fått reda på att ett garage var ledigt inom ett par månader och redan anmält sitt intresse. Anna tryckte på hissknappen och den kom ljudlöst ner ett par sekunder senare.

"Vi får hoppas att det går fort. Jag måste hem och plugga." Hon titta-de på klockan och efter det på Johan.

"Min lilla favoritjurist." Han lutade sig fram och kysste henne. Sam-tidigt drog han fram den röda sjalen han lånat från Charlottes garderob. Han knöt den över Annas ögon och hon backade först, men stod sedan kvar eftersom han levererade ännu en kyss.

"Johan, vad håller du på med?" Hon höll hans armar i ett fast grepp.

"Shh, var inte rädd, det är en överraskning." Han hade fullt sjå att leda ut Anna ur hissen, öppna dörren och få med sig kryckan. När han var framme vid dörren tappade han kryckan samtidigt som en granne kom ut med en skällande mops. Kopplet fastnade i kryckan och tanten tittade storögt på ekipaget och Johan blev lika röd som sjalen i ansiktet. När han äntligen öppnat lägenhetsdörren och fått in Anna, som drabbats ett skrattanfall, och kryckorna var han genomsvett.

De stod i hallen och höll om varandra en stund.

"Jag älskar dig Anna." Han darrade på rösten och började ta av henne jackan. Det enda som fanns i hallen var klädhängaren och även hans jacka hamnade på en krok. Innan han lade armen om hennes midja tog han fram asken och vägde den i handen. Han hade tagit bort snöret och inslagspappret. Det skulle kännas bättre om han öppnade asken och hon fick se den med en gång. Bara hon inte tackade nej.

Det sprakade från brasan i vardagsrummet och en låda med några rejäla björkkubbar låg i en korg.

"Johan, vad är det som händer?" Anna kände värmen från brasan och höll hårt i Johan.

Han hade fått handsvett för första gången på 26 år och tog ett djupt andetag innan han gick ner på knä.

"Nu kan du ta av dig ögonbindeln."

"Men varför…?" Hon tog av sig bindeln och blinkade några gånger innan hon förstod att det var Johan som stod på knä framför henne. Med en guldring som tre stora stenar var placerade i. Hennes ögon tårades och hon ställde sig på knä framför Johan.

"Jag vill gifta mig med dig Anna. Inte nu, men någon dag i framtiden och jag tänkte att vi kunde börja med en ring och..." Luften tog slut och hjärtat höll inte längre den normala sinustonen.

"Jag älskar dig. Det är klart jag vill gifta mig. Men vi börjar med förlovning." De höll om varandra och skålade i champagnen som var placerad i en ishink. Geléhjärtana tog slut medan de älskade på parkettgolvet framför brasan.

"Så här ska vi ha det resten av våra liv." Anna tog ännu ett geléhjärta och stoppade i munnen på Johan.

"Mm. Du, vad tror du om lägenheten?"

"Haha, ja, brasan är i alla fall fin." Anna fnittrade medan hon tog på sig tröjan och byxorna. "Men vi får nog dra på elementen en aning."

"I hörnet kan vi ha en soffa. Inte min gamla, vi köper en ny. Och här kan vi ha en bokhylla." Han hoppade runt i kalsonger och skjorta och möblerade hela lägenheten så pass målande att Anna endast gick efter och nickade.

"Du är tokig. Fyra rum och kök. Är inte det stort?" Hon slog ut med armarna och snurrade runt i köket.

"Men det är fint."

"Om vi spenderar några fler kvällar vid brasan fylls rummen snart ut." Han flinade och tog några steg mot henne.

"Ingår champagne och godishjärtan?"

"Absolut. Philip ställer upp som kunglig hovleverantör."

"Jaså, det var han som fixade allt?"

"Vad har man polare till?"

Det hade kostat Johan en middag på krogen att få hjälp av Philip, men det var det värt. Hela resan hem satt Anna och fingrade på ringen. Den hade passat perfekt och hon skulle ringa alla sina vänner och meddela nyheten så fort hon kom hem. Nina hade redan fått en bild och hade svarat med tio utropstecken och lika många glada gubbar.

Eftersom lägenheten var tömd kunde de få flytta in när de ville. Anna var tveksam, eftersom den var stor. Johan kände att läget var det absolut bästa, gångavstånd till allt och dessutom garage.

"Trivs vi inte kan vi flytta ut. Det kan vara bra med ett rum för att du ska få plugga ifred och ett gästrum ifall brorsan kommer med Linda."

"Men någon måste betala kalaset. Och jag kan inte jobba extra eftersom jag pluggar, jag pallar inte med det."

"Jag ska snacka med pappa om löneökning när jag börjar jobba och du kan hjälpa mamma i butiken i sommar. Jobba hur mycket eller lite du själv vill."

De hade gått omkring i lägenheten innan de åkt och allteftersom mjuknade Anna. Ett eget hem med Johan. Det var exakt det hon önskade sig. Möjligen i tidigaste laget, men varför vänta? Chansen kanske inte dök upp igen. Och lägenheten var fin. Efter en stunds övertalning hade Anna gett med sig.

"Ok, när flyttar vi in?"

Kapitel 10

Gustaf hade sett fram emot den gemensamma söndagsmiddagen som numera endast blev av vid ett fåtal tillfällen. Att hela familjen satt tillsammans och åt i lugn och ro för att stämma av veckan som varit och veckan som kom, var något han försökt hållit fast vid. Men efter att Claes flyttat till Stockholm och Lisa åkt till Sydney var det enbart Johan kvar. Och han hade inte alltid tid eller lust att närvara. Denna söndag var annorlunda. Gustaf hade hjälpt Charlotte att duka och varit nere i vinkällaren och hämtat ett fint rödvin som han visste att Johan gillade.

"Ta för er nu." Även Charlotte var eld och lågor över att ha Johan och Anna hemma på middag. Hon hade inte lagat någon söndagsstek på länge och nu hade hon slagit på stort med efterrätt och nybakad sockerkaka till kaffet.

"Har du tagit fram finporslinet, mamma?" Johan drog med fingret på fatets guldkant.

"Endast det bästa är gott nog när ni äntligen kommer hit."

"Tycker du vi ska dyka upp oftare?"

"Ja, det tycker jag." Charlotte klappade Johan på kinden.

"Mamma." Johan blev röd om kinderna och tog bort hennes hand.

"Åh, vad gott det ska bli." Anna tog två slevar sås och fyllde på tallriken med gelé och inlagd gurka. "Tur att vi inte åt någon frukost."

"Det var kul att ni kunde komma båda två. Som ni ser är det alldeles för många stolar lediga." Gustaf pekade med handen innan han fyllde på sitt vinglas.

"Har ni hört någon från syrran?"

"Ja, hon mår bra. Det är enbart hästar i skallen på henne. Hon kommer inte hem förrän till jul. Och Claes jobbar på i Stockholm. Och Linda…" Charlotte stannade upp och suckade.

"Det är som det är älskling. Hon kommer igen. Vi får stötta dem allt vi kan." Gustaf hade fått reda på vad som hänt och ringt och pratat med Claes. Linda hade blivit något piggare men inte börjat jobba.

"Vi får åka upp och hälsa på när det har lugnat sig."

"Det gör vi i sommar." Anna tittade på Johan och log.

"Det gör ni rätt i. Hur går det med studierna, Anna?" Gustaf var nyfiken.

"Bra, men det är mycket. Några timmar varje kväll och lördagar. Jag försöker vara ledig på söndagar och ladda. Men imorgon har vi en tenta så jag ska plugga ikväll."

"Bra. Kan du skicka gurkan, Johan?"

"Visst. Vi har en överraskning på gång." Johan harklade sig som för att hålla tal och tittade på sina föräldrar.

"Berätta Johan, håll oss inte på halster längre." Charlotte stannade mitt i en tugga.

"Det är inte enbart stolarna som står tomma. Snart blir även flygeln ledig. Anna och jag ska flytta ihop."

"Härligt." Gustaf höjde sitt glas.

"Underbart." Charlotte rusade fram till Anna och gav henne en varm kram. Anna bubblade av skratt.

"Det var på tiden. Bra jobbat Anna. För det är väl du som hittat lägenheten antar jag." Gustaf tittade pillemariskt på henne och log.

"Nja, det var minsann Johan som gjorde det."

"Johan, jag blir förvånad. Ska du börja tvätta själv nu?"

"Pappa, lägg av. Jag tvättar själv redan nu." Han skruvade på sig.

"Det råder det delade meningar om. Man ska inte lägga röda strumpor i vittvätten, kom ihåg det." Gustaf skrattade pillemariskt.

"Tvätten tar jag hand om, var säker på det." Anna tog en klunk av vinet och log mot Johan. "Men det är väl jättekul. Hur många rum är det?" Charlotte var lyrisk och såg chansen att få hjälpa till med inredningen.

"Fyra rum och kök. Och mamma, vi ska inreda själva." Johan blinkade åt Charlotte som sjönk ihop på stolen och låtsades bli sårad.

"Vi kommer säkert att behöva råd och den dagen kommer vi till dig." Flikade Anna in. "Akta dig, hon kanske kommer inrusande imorgon bitti med tygprover och mattor." Gustaf skrattade och smekte henne på kinden. "Passa dig du."

"Hur går det med affärsförberedelserna?"

"Den går jättebra. Chang är en riktig klippa. Det kommer att bli jättefint när det är färdigt. Kan ni inte komma förbi imorgon och titta hur det blir? Jag bjuder på lunch."

"Jag måste plugga, men Johan kan nog komma förbi."

"Jag dyker upp vid lunchtid. Om jag hunnit smälta allt vill säga." Johan lutade sig tillbaka och klappade sig belåtet på magen.

Anna hjälpte Charlotte att duka av och en stund senare åt de marängsviss med chokladsås och njöt av ljummen sockerkaka och nybryggt kaffe. Efter en timma sa Anna adjö för att åka hem och plugga. Johan satt kvar och pratade med Gustaf. Han berättade att de fått lägenheten till sommaren och att den var på väg att renoveras. Gustaf var glad över att Johan hade tagit steget och att han gjort det med Anna.

"Det kommer att bli bra Johan."

"Det tror jag också."

"Behöver du hjälp med flytten får du säga till."

"Jag ska inte ta med mig en enda sak hemifrån mer än kläderna. Vi ska fixa nya möbler och det ska bli himla kul. Anna är en fin tjej."

"Ni passar ihop, var rädd om henne." De tog varsin kopp kaffe till och Johan gick in till sig och blev sittande framför teven. Det blev ett god natt-sms till Anna, sekunderna senare somnade han.

* * *

På måndagsmorgonen väcktes Johan av fågelsång. Mars visade sig från sin ljusare sida och han kunde inte göra annat än vara glad. Framtiden såg ljus ut på många punkter. Benen var på bättringsvägen och stegen var snabbare och längre. Sjukgymnastiken var inte längre lika plågsam och han såg ett slut på lidandet.

Snart kunde han komma igång i skogen igen. Det fanns fortfarande en hel del kvar att avverka och Gustaf hade hjälpt några skogsägare utanför Järna de sista veckorna. Lite skogsluft kunde vara trevligt för omväxlings skull.

Efter en lugn frukost gick han ut och blev stående på trappan. Några blåsippor hade vågat sig fram bakom den stora stenen vid husknuten. Det var hans favoritblommor och han hade slagit vad med Gustaf varje vår, om vilket datum de första blåsipporna visade sig i backarna. Denna vår var ett undantag.

Han startade bilen och en stund senare var han på väg in till Charlottes butik för att se hur arbetet fortskred. Han hittade parkeringsplats direkt och han lade in P-skivan. Gruset krasade under skosulorna som en påminnelse av vintern. Mobilen surrade till och han svarade.

"Är du ensam?"

"Ja."

"En av tjejerna är död." Lennart flåsade i luren och Johan stannade upp mitt på Drottninggatan. "Hon har fan pajat kådisen. Det är förjävligt. Hon är död."

"Fy fan. Hur fick du reda på det?"

"De andra tjejerna kom iland som förväntat. Fanns inget annat val helt enkelt."

"Men hämtade du inte tjejerna på Arlanda?" Johan höll inte koll på allt inflöde längre.

"Inte den här gången, de tog båten. Billigare vet du. Tjejen som dog var ensam i hytten. En av hennes kompisar var på väg att hämta henne och då var hon död."

"Men har de ingen koll? Det gäller att undvika knäckebrödsbuffen." Johan grimaserade.

"Hon kanske käkade räkorna med skalen på. Brudar."

"Polisen då?" Johan var rädd att allt kunde uppdagas.

"Tjejerna gick iland utan att låtsas om något, men det är ett jävla liv på dem nu. Vi får ligga lågt ett par dagar. Polisen lär inte hitta brudarna på några offentliga platser i alla fall. Lägenheterna är det enda som gäller. På dem har vi koll hela tiden."

"Tur det. Ska du ta alla till Flen, eller?"

"Ja, jag tror det. Den gamla stockholmslägenheten är inte bra, det är snutar överallt i förorterna. Kvällstidningarna har gjort reportage om alla lägenheter som hyrs ut i andra hand. Det kan bli jävligt dålig stämning om de fattar att det inte är släktforskning vi pysslar med."

"Jag fattar, fan också. Men det är väl ingen som kan spåra henne till oss?" Johan började promenera. Han såg sig omkring och sänkte rösten.

"Nej, det har jag svårt att tro. Håller tjejerna käften är det inga problem. Snackar de åker de dit själva."

"Ok, var är du nu?"

"På väg att kolla nya lägenheter i Stockholm. Ska se till att de ligger centralt istället för i utkanterna. Det är bättre för kunderna. Efter det drar jag till Norrköping och lastar ut det gamla packet."

"Ska de redan hem?"

"Ja, den ena ser förjävlig ut och den andra är det ingen som vill knulla längre. Det måste hit fräscha brudar, inget skit."

"Speciellt om vi ska ta oss in på Stockholmsmarknaden. I Flen kan man ta vad som helst men vissa kunder ställer krav på ålder och utseende.

"Ja, stockholmarna är speciella. Du, en annan sak. Jag har funderat på vart hon, Elena, tog vägen."

"Vem?" Johan blev kallsvettig på några sekunder.

"Du vet tjejen du tog med dig hem. Förra sommaren. Hon kom inte tillbaka till lägenheten i Flen."

Lennart hade länge velat fråga Johan men det hade inte uppkommit något bra tillfälle. Nu passade han på eftersom han slapp se Johan i ögonen.

"Jaså, hon. Det minns jag inte. Det är fortfarande minnesluckor som kommer och går. Jag tror hon tog en taxi hem. Vet faktiskt inte." Johan mindes elden, kokainruset och att han bar ut henne ur båthuset. Därefter fanns bara minnesluckor kvar innan han själv tuppade av. Vid närmare eftertanke ville han glömma hela händelsen. Han hade haft mardrömmar om ett lik vid vattnet och han fick tvinga sig själv att inse att det var Elena som var död. Men med en dåres envishet tryckte han bort minnesbilden ur sin hjärna.

"Varför undrar du det just nu?"

"Nej, jag funderade. Man har inte hört något ifrån henne och hon kan väl inte ha gått upp i atomer."

"Du, jag är vid butiken nu. Vi hörs"

"Absolut. Vi hörs."

Johan lade på och suckade. Det var enbart det här som behövdes. Spruckna kondomer och en förfrågan om Elena. En molande huvudvärk började sprida sig. Alla deras tjejer kom till Sverige med flyg och båt och alla hade klarat av att föra in kokain i landet. Antingen via väskor med dubbla bottnar eller med hjälp av svalda kondomer. Men det var enbart små doser och de gånger Johan hade sålt som bäst räckte det inte alltid till. Han hade funderat på att göra en resa själv men snabbt ångrat sig eftersom han insåg hur stora riskerna var. Det måste finnas andra sätt. Och vad det gällde Elena blev han ännu en gång påmind och den fruktansvärda branden och det högg till i benet som ett dåligt omen. Han sköt ifrån sig tankarna och gick vidare.

Solen sken och fick Johan att kisa med ögonen. En vacker dag och många var ute för att njuta av vädret och promenera. Ett par med hund kom släntrande och två tjejer med varsin barnvagn gick förbi honom. Johan sköt upp mössan och fortsatte mot butiken. Skyltfönstret var snyggt skyltat och han var glad över att hans mamma anställt Chang.

Annars skulle hon slita ut sig redan innan sommaren. Ett par killar höll på att montera upp en skylt ovanför dörren.

"Hej Johan. Hur mår du?" Chang hade öppnat åt en elektriker som mötte Johan i dörren.

"Det är fullt ös ser jag."

"Ja, det är snart dags vet du. Nej, kontakten ska sitta vid stolpen borta." Chang pekade åt en ung kille med skruvmejsel i handen.

"Vad fint det är i fönstret."

"Tack. Men det är inte riktigt klart än. Vi ska täcka för men jag var tvungen att se det hela utifrån. Kom in, jag ska fixa fika." Han försvann in i pentryt. "Charlotte är ute och handlar, hon kommer snart."

Johan såg sig omkring. Ena sidan av butiken var klar medan den andra såg ut som en mindre byggarbetsplats med kartonger och elsladdar. Längre in hade de fått ordning och en dammsugare stod framme. Smålampor på ena sidan, golvlampor på den andra. Nya mattor samsades om platsen och en pall med kuddar hade anlänt. Vackra röda nyanser med kinesiskt motiv i sammet och siden. Även om inredning inte var Johans cup of tea, visste han vad kvalité var. Han var stolt över att Charlotte hade lyckats så bra med lokalen och valt ett fint sortiment. Det skulle gå bra för henne när de slog upp portarna.

Han tog av sig handskarna och stoppade ner dem i fickan. Den lilla påsen låg längst ner och den hade han glömt. Behovet kändes starkare än någonsin. Chang fixade i köket och han borde hinna dra i sig en sträng kola innan kaffet var klart. Toadörren slog igen och det kändes det om han ville låsa in sig ett tag. Fly bort från allt som gick snett och bara existera. Vem vet, en enkel till Lisa i Australien kanske kunde bota ångesten? Brännskadorna, det ständiga jaget på pengar och rädslan att bli upptäckt tärde på honom. Det var inte alla morgnar han vaknade utsövd.

Pulvret landade på toalocket och han spred ut det med visakortet. Tvåhundringen fick göra sitt jobb och han lät den ligga på locket när han var klar. Johan lutade sig mot toaväggen och blundade. De små vita kornen spred sig i hans näsa och känslan i kroppen kom ett par sekunder senare. Lugnet, känslan av att äga. Att vara kung. Det blev inte så ofta nuförtiden.

Anna fick inte ana någonting och ibland var det nära att han blivit påkommen. Han tog ett djupt andetag och tittade sig i spegeln. Rosig om kinderna efter morgonens hundpromenad men fortfarande långhårig. Luggen nådde ner över ögonen och han bestämde sig för att beställa klipptid. Han drog med handen under näsan och var på väg ut medan dörren öppnades.

"Förlåt, jag trodde det var ledigt." Chang backade och blev röd om kinderna. Han blev stående ett par sekunder och såg påsen och kontokortet på toalettlocket. När han sedan såg Johans ögon vände han sig om och gick in i pentryt.

"Fan också." Johan fick hjärtklappning och började fara runt i det trånga utrymmet. Han tappade kontokortet i toaletten och slog skallen i badrumsskåpet. "Men vad fan händer?"

En stund senare tog han ännu ett djupt andetag och gjorde sig beredd att möta Chang. Oron skavde i honom. Han visste inte riktigt vad Chang gick för och hur mycket han förstått. Det värsta som kunde inträffa var att han avslöjade vad han sett för Charlotte. Då kunde hela korthuset rasa.

"Vill du ha kaffe?" Chang ropade från pentryt. Johan tog mod till sig och gick in.

"Tack gärna." Han tog fram två koppar och Chang hällde upp.

De satt tysta en stund och Johan började svettas. Chang tog ett kex, delade det på mitten och tog den ena halvan.

"Kex." Han sköt fram faten mot Johan.

"Nej tack, det är bra." Johan darrade på handen.

Han var på väg att resa sig när Chang tog ett kex till, delade det och placerade det på bordet.

"Om man delar ett kex på mitten blir det två delar." Han tittade på kexdelarna och drog ihop smulorna till en hög. Därefter lutade han sig fram och tittade på Johan.

"Ehh, vad?" Johan stirrade på Chang. "Vad menar du med…?"

"Du är den ena kexdelen och jag är den andra. Vi kan passa ihop." Chang log.

"Passa ihop, vad… vad menar du?"

"Du vill ha något som jag kan skaffa fram. Vi kan jobba ihop." Han fortsatte att dra ihop smulorna.

Johan fortsatte stirrade på Chang och tankarna började snurra. Menade Chang vad Johan trodde att han menade?

Han väcktes ur sina funderingar eftersom butiksdörren plingade.

"Hej, sitter ni och fikar? Jag som trodde vi skulle äta lunch tillsammans?" Charlotte gled in med en påse bullar. Hon hängde av sig sjalen på en krok och bytte ut kexen mot bullar.

"Nej, vad gör du? Kexen som var Johans favorit." Chang gav den ena delen till Johan, de såg på varandra och stoppade därefter kexhalvorna i sina munnar.

Charlotte reagerade inte på deras kexätande, hon var upptagen med att plocka ur bänkdiskmaskinen och ställa en nyinköpt blomma i fönstret.

"Har larmkillen varit dykt upp?"

"Nej."

"Ska man behöva ringa efter honom? Vi måste hinna äta med Lotten och stämma av. Hon har bokat bord." Charlotte började bläddra bland post-it lapparna.

"Jag stannar mamma."

"Kan du göra det Johan? Vad gullig du är. Vi ska inte bli borta länge." Hon kramade om honom och en stund senare var hon och Chang på väg till Stadshotellet för att äta lunch.

Johan följde med dem ut och låste. Han mötte Changs blick innan de gick och han kliade sig i huvudet.

Vad menade Chang? Vad hade han för kontakter och hur kunde de kunna samarbeta? Han måste ta ett snack med honom fortast möjligt. Händelsen på toaletten hade mynnat ut i något helt annat än han tänkt sig. Tur var det.

Johan gick tillbaka till pentryt och tog en bulle. Han tittade på högen av kexsmulor och flinade. Chang, dagens överraskning. Han hade således oanade kontakter som Johan kunde ha nytta av. Det var tur det eftersom packåsnorna började läcka. Frågan var hur han gick vidare? Och varför Chang hade vänt sig till honom?

Kapitel 11

Thomas och Patrick blev utskrivna samma dag. De undgick Svensson och Karlsson med någon minuts marginal. Kollegorna var på väg för att förhöra killarna om bilkraschen.

Thomas hade mutat en av sköterskorna som släppte ut dem via en bakdörr. Taxin var framkörd. De klev in och bad chauffören köra mot Flen.

"Hann du se snutarna?"

"Ja, men de hann inte se oss."

"Skönt." Thomas pustade ut.

"Var fan ska vi ta vägen?" Patrick hade fortfarande gips och en rejäl dos värktabletter i fickan. Han hade lyckats smita in i läkemedelsförrådet och snott åt sig en rejäl laddning. Apoteksbesök kunde lätt spåras.

"Vi kan inte åka för långt bort. Jag måste upp i lägenheten och kolla läget."

"Tror du inte att den är bevakad?"

"Av vem? Den energin tror jag varken Abbe, Zinken eller polisen lägger ner. Ingen är intresserad av att kolla om vi bryggt nytt kaffe hemma."

"Ok. Men vi tar hotell under tiden. Efter det måste vi komma på vad vi ska göra."

"Abbe och Zinken kan vi inte räkna med. Jag har försökt lokalisera var de håller hus men inte fått något bra svar av någon."

"Det är inte farligt om vi råkar sticka ut näsan. Vem fan känner igen mig med de här ärren i ansiktet?" Han drog med fingrarna över ansiktet och kände smärtan fortplanta sig.

"Det finns skickliga läkare som kan göra ansiktsoperationer. Man kan fan byta näsa med varandra om det är nödvändigt."

"Du ger fan i min näsa."

"Vart vill ni bli avsläppta?" Chauffören var villrådig och tittade på Patrick.

"Plevnagården i Malmköping tar vi."

"Vad ska vi dit och göra?" Thomas stirrade på brorsan.

"Har du ett bättre förslag eller?" Han blängde surt.

"Nej, det blir bra. Tänker du på henne ibland?"

"På vem?"

"På Charlotte?"

"Nej, jag har inte hunnit med det. Det känns som hon fick vad hon förtjänade. Jag har ingen aning om vad hon gör nu."

Patrick tittade ut genom fönstret och försökte se ointresserad ut. Innerst inne hade han ångest för vad han gjort och ett tag hade han känt äkta kärlek eller åtminstone förälskelse under tiden han träffade Charlotte. Åldersskillnaden hade inte spelat honom någon roll, snarare tvärtom. Mogna kvinnor visste vad de ville, behövde inte fråga om råd och hade hittat sig själva som personer. Något han upplevde att dagens unga tjejer inte gjort. De sökte bekräftelse och utstrålade osäkerhet genom dålig hållning och mängder av smink.

En parant kvinna som Charlotte behövde enbart visa sig för att överglänsa de flesta i hennes närhet. Bara vid tanken på hennes perfekta kropp började det klia i byxorna och han fick skärpa sig för att inte få stånd.

"Du då?" Han tittade på sin bror.

"Nej." Thomas skakade på huvudet och suckade. Att visa äkta känslor för en tjej fanns inte i hans värld. Under tiden han träffade Lisa var det som vem som helst. Han såg endast målet och inga hinder på vägen dit.

"Nu är vi framme." Chauffören bromsade in och Patrick betalade kontant.

Det tog tid för båda två att ta sig ut och Thomas hade fortfarande en krycka som han svor över. De såg sig omkring och kunde konstatera att det var ett ok ställe att tillbringa några dagar på tills de fått ordning på tillvaron.

En man med tunga ögonlock, klädd i skjorta och linne, mötte deras blickar. Han stängde av dammsugaren och ställde sig bakom disken medan han studerade deras omplåstrade ansikten.

"Jahaja, vad kan vi hjälpa herrarna med?"

"Finns det ett dubbelrum ledigt?"

"Absolut. Hur många nätter?" Han brydde sig inte om deras bandagerade ansikten. Hit fick gärna Kalle Anka själv komma, så länge han betalade. Mannen vände sig om och tog en nyckel med nummerbricka på från en krok. Siffran ett, vittnade om beläggningen.

"Vi börjar med två."

De skrev in sig som Peter och Tommy Sjöström. Det lät lagom äkta. Thomas betalade, beställde varsin öl och köttbullsmörgås och gick iväg i korridoren med Patrick.

Rummet var av låg standard men innehöll det väsentligaste. En schysst säng, minibar och ett badkar. Patrick hade enbart duschat under de senaste månaderna, sista gången med hjälp av en sköterska. Nu njöt han av ett varmt och väldoftande bad. Det var som en lisa för själen att känna det varma vattnet omsluta den sargade kroppen. Han grinade illa eftersom hettan gjorde skinnet rött, men övergick till att njuta efter en stund. Det fanns två och hårschampo i de obligatoriska plastflaskorna och han gnuggade schampot mot de små hårtestarna som fanns kvar. På badrumsgolvet låg resterna av bandaget.

"Det luktar spa härinne. Stäng dörren."

"Skit i det du." Patrick plaskade och sjönk ner med enbart näsan var ovanför vattenytan.

Thomas tittade på teve och låg raklång på sängen. Hans kropp var fortfarande öm och han rörde sig så lite som möjligt. Kryckan fick stå i skamvrån.

"Vi måste kolla om det går att äta något vettigt ikväll?" Patrick ropade och det ekade i badrummet.

"Det gör det säkert. Vad tror du polisen tycker om att vi sjappade?"

"Vad ska de tycka? Vi har inte gjort något olagligt. Det var vi som blev utsatta för olyckan.

För en gångs skull är vi oskyldiga."

"Hur gör vi med pengar förresten? Vad har vi i kontanter?" Thomas kom ut med blött hår och en handduk runt höfterna.

"Jag har femtusen kvar. Men det räcker inte hur länge som helst. Det finns tjugotusen spänn på kontot. Vi måste ta ut allt fort som fan."

"Vi tar det imorgon. Mitt konto är i princip tomt. Två tusen tror jag." Han satte sig på sängen och kollade plånboken. "Och tretusen spänn kontant."

Vad de än hittade på skulle det kosta och som vanligt var kontanter bäst eftersom kort kunde spåras. Just nu ville de inte bli upptäckta. En halvtimma senare sov de båda i varsin säng. Som de bröder de varit. Växt upp vid varandras sida, lekt i pappas bilverkstad, gömt skruvnycklar och åkt truck. Skött sig bra i skolan, spanat på tjejer och pallat äpplen i grannens träd. Ända tills den dagen de hittat sin pappa hängd. En syn som skulle komma att prägla resten av deras liv.

I samma veva började strulet med skolan, skolket, snatterierna, bilstölderna och rånen.

Efter några år åkte de in. Den dagen de kom ut hade de lovat varandra att hämnas på mannen som var upphov till att deras pappa hängt sig efter skilsmässan och konkursen. Gustaf Lilliecroona. Men just nu kändes det som ett överspelat kapitel som de inte ville bläddra tillbaka till.

* * *

På kvällen åt de på hotellrummet och efter en god natts sömn vaknade de utvilade och med gott mod. Morgonen började med en lång frukost med ägg och rostat bröd. Det godaste de ätit på länge. Det fanns en dator i entrén och Thomas googlade fram ett par plastikkirurger i Stockholmsområdet och de bestämde sig för att kontakta dem. En, för dem totalt okänd värld, där de fina Östermalmskvinnorna lyfte pannor och kinder, tog bort fett på magen och förstorade tuttarna.

Ett nytt ansikte kunde vara bra av flera anledningar. Dels ville de inte se ut som elefantmannen resten av livet och dels ville de inte bli igenkända direkt om de stötte på Abbe och Zinken som de tidigare haft affärer ihop med.

Priserna för att göra om ett ansikte var höga och de funderade på hur de skulle kunna få ihop den summa som krävdes. De visste att Abbe och Zinken hade pengagömmor lite varstans vid MC-klubben, men de var inte säkra på var.

"Ska vi åka dit och kolla läget? Det värsta som kan hända är att vi inte hittar något." Patrick studerade sitt ansikte i badrumsspegeln medan han tömde blåsan.

"Visst, och det värsta kan också vara att de sitter och dricker pilsner på verandan med pistolerna laddade. Vem fan vill leka Schweizerost?"

"Vad ska vi göra, tycker du? Man kan inte lägga in sig på en klinik och diska av operationen." Han kom ut och ställde sig med armarna i kors.

"Ok, det kan vara värt ett försök. Hur tar vi oss dit på bästa sätt? Ska vi fråga gubben i receptionen om vi får låna en bil ett par timmar? Det står en skaplig pickup på baksidan, jag tror det är hans."

"Vi gört."

Patrick gick ut till mannen i receptionen och fick ropa ett par gånger innan han uppenbarade sig i nätbrynja och ostruken postorderskjorta.

Att låna bilen var inga problem, bara de tankade innan de lämnade tillbaka den. En halvtimma senare var de på väg. Hade de tur kunde det bli den ultimata hämnden på de gamla polarna som svikit.

"Tror du vi kommer in på vägen?"

"Vet inte. Om det är snö får vi gå sista biten. Det kanske vi ska göra i alla fall. Som ett överraskningsmoment." Patrick garvade.

"Det hade inte skadat med en pistol." Thomas skruvade på sig och ångrade nästan att de tagit beslutet.

"Vi behöver inte någon pistol. Vi går in mot huset på baksidan. Är det fullt med folk skiter vi i det. Vi kan komma tillbaka en annan dag. Är det enbart grabbarna kan vi övermanna dem."

"Mmm, jag kan nocka Zinken med kryckan i skrevet, funkar säkert. Han kommer att kvida i hela två sekunder innan han reser sig upp och mosar ihop det som är kvar av mig."

"Lägg av brorsan, lite positivt tänkande nu. Kolla skylten."

Den solblekta gula vägskylten med röda kanter visade Lingbo 2 och Patrick saktade ner. Han svängde av och såg att de jobbat bra med plogen och att all snö smält bort, trots den täta granskogen. De sista hundra metrarna krypkörde han och de kunde lugnt konstatera att det inte stod några hojar utanför. Troligtvis var det tomt. Patrick vände bilen för att kunna rivstarta när det var dags att åka därifrån. De satt kvar i några minuter innan de vågade sig ut.

"Var kan de ha pengarna?" Patrick tittade sig omkring.

"Jag vet att de har ett kassaskåp på övervåningen."

"Nu har vi ju inte Dynamit-Harry med oss. Vi får ta det som är lättillgängligt. Vi börjar med att kolla i boden."

De traskade runt huset och möttes av en rucklig byggnad som inte hade fått smaka på rödfärg sedan andra världskriget. Takpannorna var spruckna och en gren från en tall hade fallit ner över sidan.

"Tror du att det finns något här?" Thomas tog tag i haken som satt på dörren och backade eftersom en spindel visade sitt nät i dörröppningen. "Fan, vilket skit." Han drog bort nätet med handen och stapplade in med små steg. Det luktade instängt och var mörkt.

En skottkärra utan hjul, två trästegar och en hög med enkupiga takpannor lång längs med ena väggen. Det enda fönster som fanns var sprucket rakt över och spindeln hade utfört ett digert arbete.

De rev runt bland bråten och konstaterade att det var en nitlott. I samma sekund som de skulle gå ut stannade Thomas och vände sig om. Hans blick hade fastnat på en bräda i innertaket som satt annorlunda än de övriga.

"Vad gör du? Vi tar oss in i huset och fortsätter leta." Patrick som var på väg mot huset vände och gick tillbaka.

"Jag ska kolla en sak först. Ta fram bänken." Han pekade och fick hjälp med att skjuta fram en trädgårdsbänk som var ny.

"Håll i dig nu. Inga fler brutna ben, speciellt inte ute på vischan."

"Håll i själv. Ta hit kofoten som ligger på hyllan." Thomas balanserade som en ballerina i snökängor och Patrick fick hålla i hans ben medan han bände loss brädan. Det knirrade i de blanka spikarna och efter en stund föll en påse ner på trägolvet tillsammans med sågspån och träflisor. De tittade på varandra och därefter på påsen.

"Se på fan." Patrick böjde sig ner och tog upp påsen. Ett leende spred sig på hans läppar och han öppnade dörren. Han bläddrade bland sedlarna och konstaterade muntert att de hade råd att både tanka och tvätta bilen innan de lämnade tillbaka den.

De gjorde high five och höll på att falla omkull bland all bråte. Bänken och kofoten fick ligga kvar och de gick ut och lämnade dörren öppen. Patrick höll fortfarande i påsen och de satte sig i bilen och körde iväg. Kameran som satt fastmonterad i en tall på husets högra sida hade fått med hela händelsen.

"Vi hade en jävla tur."

"Ja, det gick lite för lätt. Man kunde tro att de visste att vi skulle dyka upp."

"Innehållet i påsen räcker för en hel jävla överkropp i nyskick." Patrick tog tag i en bunt sedlar och luktade på dem som Joakim von Anka.

"Två hoppas jag. Tror du de fattar att det är vi som tagit det?"

"Skulle inte tro det. De grabbarna är inga man löser korsord ihop med."

"Ska vi ta en kopp kaffe på vägen till Plevna? Det smakade kattpiss till frukosten."

"Ja, det har vi råd med."

De stannade vid en mack och tankade och köpte godis och snus. Ett par tidningar och en påse bullar fick hänga med. Ett lugn hade börjat sprida sig i deras kroppar. Nu kunde de ha råd med plastikoperationer och att bo ett par veckor på ett skapligt hotell i Stockholm som rekreation efteråt. Vid närmare eftertanke var ett par veckor i Spanien helt ok.

Thomas hade inte spelat poker på evigheter. Han saknade spänningen och om de blev kvar i Stockholm ett tag kunde han besöka några av de gamla spelklubbarna han kände igen. Han hade spelet i blodet och kunde han dra in några tusen blev det grädde på moset.

"Vi ringer och beställer tid när vi kommer tillbaka. Fan vad bra jag mår." Patrick sörplade kaffe och åt smågodis.

"Ja, det kan du lita på."

Thomas bromsade in ett par hundra meter innan infarten.

"Vad gör du?"

"Vänta ett tag. Ser du?" Han spanade och fick syn på en polisbil som stod bakom ett par buskar.

"Vad är det som händer?"

Innan Patrick hann reagera hade Thomas gjort en handbromsvändning och var på väg från Plevna. I backspegeln började ett blåljus röra sig och Thomas tryckte gasen i botten.

"Fan, fan, fan. Vem är det som har känt igen oss? Jag trodde det var världens ände. Att man inte kan få vara ifred någon gång."

"Vart ska vi?"

"Vad tror du om Flen?"

"Vad som helst, bara vi blir av med klistermärket i arslet."

De körde in mot Flen och eftersom polisbilen fick bromsa in för ett rådjur fick de ett bra avstånd. Efter infarten till Flen körde de planlöst omkring tills Patrick kom att tänka på stationen. Några minuter senare hade han tvärnitat vid spåret och de sprang med påsen i handen mot Stockholmståget som avgått från stationen.

"Fan också. Hinner vi?"

"Vi måste."

På något sätt lyckades Thomas få upp dörren och dra in påsen och Patrick innan de med gemensamma krafter fick igen dörren. Tåget rullade iväg och de tog några djupa andetag och hjärtat landade där det borde vara. I det lilla fönstret kunde de se Svensson som stod med en krycka i ena näven och Karlsson med en mobil mot örat.

"Tur i oturen." Thomas gled in med påsen under armen och hittade ett par lediga platser nära toaletten. Konduktören traskade förbi och de låtsades sova. Vid Flemingsberg gick de av utan att ha pratat med någon.

Svensson och Karlsson svor veckans längsta ramsa och kontaktade Stockholmspolisen som efter många om och men fick ett par gubbar att placera sig vid Göteborgstågets spår.

"Hur svårt kan det vara att köra dit en bil? Ni måste ha folk på Centralen hela dagarna. Vad menar du, hinner inte? Vi ska ha tag på grabbarna."

"Förbannade nollåttor." Svensson kastade kryckan i backen.

"Bra. När ni hittar dem får ni kontakta oss. Som på passfotona, fast med bandage." Han lade på.

"Klockren beskrivning. Som att leta efter någon i burka ungefär."

"Vad fan, de åker dit i alla fall. Får de tag i dem så får de, annars skiter vi i det. Sticker de härifrån kan jag i all fall sova bättre om nätterna."

Thomas och Patrick fick tag i en taxi och var på väg till en privatklinik på Östermalm. Med pengar i påsen kunde man få en tid dagen efter. En timma senare hade de skrivit in sig och låg och tittade på teve på rummet. Redan efter ett par timmar hade de ett första möte med läkaren som förklarade hur ingreppen gick till. En sak var säker, det skulle inte bli smärtfritt.

"Vi vill även ha några smärre korrigeringar. Går det att fixa?" Thomas frågade försiktigt.

"Allt går att fixa. Säg till vad ni vill att vi ändrar på och jag ordnar jag det." Läkaren log och samlade ihop pappren. Han såg fram emot det lönande svartjobbet.

Det fanns fler som tittade på teve den kvällen. Abbe och Zinken såg en intressant inspelning från MC-klubben i Lingbo. De sov gott den natten. En påse med falska sedlar gjorde inget om man losade.

Kapitel 12

Han satt på huk vid en gran som envist trängt sig upp ur myllan. Den såg på gränsen till obstinat ut där den växte och spred ut sina tunna grenar. Troligtvis hade den legat och väntat på att solens strålar kunde komma fram och ge den kraft att leva. Vid en stubbe längre bort, hade en stor bukett med blåsippor kommit. Gustaf tyckte våren var den finaste årstiden. Det var den tiden allt nytt skapades och han kunde gå i skogen flera timmar och känna doften av gran och tall, höra flyttfåglarna komma tillbaka och se hararna skutta omkring.

Innan skogsbranden hade det inte funnits något sly, men nu var Gustaf glad över varje ny växt som visade sig. Han drog försiktigt med fingrarna över granens grenar, som om han ville prata med den och önska den lycka till. Resten av växterna hade inte vaknat än men han såg fram emot fler promenader när allt kommit igång. Tids nog behövde han plantera ny skog.

Tore borde höra av sig om orienteringsklubben ställde upp vilken dag som helst. Gustaf hoppades på det. Det var trevligt att ungdomar ville spendera tid i skogen. Att han skulle plantera allt själv kom inte på frågan, i så fall skulle han inte vara klar förrän i september.

En uggla hoade och Gustaf reste sig upp med ena handen i ryggslutet. Han mindes förra sommaren och hur mjuk han varit i kroppen. Det hade gjort hela honom gott och Charlotte hade börjat prata om en resa till något varmare land, men han tvekade. Det kändes mer hemtamt att sitta i skogsmaskinens hytt än att vandra på en främmande strand. Solen sken och han inbillade sig att strålarna värmde även fast det enbart var mitten av mars. Dolly kom springande och viftade på svansen.

"Lilla gumman är du ute och busar?" Han klappade henne och började gå mot herrgården.

Det var dags att åka in till Charlotte som hade sin butiksinvigning. Större sociala sammankomster var inte Gustafs favorit, men eftersom frun jobbat under en lång period med att få ordning på butiken och skulle ha invigning med pompa och ståt, fanns det ingen återvändo.

Charlotte var laddad till tusen och från att väckarklockan ringt tills hon rivstartade med bilen hade hon farit omkring med en kaffekopp i handen och bytt kläder tre gånger. Gustaf hade tagit en promenad för att inte vara i vägen. Han log vid åsynen av hennes entusiasm och förnyade livsglädje. Hon hade imponerat på honom med sitt stora kunnande och envisheten när det gällda att starta upp butiken och han såg fram emot att se det färdiga resultatet.

Han passade på att ta en kopp kaffe medan hundarna drack vatten i köket. De torra blommorna på köksbordet gjorde honom påmind om att han borde köpa en bukett till Charlotte. De vissna bladen hamnade i soppåsen och han tog den sista klunken kaffe och startade diskmaskinen innan han gav sig iväg. Väglaget var bra och asfalten torr. Det låg minimala snöhögar kvar i skogsbrynen som liknade dammtussar. Skönt att slippa snöskottningen. Han såg fram mot året med tillförsikt. Det kunde bara bli bättre.

Bilen stannade utanför blomsterbutiken och en stund senare kom han ut med en gigantisk bukett rosor och cellofanpapper i mängder. Rosetterna fastnade i dörren när han försökte få in den i bilen och det hade svidit rejält i plånboken efter att ha betalat.

"Jahaja, vi får hoppas hon blir nöjd."

"Det blir vilken kvinna som helst av en sådan bukett." Tjejen bakom disken strålade som om hon hade provision.

Vid rödljusen ringde mobilen.

"Tjenare pappa."

"Hej Claes, hur är det med er?"

"Det är bra med mig, Linda mår inget bra. Vi kan inte komma men vi har skickat en stor bukett till mamma, hoppas hon blir glad."

"Det blir hon. Jobbar du?"

"Det är fullt ös. Jag ska på möte och skriva ett par kontrakt på eftermiddagen." "Det är bra pojken min. Ta hand om dig. Ring om det är något ni behöver."

"Absolut pappa, det vet du. Hälsa mamma."

En bil bakom påminde honom om att det var grönt och han lade ifrån sig mobilen. Det var ont om parkeringsplatser i närheten av Drottninggatan men Gustaf hade inget emot att fortsätta förmiddagen i friska luften.

Utanför affären brann ett par marschaller och han kände genast igen några av Charlottes väninnor som var på väg in. Skyltningen i fönstret gick i rött och gult, allt för att dra blickarna åt sig.

"Gustaf, det ska bli underbart roligt." Lotten kom fram och tittade avundsjukt på den stora buketten.

"Åh, här har vi mannen som slagit på stort, härligt." Eva var inte heller sen att spana på blommorna.

Gustaf sträckte på sig och var glad över att han för en gångs skull inte snålat. Sekunden senare öppnades dörren och Charlotte tittade ut.

"Men vad gör ni härute? In med er i värmen. Kom och ta ett glas champagne."

Det strålade om henne och dagen till ära hade hon köpt en ny dräkt i rött. Gustaf kysste henne och lämnade högtidligt över blommorna.

"Grattis älskling." Doften av hennes parfym spred sig och han strök henne över den sammetslena kinden.

"Å Gustaf, de är underbara. De matchar min dräkt. Tänkte du på det imorse?"

"Nja."

"Har du sett, Chang?" Hon höll stolt fram buketten.

"Vi kan starta blomsterbutik också." Chang kom ut från pentryt och tog emot blommorna med ett stort leende. "Jag fixar en vas."

Han tog blommorna och försvann.

Butiken var redan fylld av lyckönskningar i form av blommor och tårta. Chang hade beställt snittar och hade jämt göra med att hälla upp champagne som Charlotte tagit med sig.

"Har du länsat hela vinkällaren?" Gustaf stirrade på flaskorna och kände att detta inte var en speciellt inkomstbringande dag.

"Skål på dig älskling. Det är inte varje dag det är invigning." Charlotte gav honom ett glas och han smuttade på det.

"Förhoppningsvis inte."

"Titta, dessa fick jag av Claes och Linda. Alldeles underbara." Hon visade upp en bukett i hans egen klass med blandade blommor.

"Claes hälsar, han jobbar för fullt."

"Å vad glad jag blir. Han är som jag, jobbar jämt. Hur var det med Linda?"

"Inget vidare tydligen. De kämpar på."

"Bra." Charlotte vimlade vidare och pratade med Lotten.

Nåja, bra smak hade hon i alla fall, tänkte Gustaf och såg sig om i butiken. Allt var prydligt och stilfullt placerat på alla hyllorna. Likt en regnbåge var alla färger representerade och kunderna kunde välja och vraka bland en massa modeller. Skrivbordslampor som var praktiska och taklampor som var vackra. Färger och former varierade likt storlekar och ändamål.

Han kunde känna doften av färg och ny matta och anade att det tagit timmar av förberedelser att färdigställa allt.

"Du kan få rabatt om du vill, endast idag." Hon ställde sig bakom honom när han studerade en skrivbordslampa.

"Det jag vill ha, tar jag gratis." Han drog henne till sig och hon blev röd om kinderna.

"Men Gustaf, inte nu. Har du tagit några snittar?"

"Mm, ikväll tar jag något annat." Gustaf såg in i hennes blå ögon och önskade att han hade haft henne för sig själv ett par timmar. Men när han såg sig omkring vällde kunder och bekanta in och han förstod att hemkonsten kunde bli sen.

"Har vi en större storlek?" Chang kom med en lampskärm och Charlotte trippade genast ut på lagret.

Gustaf blev kvar en stund och tittade sig omkring. Charlottes väninnor såg upptagna ut av att diskutera golvlampor och dess placering och han bestämde sig för att åka. Precis när han sade hejdå, kom den lokala tidningen som gjorde reportage och fotograferade. Han vinkade till henne och gick ut.

"Pappa, är du redan här?" Johan kom fram och hade även han en blomma med sig. "Har du också köpt blommor. Vi hade kunnat köpa en familjeblomma."

"Var inte snål nu."

"Nej, nu får vi skärpa oss. In med dig och sno åt dig några snittar innan damerna glufsar i sig allt. Var har du Anna?" Gustaf gav Johan en snabb kram.

"Stockholm, hon tog tåget men hälsar och önskar lycka till."

"Hur går det för det blivande stjärnskottet på juristhimlen?"

"Skitbra, hon skriver fullt på alla tentor. Behöver du hjälp får du ringa henne. Nu måste jag in till mamma, hon tror antagligen inte att jag kommer."

Johan blev stående utanför butiken innan han gick in. Förra mötet med Chang hade varit något krystat. Efteråt hade undrat om Chang menat allvar eller om han drivit med honom. Hans mamma hade endast berättat ytligt om honom och Johan var osäker på vad hon visste om hans bakgrund. En ensamstående kines som flyttat till lilla Katrineholm från Stockholm. Inga lyxkrogar, inga teatrar, inget nöjesliv att tala om.

Tänk om det var en maffiakille hon anställt? Johan log vid tanken såg ett scenario framför sig där de importerade knark i massor och levde det ljuva livet. Han vaknade ur sina vita knarkdrömmar när han fick syn på Changs ansikte i fönstret. Han höll upp ett glas och log med hela ansiktet och Johan kunde inget annat än gå in.

Efter blomsteröverlämning och kramar av mamma, blev han stående vid ett fat med snittar och drack alkoholfritt bubbel. Charlotte var upptagen av pressen som ville ta foton ur alla vinklar och Chang kom fram och fyllde på nya snittar.

"Kul att se dig på bättringsvägen." Chang glufsade i sig den första snitten för dagen. Han hade inte hunnit äta någonting utan hade svansat runt i det sista med dammsugaren och rengöringstrasan.

"Ja, det är skönt. Kortare sträckor går jag utan krycka."

"Härligt. Det måste ha varit deprimerande att vara skadad under så lång period."

"Ja, jag har mist all styrka i benen och det har tagit lång tid att träna upp. Sjukgymnastiken går mig på nerverna. Men snart kan jag börja träna själv på det vanliga gymmet."

"Det är bra att kunna slappna av ibland." Han tittade på Johan med en bestämd blick.

Jag vet vad du håller på med min vän. Ge mig inblick i ditt liv och ska jag se till att du får en leverantör som ger dig vad du vill, hur mycket du vill. Mitt kontaktnät är outstanding och jag behöver komma igång med min sovande verksamhet snarast möjligt.

"Ja... det, det kan det vara." Johan satte snitten i halsen och Chang vinkade åt Charlotte. "Vi går ut och hämtar mat, klockan är mycket." Han vinkade till Charlotte och nickade åt

Johan att följa med.

Charlotte var upptagen av tidningen och märkte knappt att de gick. "Kinamat?"

"Jag äter vad som helst."

"En allätare, bra Johan. Det lönar sig att vara flexibel."

De gick vidare till restaurangen och satte sig. Det var tomt sånär som på ett äldre par som satt vid ett fönsterbord. De bestämde att äta på plats i lugn och ro och ta med mat till Charlotte, hon hann ännu inte äta på grund av hysterin. De beställde in mat och efter en stund var det Chang som bröt tystnaden.

"Jag har förstått att du har vissa behov Johan. Jag har också förstått att du har kanaler in i landet. Frågan är om ni vill ha in mer och få hjälp på ett smartare sätt. Det är inte bra om packåsnorna ligger kvar i båthytten."

"Hur vet du...?"

"Jag har också kontakter Johan. Jag vet allt om din lilla sidoverksamhet. Men var inte orolig, Charlotte kommer inte att få veta något. Inte av mig i alla fall."

Johan kom av sig eftersom Chang var rak och tydlig, men han insåg att det inte fanns tid över till kallprat. Var Chang intresserad av att hjälpa dem att föra in kokain i landet var det enbart ett plus. Lennart hade svårt att få in mer och eftersom Philip ökat försäljningen, behövde de ha in mer. Och det snabbt. Om man inte har något att sälja går kunderna någon annanstans och det är svårt att ta tillbaka dem. Lennarts ord klingade i Johans öra och han lät Chang berätta om sina planer.

Changs släktingar i Kina odlade cannabis och sålde över hela världen. Men de ville in i Europa med hjälp av några bra kontakter. De tillverkade även kokain och hade kanaler via möbelföretag. Den mångåriga vanan och erfarenheten hade gjort att de var effektiva och levererade högsta kvalité. Det värsta som kunde inträffa var att sälja dåliga droger. Changs bror styrde knarkimperiet med järnhand och höll sakta på att överlämna verksamheten till sin enda son.

Det var länge sedan Chang själv hade varit i branschen men han ville tillbaka igen. På den tiden han jobbade i Stockholm var det annorlunda. Han var yngre och hade ett stort kontaktnät, träffade människor och fick ett bra rykte. Efter flytten med Lia hade kontakterna sakta börjat avta på grund av avståndet. Dessutom orkade han inte ta tag i saken ensam, han visste att de behövde vara minst tre eller fyra stycken. Det sparkapital han byggt upp hade räckt långt men nu började pengarna sina och han ville få in de sköna intäkterna igen. Han var van vid ett lyxigare liv än det han levde förnärvarande och hade tröttnat på att handla på rea.

När chansen med Charlottes butik uppenbarade sig hade han tagit chansen direkt.

Erfarenheten och viljan fanns. Det var bara att göra ett gott arbete, ge henne tips om att avancera inom möbelbranschen och därefter trycka på play. Den dagen han sett Johan snorta på toaletten hade han förstått att han var på rätt bana. Dagen efter hade han köpt kokain av Lennart och

Philip, som visat sig vara kompisar med Johan. Han kände igen mönstret och ville givetvis ställa upp med sina tjänster om det var intressant. Och det var det.

"Men vad menar du med möbler? Lägger ni kokainet i stoppningen eller?" Johan tittade frågande på Chang som glupskt stoppade i sig mer friterad kyckling.

"Ja, faktiskt. Det är långt ifrån alla containrar som kollas och det gör inget om hundarna sniffar sig fram till något. Vi har folk i tullen som hjälper oss att märka om containrarna."

"Det låter för bra för att vara sant." Johan hade slutat äta.

"Kontaktnätet är upparbetat under många år och alla får sin del av kakan. Efter det kan vi håva in och börja sälja."

"Men nu då, ska vi sy in det i lampskärmarna eller? Mamma säljer endast lampor."

"Inga problem. Vi börjar med att ta in lampfötter. Vet du hur många påsar man får in i en lampfot? Charlotte är en extremt bra kvinna, hon kommer att bli stor inom affärsvärlden. Jag ska hjälpa henne allt vad jag kan. Inom ett par månader kan vi starta upp en möbelbutik och…"

"Vänta nu, möbelbutik?"

"Charlotte är duktig, hon kommer att sälja så det ryker. Om affärerna inte funkar ekonomiskt kan man stoppa in en summa i kassan varje kväll för att öka omsättningen. Därefter lär det rulla på av sig självt."

"Men möbler?"

"Jag ska prata med henne, hon kommer att köpa idén men hull och hår. Du måste lära dig äta med pinnar Johan."

"Pinnar? Vad?" Det var inget för Johan som skyfflade in de friterade räkorna med gaffeln.

"Om vi åker till Kina måste du äta med pinnar. Annars får jag skämmas över dig." Chang ögon rynkade ihop sig när han skrattade och slog Johan vänskapligt på axeln.

"Jag måste kolla med mina kompanjoner. Jag är inte ensam om att trycka på knappen."

"Inga problem. Gör det du. Jag ska stämma av med min bror och kolla hur fort han kan börja leverera. Han får ett samtal ikväll."

Johan tyckte att det var en lysande idé och när Charlottes mat var klar tog han påsen och återvände till butiken. När han kom ut ringde han Lennart, som i sin tur stämde av med Philip.

"Det var som fan. Vilken kille din mamma har anställt. Gjorde hon ingen koll innan?"

"Koll och koll, hon ville nog ha hjälp av någon som kunde inredning. Och arbetsförmedlingen ringer inte Kina för att kolla eventuella brottsregister."

"Det var tur det."

"Ok, vad gör vi nu?"

"Vi måste kolla läget. Alla tips om hur vi kan tjäna pengar är värda att kolla upp. Du jag ska till Norrköping nu. Vi hörs."

"Absolut." Han lade på och tittade på Chang som satt kvar på restaurangen och ringde sin bror.

De hade inte hörts av på ett tag och det blev ett långt samtal innan Chang kom in på väsentligheterna. Hans bror var sugen på att komma igång och ville att Chang skulle komma hem och hälsa på.

"Ni är välkomna närhelst ni önskar. Det kunde vara trevligt att se dig käre bror. Ta med dig Johan och Philip och Lennart. Ni kan få en rundvandring på plantagen och en titt på kontoret."

"Jag saknar värmen och maten. I Sverige är kinamaten sådär. Din frus mat är det bästa som finns." Det vattnades i munnen vid tanken på de dignande bufféer som han och Lia blivit bjudna på i hemlandet.

"Jag är själv sugen att komma till Sverige. Vi får se om sonen klarar av att sköta affärerna till nästa sommar. Då får du se mig i Sverige."

"Han kommer att klara sig galant. Det är ju du som lärt upp honom." De skrattade och kom överens om att hålla kontakten.

En kvart senare gick han tillbaka till butiken. Johan hade lämnat maten till Charlotte men påsen stod fortfarande orörd i pentryt. Butiken var fortfarande fylld med kunder och han ställde sig i kassan för att ta betalt medan Charlotte tog emot ännu en bukett. Det luktade succé.

Efter en stund kom Johan fram till honom med ett flin på läpparna. "Jag tror att det är dags att lära sig äta med pinnar."

Kapitel 13

Johan och Anna satt på varsin flyttkartong i köket och drack kaffe. I vardagsrummet sprakade brasan och diskbänken var fylld av porslin och kastruller. Annas dator stod ouppackad i vardagsrummet och hon kände att studierna hade blivit lidande, men så fort de kommit in i lägenheten var hon beredd att låsa in sig och återuppta pluggandet. Det gick bra att pendla från Katrineholm till Stockholm, även om tågen strulade ibland. Hon utnyttjade varje sekund till att plugga och det hade gett resultat.

"Har du dåligt samvete nu?" Johan lutade sig fram och kysste henne.

"Nja, något. På nästa kurs är det ingen tenta utan inlämningsuppgifter. Men det är fullt upp i alla fall." Hon reste sig upp och började plocka in stekpannorna i skåpen.

"Ett par dagar till och är det mesta på plats. Man kan leva utan tavlor ett tag." Han reste sig, ställde sig bakom Anna och drog hennes hår åt sidan. När han höll om henne kändes det i hela kroppen att det var rätt. "Vi skiter i stekpannorna nu." Han vände på den späda kroppen och lyfte upp henne på diskbänken.

"Men Johan…"

"Shh." Han avbröt hennes protester med en kyss och lade sin högra hand över hennes bröst. De var lika äkta som Anna själv. Genuina, mjuka och underbara.

Anna lade sina armar om Johan och besvarade kyssen. Hennes andhämtning blev tyngre och hon knäppte upp sin skjorta och lät Johan kyssa hennes bröst. Bh:n hamnade på golvet och Johan började knäppa upp sina byxor. Det smällde till när ett fat splittrades på golvet, men ingen av dem brydde sig.

"Du är helt underbar, jag älskar dig."

"Inte på diskbänken."

"Varför inte, vi har inte älskat på en diskbänk förut." Han skrattade, tog tag i henne och lyfte ner henne på golvet.

"Akta ditt ben."

"Inga problem." Han drog ner byxorna i samma sekund som dörrklockan plingade. "Vad nu?"

"Vi måste öppna."

"Det måste vi inte alls." Han fortsatte att kyssa henne medan klockan envist ringde. "Vem är det som kommer hit nu?" efter ett par djupa andetag knäppte han byxorna och suckade tungt medan han gick ut i hallen.

"Philip är den enda som vet att vi bor här." Anna började knäppa skjortan och drog bort ett par hårslingor från ansiktet.

"Chang? Vad gör du här?" Johan öppnade och tittade förvånat på ett glatt ansikte inramat av ett stort paket och en blomma.

"Jag fick en stund över. Ville lämna över er första gemensamma blomma och inflyttningspresent och önska er lycka till."

Johan kände hur det hettade i byxorna och på kinderna, men han blev glatt överraskad och visade in Chang. Eftersom de inte hunnit köpa någon lampa till taket i hallen gick de raskt in i vardagsrummet.

"Vad fint med en brasa, den kommer ni att ha stor nytta av." Anna kom in i vardagsrummet och fick en varm kram av Chang.

"Anna, vad fint ni kommer att få det. Varsågoda, till er båda." Han överlämnade blommorna till Anna och bockade djupt.

"Tack snälla du. Det kan behöva livas upp bland alla kartonger. Vi har jobbat hela dagen men det syns inte." Hon skyndade sig ut i köket för att fixa en vas. Som tur var hade hon fått med sig två stycken hemifrån.

"Ni kommer att trivas." Chang gick fram till brasan och satte sig på huk för att värma händerna.

"Det tror jag också. Vi har köpt möbler men de kommer inte förrän nästa vecka."

"Din mamma kan säkert fixa gardiner till er." Han tog upp eldgaffeln och rörde om i
glöden.

"Det kommer hon garanterat att göra. Hon har redan frågat vilken färg på tapeterna vi har.
Hon sliter inte ut dig vad?"

"Inte alls. Jag tycker det är fantastiskt kul att ha kommit igång igen. Jag hann ju hit nu." Han skrattade. "Jag lägger på ett par pinnar till."

"Tur det. Nu måste vi kolla vad du kommer med. Skynda dig Anna, vi måste öppna paket." Johan var redan igång och Anna anslöt till paketupptagningen med sax och nyfikenhet.

Chang stod bredvid och njöt av att se de ungas glädje. Han såg sig själv och Lia när de fått sitt första boende. En pytteliten tvåa på fyrtiotvå kvadrat, utan balkong. I det huset hade de bott fem år innan de haft råd till något större. Det blev en trerummare på nittio kvadrat i centrala

Hong Kong med två balkonger och portkod. Deras stolthet visste inga gränser och de inredde den tillsammans i ljusa färger och stora gröna växter.

Det var där som Changs intresse för inredning föddes. Lias syster hade en textilbutik och exporterade exklusiva sidentyger. Lia och Chang älskade allt som var vackert och deras stilkänsla och talang gjorde att de snart blev delägare i butiken. Efter det var affärerna igång. Chang lärde sig kreativ bokföring och expanderade under flera år. Hade man en stark vilja behövdes inga utbildningar, var hans ledord. Dessutom hade han blivit en klippa på internet.

På Changs sida i släkten hade man också visat ett stort engagemang vad det gällde kreativitet, men det var inom betydligt ljusskyggare verksamhet. Något Lia inte varit medveten om. Åtminstone inte vad Chang trodde. I själva verket var hon väl medveten om vad som skedde bakom kulisserna, men brydde sig inte så länge pengarna ramlade in.

”Åh, vad fin den är.” Anna gapade medan Johan lyfte upp en gigantisk lampa med svart och röd skärm ur kartongen. Han fick hålla med båda händerna och ställde försiktigt ner den på golvet.

De blev stående alla tre och tittade på lampan.

”Den ska vi ha på sidobordet vid soffan. Var har du köpt den Chang? Det är fantastisk.” Anna flyttade lampan och ställde den på bordet. ”Tack snälla du.” Hon gav Chang en kram till och stoppade i kontakten. ”Vilket fint sken den är.”

”Jag har skickat efter den från Hong Kong. Den finns inte att köpa i Sverige. Det är möjligt att din mamma kan ta in den i butiken om ett tag. Det är roligt att kunna erbjuda kunderna det lilla extra.” Han log igen och tittade på Johan med sitt bländvita leende.

”Men Chang, vill du inte ha en kopp kaffe?” Anna gick mot köket för att hämta en kopp. ”Vi har inget kaffebröd eller någon mjölk. Använder du socker.”

”Tack det räcker bra. En bit blir bra.”

”Hade jag vetat att du skulle dyka upp hade jag kunnat slänga ihop en sockerkaka.”

”Ingen fara. Jag kommer gärna fler gånger. Vi kan grilla korv i den öppna spisen.” Han skrattade och blev kvar i vardagsrummet med Johan. ”Fin utsikt.”

De gick fram till vardagsrumsfönstret och tittade ut. Det var molnigt och meteorologerna hade spått regn.

"När det blir bättre väder kommer vi att se en bit över centrum. Härligt med rörelse."

"Ja Johan. Det är inte enbart denna utsikt som är fin. Jag har pratat med min bror och han är intresserad av ett samarbete. Det kommer att gynna oss och honom. Dessutom är vi välkomna att hälsa på. De kan guida oss på hela plantagen och vi kan ta med Philip och Lennart också."

"Jag har tänkt på det förslaget. Det låter lockande. Men vi måste träffas alla fyra. Jag kan inte ta några beslut själv."

"Ok. Ni hör av er när ni vill prata. Denna chans ska ni ta. Den kommer inte tillbaka."

"Jag förstår det." Det skramlade i köket och Johan vände sig om.

"Jag sköter all logistik och tillsammans håvar vi in pengar. Mina gamla säljkanaler är redan informerade och ser fram emot ett samarbete."

"Ok."

"Vi kommer att kunna förse hela Europa med vitt pulver. Inga problem. Lita på mig."

"Vi behöver en träff med Lennart och Philip. Jag skickar ett sms med en gång." Johan var intresserad av att få igång ett samarbete och var säker på att Lennart och Philip var villiga att ta chansen. Som Chang sagt, den skulle inte komma tillbaka.

"Absolut, vi ska inte vänta för länge."

Johan läste svaret från Lennart i samma sekund som Anna kom tillbaka. Vi tar ett möte i em. Ska köpa kostymer först, häng på, vi tar ett snack.

"Vad du ser bekymrad ut." Anna såg på honom.

"Jag... nej. Finns det kaffe till mig också?"

"Ja visst, jag trodde inte du ville ha mer. Chang, ta kaffe. Vi kan sitta på... golvet." Anna pekade på parketten och de skrattade allesammans.

"Vill du plugga en stund efter lunch?" Johan sneglade på Anna.

"Varför inte. Har du redan tröttnat på att packa upp?"

"Chang... Chang behöver hjälp att... lasta av en pall med varor. Jag lovade att hjälpa till."

"Självklart ska du hjälpa till med det. Kan vara skönt med ett break. Ta med dig en pizza innan du kommer tillbaka." Anna tog en klunk kaffe.

"Jag lovar." Han tittade på Chang som log om möjligt ett ännu bredare leende.

Chang stannade en stund, pratade inredning och möbler. Han lämnade några tankar om tapetfärger och gav tips om mattor. När han därefter gick, gjorde han det med ett leende på läpparna.

* * *

En timma senare blev Johan upphämtad av Lennart och de åkte iväg till Vingåker. Johan berättade det han visste om Chang och om händelsen i butiken.

"Menar du att han kom på dig snortades i butiken? Jävla klantskalle. Det hade kunnat gå riktigt illa. Tänk om han sprungit iväg och skvallrat för lilla mamsen? I så fall hade hon sparkat ut dig vare sig du haft lägenhet eller inte."

"Jag vet, men nu gick det bra, eller hur?" Johan skruvade på sig.

"Det är fan tur det. Vi har inte råd med några misstag. Tänkte snajda till mig med ett par vårkostymer. Ska inte du ha ett par?" Han svängde av på parkeringen och stannade vid utgången. "Bra att dra hit mitt i veckan annars är det för många Stockholmare."

Det gick in och Lennart ekiperade sig med tre kostymer i ljusa nyanser och några skjortor.

Han provade olika modeller men bestämde sig för några av det nyaste snittet. Framme vid kassan tog han fram rullen med kontanter. Tjejen i kassan hade aldrig sett den mängden kontanter på ett vykort ens och hon stirrade med stora ögon. Lennart var van att man tittade på honom och brydde sig inte.

När de kom ut på parkeringen tittade Lennart på klockan. Solen sken och fåglarna slogs om en plats i den nyplanterade träden.

"Ska vi ta glass och en kopp kaffe?" Lennart tittade på ett par unga tjejer som bar leggings och korta kjolar. De tittade på Johan och fnissade. "Vår i luften."

"Det skulle inte sitta fel. Vi har gott om tid på oss." Han tittade på klockan. De köpte varsin glass och kaffe och åkte iväg.

"Ska vi sätta oss i parken? Vi hinner träffa Chang ändå. Man får inte ha för bråttom, han kan få för sig att vi är desperata."

Lennart svängde in vid Sävstaholms Slott och parkerade vid informationstavlan. De gick ner mot ett par parkbänkar som klarat vintern hyfsat. Ett par hundägare plockade upp efter hundarna och ett par tjejer med barnvagn strosade sakta nere vid vattnet.

"Här skulle man bo." Lennart spanade ut över slottet.

"Ser ok ut. Med fru och barn, eller?" Johan stötte till Lennart och skrattade.

Det var inte ofta de satt ner och pratade om livet. Deras samtalsämnen rörde pengar, kokainleveranser, nya tjejer och lägenheter. Johan hade många gånger funderat över vad Lennart gjorde när han inte langade kokain eller hämtade tjejer, men det hade inte blivit av att fråga. Lennart var inte en person man kallpratade med.

"Ska ni ha ungar nu?"

"Nej, du är inte klok. Inte redan. Anna måste bli färdig med studierna och jag måste…"

"Ja, vad måste du Johan? Snabba på innan det är för sent. Man vet aldrig vart brudarna tar vägen."

"Det är inte bråttom. Vi tar en dag i taget. Om hon visste att jag käkade glass med dig hade jag inte behövt komma hem ikväll."

"Jag fattar inte att hon såg mig sälja. Det är ofattbart. Jag brukar vara jävligt försiktig"

Anna hade av en händelse fått syn på Lennart när hon varit ute och ätit med en väninna. De hade följt efter honom och landat på en pizzeria. Efter en stund hade en ung kille kommit in och även om Lennart hade försökt dölja köpet, hade Anna sett hur pengar och påsar med vitt pulver bytt ägare. Efter den dagen tålde hon inte Lennart och Johan hade dyrt och heligt fått lova att han inte hade något med honom att göra längre.

"Ska inte du skaffa någon fru?" Johan kunde inte låta bli att fråga.

Lennart satt tyst en lång stund. Därefter tog han en klunk kaffe och tittade på Johan.

"Jag vet inte. Jag vet ärligt talat inte. Har liksom inte tänkt i de banorna. Man jobbar och jobbar och hinner inte festa som man gjorde förr. Brudar finns det gott om men… ja du vet hur det är." Rösten blev tunn och han såg fundersam ut.

"Du borde inte vänta du heller Lennart." Johan tog det sista av glassen och tittade på honom.

"Jag vet. Jag borde… sätta igång med det. Vi får se." Ett stråk av ensamhet speglades i rösten och han tittade bort.

Johan tyckte synd om honom. Att se Lennart dra en barnvagn eller skruva ihop en bokhylla var en utopi och att se honom botanisera bland de ekologiska grönsakerna i en affär skulle sällan kunna inträffa. Han var en ensamvarg och trivdes med det. Men efter det samtalet såg Johan en ny människa. En bräcklig person som behövde en fast plats i tillvaron med en ordentlig kvinna.

Att ha parmiddag med Lennart och en respektive samt Anna, kunde bli svårt men om han pratade med henne och ljög ihop något skulle hon eventuellt kanske kunna lätta på besöksförbudet.

Ett sms bröt tystnaden och Lennart reste på sig.

"Philip är klar. Dags att hämta honom." De gick mot bilen. "Snart time att köpa ny bil tror jag."

"Redan?" Johan kastade koppen i papperskorgen.

"Japp, har fått en fläck på vindrutan." Han flinade och de åkte mot Katrineholm för att hämta upp Philip. Den allvarsamma stämningen var som bortblåst och affärerna hägrade. I de stunderna var Lennart på topp.

De träffade Chang på en restaurang och tog en bit mat medan de pratade. Mötet blev lättsamt och de fick förtroende för varandra alla fyra och Lennart var inte det minst orolig för att expandera, men Philip ville tänka ett par dagar innan de tog det slutgiltiga beslutet. Lennart tyckte det var onödigt. Hans ögon hade redan förvandlats till dollartecken och det rök ur öronen på honom. Han såg soffor och fåtöljer sprängfyllda med kokain och ett bankkonto som svämmade över. Som vanligt fanns det inga begränsningar och Johan skrattade när han kände igen Lennart igen.

De skiljdes åt och Chang skulle höra av sig så fort han fått mer information om leveranser och tider från sin bror.

"Hur kan vi lita på honom?" Philip stod med armarna i kors och rynkade pannan.

"Det kan vi inte. Vi kan inte lita på någon. Men hur kan han blåsa oss? Vi inte har några som helst utlägg innan businessen kommer igång?" Lennart tände en cigarett och blängde på Philip.

"Nej, det är klart. Men vi vet ingenting om honom och hans släkt. Det kan vara rena rama maffian vi har att göra med."

"Tagga ner Philip. Det är som Lennart säger, vi har ingenting att förlora. Win-win, vet du.

Win-win."

Johan fick skjuts av Lennart till pizzerian och kom hem med varsin oxfilépizza till lägenheten. Anna hade somnat sittande framför datorn och Johan väckte henne med en kyss.

"Är du inte hemma förrän nu?"

"Shh, ska vi fortsätta där vi slutade? Johan knäppte upp byxorna och en stund senare låg de framför brasan och älskade.

Kapitel 14

Pauli kollade bilens GPS och konstaterade att det var nästa gata. En bil tutade bakom dem medan Aulis krypkörde. Bilen de hyrt var ny och doften av skinnklädsel omslöt dem.

"Skit i honom, sväng höger. Det är ledigt där framme." Pauli stämde av gatunamnet en gång till och klev ur bilen så fort de parkerat. Han sträckte på sig och tittade runt.

"Är det här? Ser ut att vara ett dyrt kvarter."

"Med dyra flickor."

På andra sidan stod ett äldre par med mops och tittade i ett skyltfönster. De pekade och skrattade högt medan mopsen sket. När de fortsatte promenera mötte de att annat par och hälsade glatt. De blev stående en stund vid trafikljuset innan de gick vidare. Ett par unga tjejer kom gående med sina cyklar. Deras hästsvansar guppade och båda försökte styra cyklarna medan de ivrigt uppdaterade sin FB. När de tagit varsin selfie halvsprang de över gatan precis innan det slagit om till rött. En bilist tutade men fick ingen reaktion.

"Mopsar som skiter och rosa cyklar. Fy fan." Pauli satte sig i bilen igen och dirigerade in Aulis på bakgården. De parkerade bakom en container som dolde det mesta av bilen om nu någon ville titta ut genom fönstren. Han tände en cigarett och funderade på hur tillförlitligt tipset var om att det fanns tjejer i lägenheten.

Träden var symmetriskt klippta och inte ett pappersskräp fanns så långt ögat kunde nå. En tredjedel av huset hade fått nya fönster och i containern låg de gamla, snyggt paketerade. En dam med en hund av rufsig modell med grönt täcke på, kom trippande och gick mot porten.

Pälsmössa, dyr väska och två matkassar. När Pauli såg att hon började knappa in portkoden snabbade han sig fram och höll upp dörren och så fort damen tackat, låtsades han stänga.

Sekunderna senare var han och Aulis inne.

De stannade några sekunder och lyssnade. När damen med hunden stängt lägenhetsdörren hörde de enbart sina egna andetag. Pauli tryckte ner hissen och de klev in. Den förflyttade dem ljudlöst upp till våning sex. Passande, tänkte Pauli innan han klev ut.

"Lundberg, skulle det stå på dörren." Pauli nickade och pekade på namnskylten till vänster.

"Vad ska vi säga? Ska vi fråga efter henne, eller?" Aulis trampade nervöst omkring.

"Ta det lugnt, vi ringer på först, sedan får vi se vad som händer."

Lennart ryckte till när det ringde på dörren. Kaffekokaren brummade och han väntade på att få ta en kopp efter lunchen med Philip. En lugn eftermiddag var vad han behövde. Inga objudna gäster. Polisen hade snurrat i kvarteren en del, men inte de sista veckorna. Alla var diskreta när de kom och gick och själv var han oftast på plats efter mörkrets inbrott. Den här dagen var ett undantag.

"Vem är det? Väntar du någon nu?" Philip höll på att plocka fram muggar. Han tittade på väggklockan och därefter på Lennart.

"Inte nu. Det ska komma två gubbar men inte förrän om en timma. Och de brukar passa tiden." Han smög fram mot fönstret och drog gardinen försiktigt åt sidan. "Ingen okänd bil på framsidan i alla fall. Kolla baksidan." Han pekade och Philip gick iväg medan Lennart gick fram till dörren och kollade i dörrögat.

"Jag ser inget." Philip smög fram men Lennart schasade bort honom med handen.

Det var något hos killarna utanför dörren som han kände igen. De svarta mössorna och den raka hållningen påminde honom om männen han stött på när han hämtade tjejerna på Arlanda. Männen utanför dörren stod vända mot varandra och Lennart blev osäker eftersom han endast såg deras profil. Men när den storväxte vände sig mot dörren kände han igen ärret på vänster ögonbryn. Det var dem.

Tjejerna tittade ut från ena rummet men backade och stängde dörren när Lennart blängde åt deras håll.

"Du öppnar." Han pekade på Philip och tog fram pistolen som låg i köksskåpet ovanför kylskåpet.

"Är det någon du känner igen?"

"Jag är inte säker. Öppna du." Sekunden senare gick han in i garderoben vars dörr ledde mot hallen samtidigt som han osäkrade pistolen.

"Vad kan vi hjälpa herrarna med?" Philip log ett nervös leende och öppnade dörren tjugo centimeter.

"Kan vi komma in?" Pauli pratade på knackig svenska. "Vilka är ni?"

"Förlåt, Bill Smith och Thomas Bell."

"Vad kan vi hjälpa er med?"

"Vi vill gärna träffa en flicka." Han sänkte rösten och såg sig omkring.

Aulis undrade om det var en bra idé. Det hade varit bättre att konfrontera grabbarna när de lämnade huset. Men Pauli hade varit het på gröten som vanligt. Han hade absolut velat komma in i lägenheten och hade trott att det kunde vara svårt att få reda på om Elena fanns i den utan att besöka den. Pauli fick som han ville och nu var de på plats och var lika osäkra båda två på vad som kunde hända.

"En flicka? Vem har sagt att det finns flickor hos oss?" Philip var avvaktande och knogarna vitnade när han höll i dörrhandtaget.

"Vi är på genomresa och fick tips om er och lägenheten. Ni var seriösa och hade schyssta tjejer." Pauli log brett.

"Jaha."

"Vi kan betala för oss." Han tog fram plånboken.

"Det tror jag säkert."

"Ser du?" Han bläddrade bland pengarna.

"Ok." Philip öppnade dörren och släppte in dem i den smala hallen. Han visade in dem i köket och tog fram ett par koppar till.

"Svenskt kaffe. Fint." Pauli tittade sig omkring i det vitmålade köket. Han tog en klunk och lade armen på det nya köksbordet innan han började prata. "Vi kommer från England, är på genomresa och behöver ha en trevlig stund."

Aulis stirrade på Pauli som fortsatte dricka kaffe och prata. Själv nöjde han sig med att röra i det heta kaffet.

"Vi var ute igår och fick tipset från någon av era nuvarande kunder."

"Vem?" Philip stod avvaktande kvar vid diskbänken.

"Ah. Jag kommer inte ihåg vad den trevliga mannen hette. Men han pratade om en flicka som hette Elena och…"

Philip ryckte till och spillde kaffe på skjortan men stod kvar och försökte låtsas som ingenting hade hänt. Det rann på bänken och han fick tag i en rulle kökspapper och torkade bort det mesta.

"… det kunde vara trevligt att träffa en fin flicka som någon rekommenderat." Pauli levererade ett stort flin och stirrade på Philip, vars ansiktsfärg började skifta i rött.

"Nja, Elina…"

"Elena, med e."

"Jaha, Elena. Det har vi ingen tjej som heter. Och jag vet inte om vi någonsin har haft det."

"Jaså? Inte det? Det betyder att ni har tjejer i alla fall?"

"Eventuellt. Ibland." Han önskade att Lennart kunde vara med och backa upp honom. Att ha samtal med mystiska främlingar som sökte försvunna fnask, var han inte van vid.

"Jaha." Pauli vägrade flytta blicken från Philip.

"Nej, det är en del tjejer men ingen med det namnet."

"Nehej, då vet vi. Det var synd. Vi får leta vidare." Pauli tittade på Aulis och drack upp det sista av sitt kaffe. "Gott." Koppen stod kvar på bordet medan han gick ut i hallen med Aulis i släptåg.

"Fin lägenhet. Bor du själv?"

"Nej… jag menar ja, det gör jag. Ja, den är fin."

"Verkligen. Nyrenoverad?"

"Nej, inte direkt, jag ska måla om… ehh tapetsera om. Snart. Tror jag."

"Trevligt."

Philip visste inte riktigt vad han borde säga. Han trampade omkring i hallen som en kissnödig femåring med armsvett.

"Tack." Pauli och Aulis gick.

Det klickade till när Philip låste dörren och han andades ut. Lennart kom snabbt ut från garderoben och de blev stående och tittade på varandra.

"Det är något skit med Elena. Och vem fan var det där?" Han rusade till fönstret som vette mot baksidan och öppnade. "Jag ser inte en jävel."

"Vad var det som hände egentligen? Johan tog väl med sig henne från festen?"

"Jag vet inte. Allt runt branden är luddigt och oklart. Han har varit frånvarande så fort man snackat med honom om den kvällen." Lennart stängde fönstret och gick in i köket.

"Ja, efter den komasvängen vete fan om han kommer ihåg allt."

"Och vem var den här snubben, hennes hallick från Polen eller?"

"Polen? Han sa att de kom från England."

"Det var han och hans polare som kom med planet från Warszawa. Inget jävla England. Bill Smith och Thomas Bell, Bill och Bull liksom. Antingen är han hennes hallick, annars är det någon släkting."

"Möjligen hennes bror? Han såg för ung ut för att vara hennes farsa i alla fall."

"Ja, det skulle just vara snyggt. En brorsa till ett importerat fnask som vi inte har en aning om var hon finns, dyker upp i en hemlig lägenhet och frågar efter henne. Detta är inte bra." Lennart stoppade in en dubbel portion snus.

* * *

Pauli och Aulis satt på kaféet som låg tvärs över gatan. De bestämde att stanna en stund för att se om deras besök orsakade någon reaktion. Efter en stund hade en kille stannat med bilen utanför porten och gått in. En stund senare kom killen som öppnat lägenhetsdörren ut. Tätt följd av en annan kille. Det tittade sig omkring med nervösa blickar innan de satte sig i bilen. Pauli lutade sig fram över bordet och fick syn på Lennart.

"Det är han."

"Vem?" Aulis fattade ingenting.

"Han som var på Arlanda."

"Är du säker på det?"

"Ja, jag känner igen hans gång. Vi följer efter."

"Ok."

"Dessutom kände jag igen hans jacka som hängde i hallen."

"Men var han i lägenheten när vi var uppe menar du?"

"Han gömde sig antagligen."

* * *

Philip gjorde en rivstart med en skärrad Lennart. En kille hade kommit och avlöst dem i lägenheten och Lennart bestämde att de skulle dra på en gång. Philip ville ringa Johan och berätta vad som hänt men Lennart ville vänta. Han ville få reda på mer om männen som kommit innan han konfronterade Johan.

"Hur ska vi kunna göra det? Vi vet inte var vi ska börja leta."

"Kolla backspegeln."

I den svarta bilen bakom kom Pauli och Aulis. De låg ett par hundra meter bakom men Lennart kunde nosa sig till förföljare eller poliser på flera kilometers avstånd.

"Vänster vid Volvon." Han pekade rakt över ratten med hela armen och Philip han inte titta bakåt.

"Det är en poliskontroll framme, ser du?"

"Bra." Lennart flinade.

Polisen genomförde en nykterhetskontroll och kollade körkort. Det var två piketer och en vanlig bil. Köerna ringlade sakta fram och de hann inte stanna alla bilar. Philip gled förbi i sakta mak medan en polis gick ut och gjorde stopptecken till Pauli och Aulis. Lennart kunde se Pauli framför sig när en av dagens längsta svordomsramsor kom över hans läppar. Hade de gasat och kört förbi poliskontrollen hade de blivit jagade så de fick vackert lyda och svänga in.

"Så ja. Flen nästa." Lennart lutade sig tillbaka och stoppade in en snus till.

"Ska vi flytta tjejerna eller vad ska vi göra?"

"Någonting måste vi göra. Fan, lägenheten var fin. Bra läge och det tog mig fem månader att hitta en som låg centralt. Nu får jag börja om igen. Äh, jag ringer Johan." Lennart var irriterad.

"Vi kan nog inte ha kvar lägenheten i Stockholm."

"Vad menar du med det? Du har nyss fått tag i den?"

"Jag vet, men det är lite trubbel."

"Trubbel? Med tjejerna?"

"Nej, de jobbar som fan."

"Men vad är det som strular? "Var är du?"

"Hemma på Herrestanäs. Rensar ur det sista."

Johan höll på att packa ner gamla böcker och tidningar i en flytt-kartong. Hela rummet var i en enda röra. Det låg böcker utspridda på golvet tillsammans med kläder och skor. En sopsäck var till häften fylld med saker han skulle kasta och det kändes skönt att äntligen rensat ut efter flytten. Han hade enbart tagit med sig det han absolut ville ha. Allt annat fick stryka på foten.

"Den känns inte säker längre."

"Vem?" Johan kastade ner ett par trasiga kängor i säcken.

"Lägenheten så klart."

"Varför? Du, jag är upptagen. Kan vi ringas senare? Anna kommer om en stund och jag ska rensa ut och efter det ska vi…" Johan var inte i businessmood och tittade på klockan. Han skulle bli hämtad av Anna och de skulle till Norrköping för att titta på ett skrivbord och handla kläder. Innan det skulle sopsäcken till tippen.

"Ok, vi rings senare."

Lennart och Philip köpte varsin hamburgare och åkte till lägenheten i Flen. De blev sittande vid köksbordet och åt under tystnad. Han funderas på om det var den här typen av liv han ville leva. Skjutsa brudar till lägenheter, sälja kokain och hålla sig undan för polisen. Ju mer han tänkte efter desto tveksammare blev han.

* * *

Johan var sprudlande glad över att flytten blivit av. Det var tur att Philip hjälpt honom att hitta lägenheten. Ett lyckokast. Anna fick närmare till tågstationen och var alltmer sällan kvar i Stockholm i veckorna. Hon hade ett tufft schema men klarade sig alldeles lysande. Johan lät henne vara ifred med pluggandet. De planerade in gemensam tid för att kunna göra något roligt.

Lägenheten var i princip klar. Anna behövde ett nytt skrivbord och en stol och Johan ville ha en större teve. Skrivbordet fick gå i första hand och de hade varit på väg att titta efter ett flera gånger. Det hade alltid kommit något emellan och nu hade Johan lovat dyrt och heligt att de skulle åka iväg. Shopping och en god bit mat kunde förgylla deras resa.

"Håller du fortfarande på?" Anna stod i dörröppningen och stirrade på Johan.

"Nej, ja jag menar… jag är snart klar. Hjälper du mig? Böckerna ska skänkas och tidningarna kastas." Han pekade på en trave vid ena väggen.

"Nej, skänk tidningarna också. Gamla Fantomen finns det säkert de som vill ha."

"Tror du det?"

"Tänk att sitta på ett utedass och bläddra i serietidningar." Hon tog upp en tidning och tittade på Johan.

"Utedass. Vad menar du med det?" Han stannade upp och såg frågande på henne.

"Vad tror du om ett torp på landet. Inget rinnande vatten, englasfönster, myror, kossor på ängen utanför, maskrosor i rabatten och ett utedass."

"Är du skadad, eller?" Johan gick mot henne och drog henne till sig.

Hennes läppar smakade jordgubbe och han blev hård när hans kropp mötte hennes. Sekunderna senare låg de bland böcker om Tvillingdeckarna och Fantomentidningar. Han gled in i henne och det kändes som om han kom till himlen. Hennes lena hud under honom gjorde att han blev galen av åtrå. Han knäppte av henne bh:n och kupade sina händer över hennes perfekta bröst. Tungan lekte med bröstvårtan och hans andhämtning ökade. Det lät som änglasång när han kom. De blev liggande en stund och Anna smekte honom på kinden.

"Å det tar fyra sekunder innan…" Hon nynnade och låtsades vara sårad.

"Förlåt Anna, jag kunde inte hålla mig. Fan vad läcker du är. Jag har saknat dig."

"Mm, det var tre timmar sedan vi sågs. Jag har saknat dig också."

Han kysste henne och hon gled upp och satte sig gränsle över honom. Johan älskade att se henne njuta och när det gick för henne, gick det även för honom. Hon lade sig bredvid honom och nafsade honom i örsnibben.

"Jag älskar dig."

"Jag älskar dig."

Att han hade kunnat var otrogen med Elena var ett mysterium. Det var något som gnagde i hans hjärta fortfarande. Som tur var hade hon inte smittat honom med klamydia eller något annat. Det hade inte varit kul att komma hem och säga; Kan vi ha ett uppehåll i sexlivet, Anna, jag har fått en släng av gonorré. Är det några frågor på det?

Troligtvis var det drogerna och Rohypnolen som ställt till det. Nu för tiden var det endast kokain som gällde och det var inte särskilt ofta. En eller ett par gånger i månaden var max.

Vad som också gnagde i honom var det som Lennart sagt. Trubbel, vad kunde det vara.

Förhoppningsvis inget slagsmål i trapphuset mellan torskar och fnask, eller någon misshandlad tjej. Han var tvungen att ringa honom så fort han kunde.

* * *

I Flen rapade Lennart högljutt och kliade sig i skrevet. Lite sex på det här skulle inte vara dumt, tänkte han när han klev in i sovrummet hos tjejerna. Lampan i taket var släckt och på ena sängkanten satt Anni. Det var endast hon som var ledig. Doften från nagellacket gifte sig inte speciellt bra med den unkna doften som resten av rummet serverade. Persiennerna var neddragna och Lennart vinklade upp dem. Anni suckade och visste vad som väntade. En stund av lugn hade avbrutits av mannen som bestämde. Mannen som tog vad han ville ha, när han ville.

En vecka tidigare hade hon kommit med båten till Sverige och redan samma kväll föll hennes drömmar om ett land som kunde ge henne allt. Hon ångrade att hon varit lättlurad och det enda hon väntade på nu, var att få komma hem. Eller åtminstone ut från den här lägenheten.

Lennart stövlade fram och drog ner sin gylf. En stund senare låg han och pumpade över Anni som grät tyst. Han hade slitit av hennes bh och nypt henne i bröstvårtorna. När det gick för honom, stönade han högt och när hon trodde han var klar vände han på henne och började om. Och hela tiden tänkte Anni.

Jag hatar dig, jag hatar dig.

Kapitel 15

Mörkret kröp ner i hans hals och spred sig i kroppen som en illavarslande farsot. Fingrarna blev svarta och den mörka färgen spred sig upp över armarna och över hans bröstkorg.

Lungorna trycktes ihop och han började svettas.

"Pauli, kom och hjälp mig. Ta mig härifrån."

"Jag kommer, Elena, jag kommer."

"Varför går du iväg? Försvinn inte."

"Jag försvinner inte. Jag finns kvar."

"Gå inte, kom tillbaka."

"Jag finns kvar."

Han sögs ner i ett svart hål och såg Elena sträcka fram sin smala hand mot honom. Det kändes som någon åt av hans ben längst ner i hålet. Tårna började blöda svart blod och fingrarna lossnade en efter en. Smärtan var fruktansvärd och han försökte skrika. Men det kom inget ljud. Han öppnade munnen och såg sin egen tunga sväva ut. Bakom honom kom Aulis och dansade med en avbitartång. Pauli försökte slå mot honom men han tappade tången, tog upp den och fortsatte dansa. Som om ingenting hade hänt.

Efter en stund domnade midjan bort och när han tittade ner såg han köttslamsor som dinglade omkring. När han hörde grisgrymtningar försökte han springa men benen var borta och armarna lealösa. Mörkret kom än en gång upp ur hans hals och svepte med sig honom långt bort.

En stund senare vaknade han av sitt eget vrål. Lakanet var blött av svett och han hade inget täcke kvar i sängen. Han satte sig upp och gnuggade sina ögon. Resten av natten låg han vaken. Livrädd för att somna.

* * *

Allt blev mycket roligare. Snabbt och enkelt. Visst kostade det en slant men det var det värt. De brukade dela. Disa dukade fram glas och tallrikar. Hon vek tygservetterna hon lånat av farmor. Besticken torkade hon av med en linnehandduk och placerade ut etikettsmässigt. Det var farmor som lärt henne duka rätt. Nu visste hon hur besticken skulle ligga och hur glasen skulle stå. Hon hade även lärt sig att vika servetter på flera olika sätt, men ikväll fick de bli ihoprullade i servettringarna.

Hon fick ett sms från en kompis som meddelade att hon kunde ta med vin. Perfekt.

Potatisgratängen puttrade i ugnen och oxfilén var snart klar. Med hjälp av mamma blev detta den perfekta påskmiddagen. Föräldrarna hade åkt till stugan i Viala och väntades inte hem till villan förrän sent på annandagen. Påskvädret visade sig från sin bästa sida och de fick ägna sig åt att ta fram trädgårdsmöblerna och smörja gräsklipparen. Många sommarstugegäster kom till landet för första gången under påskhelgen och det osade från grillarna och brummade från motorsågarna. Alla ville rensa och röja.

Disa kunde fira sin artonårsdag föräldrafritt. Hon åt godis från påskägget som hennes syster varit där med på förmiddagen. Hon hade även fått ett presentkort på en ansiktsbehandling och manikyr. Det skulle hon spara till skolavslutningen i juni.

Klockan i vardagsrummet påminde om att det var en timma kvar innan vännerna anlände.

Denna dag hade hon sett fram emot det sista året. Körkortet var klart och hon kunde låna mammas Nissan Micra, utan att det skulle knorras. Efter gymnasiet var tanken att jobba ett tag och efter det studera vidare. Pengarna skulle gå till en egen bil och möjligtvis en resa.

Tidigare på dagen hade hon lånat bilen och åkt till centrum och Philip sålde påsarna. Hon hade inte köpt av honom tidigare, det hade de andra gjort. Men eftersom hon skulle ha fest ville hon bjuda. Hon hade fått hans nummer av vänner och han hade sagt att hon gärna fick återkomma om hon ville. När som helst.

Dags att byta om. Hon sprang uppför trappan och tog på den nytvättade klänningen som hon skickat efter på nätet. Den var tajt och kortare än hon trott men det gjorde inget. Hon tittade i spegeln och såg en glad, sprudlande tjej, på väg ut i vuxenvärlden.

Håret var lockigt och fick hänga fritt och hon lade på den sista mascaran samtidigt som nagellacket torkade. Detta var på väg att bli en toppenkväll.

* * *

Kriminalinspektör Svensson loggade in och läste några mail. Kaffemuggen stod på skrivbordet och han tog några klunkar innan han kollade rubrikerna på kvällstidningarna.

Nya droger på väg in i Sverige. Vem för in drogerna?

Varför gör polisen ingenting?

Ingenting? Han försökte skaka av sig allt skit som basunerades ut men lyckades inget vidare. Inte enbart kokain utan även Rohypnol. Det drällde av skit på nätet och inom ett par dagar kunde man ha i stort sett vad man ville i brevlådan. Vilket samhälle.

"Ska vi äta eller?" Kollegan Karlssons höll upp en bilnyckel i dörröppningen och Svensson nickade. Han tog jackan och mössan och de gick ut i garaget för att hämta en bil.

Morgonmötet hade handlat om nya langare i Flen och Katrineholm som tydligen hade legat lågt ett tag nu. Ingen visste vilka de var, bara att de gjort stora pengar under sista tiden och att många ungdomar och även vuxna hade börjat med droger. Det var sådant som kostade samhället stora pengar i slutändan och mångas liv blev förstört.

Givetvis drog det med sig andra brott såsom rån och inbrott. De var tvungna att skaffa pengar till sitt drogberoende som de snabbt blev fast i. Och givetvis blev de generöst bjudna i början för att snabbt bli medvetna om hur mycket nästa leverans kostade. En del köpte på krita, som noggrant noterades av langaren, och en del köpte kontant. Alla drogs dock in i karusellen som snurrade vidare. Snurrade och snurrade åt samma riktning.

"Vi får hålla ögonen öppna och spana åt alla håll, inte framåt." Polischefen hade en lång önskelista han ville få uppfylld. Gripanden av langare, koll på den begynnande prostitutionen och ett gäng med småstölder uppklarade.

"Det är inte jul än." Svensson kommenterade chefens önskemål efter mötet. Karlsson garvade och stoppade in en ny snus.

"Kan vi inte ta en pizza i Valla?" Karlsson tittade över biltaket innan han tog på sig mössan och satte sig.

"Pizza i Valla, är du försöksutskriven, eller?" Svensson skrattade och startade bilen. "Deras pizzor är jävligt goda."

"Inte fan åker jag till Valla för en pizza i alla fall. Nej, vi kollar de fula konstverken på fyra ben. Förhoppningsvis är det någon som har rivit ner skiten. Efter det tar vi en burgare."

"Burgare? Jag ska banta."

"Banta? Och du tycker pizza är ett bra alternativ? Visste jag inte bättre skulle jag testa dig i en lögndetektor. Nu åker vi, håll i mössan."

De åkte iväg på sin vanliga runda och stannade till vid torget en stund. De vanliga alkisarna satt på bänkarna och såg tröttare ut än vanligt.

"Vilket jävla liv." Svensson blängde. "Sprit eller kokain, vilket är värst?"

* * *

Festen var i full gång, alla var mätta och belåtna. De var imponerade av Disas fina dukning och att det var schysst mat och fina viner. Vissa som bjöd hade enbart chips i skålarna och bad gästerna ta med egen dricka. På ett bord under trappan stod alla presenterna och Disa tänkte öppna efter middagen. Musiken hördes lång väg och några av tjejerna dansade med vinglas i händerna. Killarna satt i soffan och kände ruset stiga. Huset var fullt av vänner. Efter en stund hördes upprörda röster från övervåningen och alla började röra sig mot trappan.

"Vad är det som händer?"

"Är någon dålig?"

"Var är Disa?"

Disa hade försvunnit en halvtimma tidigare. Efter att ha sett David och en tjej kyssas i föräldrarnas sovrum kändes det som ett sting i hjärtat. Ett svek hon inte var beredd på eftersom de träffats under tre veckor och varit på bio några dagar tidigare. Hur falsk kunde en kille vara? Nu hade mascaran förflyttat sig ner till kinderna och när hon tittade på klänningen hade hon fått en fläck av såsen, mitt på magen. Disa sjönk ner på golvet med ryggen mot elementet. Det brände i skinnet men hon brydde sig inte. Hon började plocka bort hårspännena och kastade dem ett efter ett i papperskorgen. Festen var slut för hennes del.

Därefter kom hon på att påsen fanns kvar. Tur i all otur. Större delen av kokainet låg på en spegel på bottenvåningen men en påse hade hon sparat åt sig själv. En liten lina kunde säkert få henne på bättre tankar. Toalocket landade med en smäll och en stund senare blandades hennes tårar med Philips kokain. En charmig kille som hon frågat om han inte kunde tänka sig att komma förbi hos henne senare på kvällen.

"Om jag hinner kan jag göra det."

"Hittar du?"

"Jag hittar överallt baby. Vi ses eventuellt."

Tänk om han kom till festen? En mogen kille med egen bil och som hade pengar. Hon hade själv sett sedelbunten han tagit upp ur fickan när hon betalade. Kunde det bli bättre? David bjöd inte ens på bio och popcornen hade hon fått betala själv. Hon blev arg av tanken och hängaren lossnade från väggen när hon slet ner en handduk. När hon torkat sina tårar hade läppglansen och mascaran fastnat.

Hon reste sig upp och var tvungen att ta tag i elementet för att inte ramla. Hon blundade och kände att magens innehåll var på väg upp. Det mesta landade i badkaret. Disa blev hängande över kanten och försökte dra till sig handduken för att torka ansiktet. Den hade fastnat under tvättkorgen och när hon slet i den föll alla kläderna ut. Hon blev sittande med ena armen på badkarskanten. Det enda hon hann tänka innan hon blev medvetslös var om Philip skulle dyka upp på festen.

Samtidigt kom Philip rullande i sin bil en bit därifrån. Han stannade vid en busshållplats och gick ut för att tömma blåsan. En red bull, fick göra honom sällskap. När den var tom kramade han ihop den och kastade in den i skogspartiet. Han hade gjort bra affärer och Johan var på väg tillbaka för att backa upp. Kvällen var underbar och det hade börjat osa grillat i några trädgårdar och på avstånd hördes röster. Alkoholen flödade i trädgårdarna och det kunde bli fina affärer ikväll. Ett sms från en köpare kom och Philip svarade att han kunde leverera om en timma. Nu var det en gata kvar, efter det var han hemma hos den fina lilla fröken Disa. Vem vet, hon kanske hade några kolasugna polare?

Om han hade varit hemma hos Disa hade han sett mobilerna till 112 gå varma. Tjejerna skrek att Disa var dålig och killarna skrek på tjejerna att de borde tagga ner. Ingen kom ihåg ett dugg av hjärtlungräddningen de gått igenom på gymnasiet. Bordet med kokain hade stjälpt och två killar låg och sov i soffan. En tjej gick omkring utan klänning i köket och när polisen anlände som första bil, gick en ruta sönder mot altanen.

"Vad fan är nu detta?"

Svensson började springa mot huset och Karlsson fick med sig en förbandslåda storlek XS från baksätet.

"Disa mår inte bra. Hon har låst in sig på toa." En välsminkad brunett med stora pupiller mötte upp på trappan.

"Är det några vuxna i huset?" Karlsson hade kommit in i hallen och försökte skaffa sig en överblick.

"Jag är ju fan vuxen." David kom nerrusande från trappan med uppknäppt skjorta. "Vill ni ha en flaska vin?"

"Flytta på dig."

Svensson upphörde aldrig att förvånas när det gällde privatfester som svämmade över av droger. Han tittade på det omkullvälta kokainbordet och därefter på Karlsson. De skakade på sina huvuden och gick upp på övervåningen. Karlsson fick upp toalettdörren och övervåningen fylldes av spydoft. Han satte sig på knä vid Disas kropp och kollade pulsen.

Inget liv.

"Var fan är ambulansen?" Han stirrade på Svensson som stannat i dörröppningen.

"De fick larm om en trafikolycka i Vingåker. Kan ta en kvart innan de kommer."

"Vi tar ut henne härifrån." Karlsson kunde utan ansträngning lyfta den lilla kroppen med enbart en arm. Hennes lealösa kropp pryddes fortfarande av klänningen med såsfläck på. Men nu hade även en fläck med spya landat bredvid. Han bar ner henne till bottenvåningen där utrymmet var större.

"Undan här. Är det någon som vet om hon tagit något annat än kokain?" Svensson spände blicken i de som stod närmast men hade lika gärna kunnat titta på sin katt som låg hemma i soffan.

"Uhh, jag vet inte. Jag känner henne knappt."

"Tror inte det."

Inga upplysande svar behagade komma och några av festdeltagarna hade redan beställt taxi. Några hade cyklat därifrån innan poliserna anlänt.

Philip skrattade när de kom vinglande, men blev desto allvarligare när han såg en målad bil parkerad framför Disas hus. Han lyckades vända genom att backa upp på grannens uppfart och därefter dra iväg med tjutande däck. Det bränns.

"Samma bil, hann du se?" Svensson hade kommit ut på trappan och känt igen den svarta bilen som de sett på parkeringen innan avfarten till Broby tidigare på dagen.

"Nej. Hör du ambulansen eller?"

"Ja, de ska vara här vilken sekund som helst."

I samma sekund anlände ambulansen och två svettiga ambulansmän kom fram till Karlsson.

"Vilken tid det tog."

"Ja, ett lägenhetsbråk med grov misshandel dök upp efter olyckan. Det är dags att klona sig om man ska hinna." De tog över och poliserna samlade ihop ungdomarna i vardagsrummet.

"Vad är det som har hänt?"

"Är Disa död?"

"Jag vill hem nu."

Spridda röster och gråtande ansikten mötte poliserna som startade med att fråga ut alla om kvällens händelser. Karlsson anropade en piketbuss som anlände en stund senare. Några fick följa med till stationen för urinprov och några blev skjutsade till sjukhuset för omhändertagande och genomgång av hälsotillståndet.

Poliserna fick kalla in extrapersonal och jobbade övertid för att hinna förhöra de som gick att förhöra. Några kunde få komma tillbaka dagen efter. Alla berättade samma historia.

"Det var första gången jag provade."

"Jag vet inte vem som har köpt in drogerna."

"Jag känner Disa ytligt."

"Det var första gången jag var hos Disa."

Disa var redan död när ambulansmännen kom. Kroppen hade slutat fungera redan när Karlsson fick upp dörren. Hans hjärtmassage hade inte hjälpt. Han blev sittande med kramp i armarna när ambulanskillarna tagit över. Anteckningarna från förhören gick knappast att läsa. Klockan var halv fyra på morgonen innan Svensson och Karlsson fick gå av sitt pass som slutat vid midnatt. De åkte hem i tystnad. På den lokala tidningsredaktionen började man fila på nätupplagans rubriker.

Ung flicka död i kokainhärva. Ungdomar på fest orsakade stort polispådrag. Var kommer drogerna ifrån? Är det på det här viset vi vill se våra ungdomar? Hur länge ska det dröja innan politikerna tar tag i problemet?

Kapitel 16

Lennart ryckte till av smällen. Först förstod han inte vad det var. Han bromsade in och stannade på bussfickan. Det dröjde inte många sekunder innan han fick syn på henne. Hon var kolsvart och låg i diket. Han böjde sig ner för att ta upp henne och det knakade i hans ena knä. Kroppen var fortfarande varm och det blödde från munnen. Han höll om henne som om hon fortfarande levde.

"Lilla katta, inte kan du springa ut mitt i vägen. Det där gick inget vidare."

Katten hängde med huvudet och Lennart såg sig omkring. Inga hus i närheten och ingen människa han kunde fråga om de kände igen katten. Hon liknade en katt han mindes från sin barndom. I Lennarts hem hade det inte existerat några djur men grannflickan hade haft tre katter. Ibland hade han stött på någon av dem i trappan. Katterna brukade stryka sig mot hans ben och han mindes speciellt en som liknade den hann höll i famnen nu.

Det fanns en bänk på gården där han brukade sitta med katten i knät. Ännu denna dag kunde han förnimma det spinnande ljudet. Det infann sig en känsla av trivsel och avslappning som han inte ofta fick chansen att uppleva. Ibland hade han funderat på att skaffa katt. Ett sällskap i vardagen och någon att känna värme från. En tyngd vid fötterna i sängen och en vän som mötte honom i hallen efter en lång dag. Någon som var glad och jamade vilket gjorde att tystnaden bröts av något annat än tevens entoniga ljud.

En bil körde förbi och mannen tittade på Lennart men fortsatte att köra. Blodet rann nerför hans arm och blandades med tårar. Lennart blundade och funderade på vad han borde göra.

Det kändes inte bra att lägga tillbaka katten i diket eftersom den kunde locka till sig rävar och grävlingar. Han kom på att han hade en spade i bagaget och hämtade den. När han kommit in några meter i skogen började han gräva en grav. Marken var fuktig och det behövdes inte många spadtag för att få ner den lilla.

När han lagt ner katten klappade han den och öste tillbaka jorden. Därefter placerade han en vit sten på jordbädden. Den enda melodi han kom på som inte var på topplistorna var, Tryggare kan ingen vara. Han nynnade på den eftersom han inte kom på texten. Därefter gick han ut till bilen och torkade bort tårarna. Det var otippat att han skulle agera begravningsentreprenör, men det kändes bra.

Han undrade vem som saknade henne ikväll och önskade att han kunde tala om vad han gjort och ersätta ägaren. Han slängde ett sista öga på graven, startade bilen och åkte iväg för att hämta Johan. Katten hade i alla fall blivit begravd ordentligt.

En stund senare hade han tankat och köpt dagens tidning. Johan väntade på att bli upplockad utanför lägenheten. Lennart bläddrade i tidningen och stannade upp när han kom till sidan fem. Tidningens kanter förvandlades till ett dragspel och han tog ett djupt andetag innan han vek ihop den.

"Detta är inte bra. Det är inte bra alls. Philip får inte klanta sig."

"Det är lugnt Lennart. Han sålde endast kola till en söt tjej. Inte kan han veta att hon ska överdosera när lilla mamsen och papsen rest bort och lämnat huset fullt av överförfriskade ungdomar."

"Med ett berg av vitt pulver. Nej, men det var jävligt nära att han åkte dit."

"Han klarade sig." Johan försökte få honom på gott humör, men det gick inget vidare efter de nyheter tidningen kablat ut.

"Vi tar lunch nu."

"Ja. Efter det ska vi kolla lägenheten. Det har kommit ett par nya nu. Drar tydligen in extremt härliga stålar. Man får vara glad åt det lilla."

"Exakt."

"Det börjar brännas. Men vi kör vidare. Snuten kommer inte att fatta vilka vi är." Han var tvungen att boosta sig själv för att kunna gå vidare. Det var en sak att folk snortade kola på helgerna för att piffa upp sexlivet och parta till det. Men om de klantade sig, överdoserade och gav tidningsmurvlarna mentala orgasmer vid dataknattrandet på redaktionen, gick det för långt.

Lennart körde ett varv extra i rondellen innan han svängde av på rätt väg. När han öppnade snusburken tappade han den på golvet och svor en lång ramsa när navkapseln skrapade mot trottoarkanten.

"Tagga ner nu." Johan höll sig i dörrhandtaget och blängde på Lennart.

Han hade fortfarande den livlösa kattkroppen kvar i minnet och såg att några blodstänk landat på hans skjortärm.

De var på väg till Flen för att stämma av läget i lägenheten och äta lunch. Affärerna hade kommit igång ordentligt och Lennart satt just nu med tre sportbagar fulla av kontanter. I själva verket borde han sova gott eftersom två av dem var placerade under hans säng, men påsarna under ögonen sade något annat.

"Vi måste få igång en annan verksamhet. Det börjar bli ansträngande." Han stannade utanför lunchrestaurangen och parkerade med ena hjulet på trottoaren.

"Ska väskan ligga kvar eller?" Johan stirrade i baksätet.

"Vi kan inte ta med oss en halv mille i en träningsväska in. Det är ingen som kan ana vad som döljer sig i den." Han nickade mot baksätet.

"Annan verksamhet, ska vi starta restaurang?" Johan skrattade och klev in.

"Det är redan en skitig bransch. Vi ska inte förvärra den."

De beställde och satte sig längst in i lokalen. Tjejerna kom in i landet som vanligt och drogerna flödade. Pengarna rullade in och Lennart handlade alltid kontant. Men nu kände han att måttet var rågat och det var bråttom.

"Vi måste träffa Chang och få ihop ett samarbete nu." Han tog en tugga och tittade på Johan.

"Ja, det är dags. Har du stämt av något med Philip? Han var osäker sist. Det var pinsamt att stämma möte med Chang och ha en bromskloss med sig."

"Håller med. Jag tog ett snack igår, han är på. Det är inga problem."
"Bra."
"Vi har inget att förlora."

Ett par tjejer gick förbi och passade på att spana in Johan. Han log och blinkade åt den ena tjejen.

"Hur är det med Anna nuförtiden?" Lennart garvade.

"Du det är kanon. Vi ska fixa det sista och efter det blir det inflyttningsfest."

"Jaja, kärlek är fint. Men på tal om Chang. Kina, visst var det hans bror som bodde där?"

"Japp, i Hong Kong."

"Om han nu vill komma igång med möbelimport till Sverige ska vi fan vara med på banan. Det är dags för en smula internationella kontakter."

"Känns ok."

"Jag fattar inte vad vi väntar på. Hör av dig till gubben. Vi bestämmer ett möte till och tar med Philip."

Johan ringde Chang direkt och de bestämde träff redan samma eftermiddag. Snabba möten hade blivit deras melodi. Det blev ett avslappnat möte även för Philip. Bromsklossen hade bytt attityd och ville gasa igång verksamheten. Han hade bestämt sig för att haka på till hundra procent. Han hade inget annat val.

Lennart ställde praktiska frågor och Chang levererade lösningar på allt. Efter en stund blev stämningen på gränsen till euforisk och de insåg att de enbart kunde kunna tjäna på idén.

Johan tyckte det kunde vara skönt att kunna gå över från brudar till soffor. Mindre trassel och mindre känslor.

"Frågan är om man inte kunde tvätta pengar om man ändå håller på." Lennart kliade sig i huvudet och började gå av och av som den gamle professorn Balthazar.

"Hur tänker du Lennart?" Chang blev genast nyfiken.

"Ja, man stoppar in pengar i möbelbutikens kassa och fixar med kvittona om det är någon som orkar kolla det hela. Några tusen hit och dit kan bli en lönande affär. Mer pengar, större summor, klirr i kassan och vita pengar."

"Skattemyndigheten är lika på som finansinspektionen." Philips osäkerhet kom in igen.

"Du, vi fixar det mesta." Lennart gav honom en blick som talade om att om han inte var på nu, kunde han ta med sig soppåsen när han gick.

Chang och Johan tittade på varandra och log. Två själar, samma tanke. Lennart hade, likt Chang, en vision om att kunna få knarkpengarna vita, och på med hjälp av dem kunna köpa ett hus. En stor villa, renovera den lyxigt och därefter sälja. Givetvis med svart arbetskraft. Vips var pengarna snövita och banken kunde inte ställa några frågor. Åtminstone inga frågor som var besvärliga. Finansinspektionen var på bankerna som en utsvulten kobra som siktat in sig på en ekorre och Lennart hade inte ens kunnat öppna ett konto utan att få tjugo frågor.

Om de kom igång med en villaverksamhet kunde han utöka idén till att omfatta mindre hyreshus. Gick det bra hade de möjlighet att starta aktiebolag och få in ännu mer vita pengar. Såg man verksamheten i en tioårsperiod kunde eventuellt hus på spanska solkusten komma att ingå som grädde på moset. Vad det gällde idéer hade Lennart en outtömlig källa.

De fortsatte att diskutera Lennarts idé och alla insåg vilka enorma affärsmöjligheter som kunde skapas.

"Har du haft den tanken länge?" Johan var nyfiken.

"Nej, faktiskt inte. Men kvällstidningarna kan kabla ut rubriker som gör att fantasin kommer igång. Varför inte ta tillvara på inputen?"

"Det är bra Lennart." Chang klappade honom på axeln.

Så fort de var överens om att börja samarbeta var det endast en detalj som återstod. Hur de skulle få Charlotte att gå med på att expandera så snabbt efter öppnandet? Ingen i kvartetten ville stå som ägare till någon verksamhet som kunde synas i några register. Det var praktiskt att kunna använda hennes bländvita personnummer, hjälpa till i bakgrunden och expandera i den takt som de ville.

"Vi får smörja henne allihop. Jag kan börja." Chang skrattade innan han gick.

* * *

Hade de sett hennes bländvita leende vid kassan hade de inte behövt vara oroliga. I butiken trängdes kunderna framför kassan. Lampskärmar till vardagsrum och sovrumslampor, kökslampor, armaturer till kontor och golvlampor. Kunderna ville ha ett blandat sortiment och Charlotte levde upp till deras förväntningar. Även försäljningen av tyger och mattor hade kommit igång och Chang hade tagit emot flera leveranser via internet.

"Ska jag fixa varsin sallad till lunch?" Hon ropade över axeln till Chang som nyss kommit in och börjat prismärka på lagret.

"Sallad?" Han kom ut och skrattade. "Du borde ha en blodig biff, pommes och en stor skål bea. Kvinna, du är smal som en sticka men jobbar som en karl."

De skrattade och bestämde att Chang skulle gå iväg och hämta två dagens. Med sås.

Charlotte fortsatte expediera kunder och Chang fick med sig jackan och mobilen innan han gick. Han hade fortfarande handskar på sig och längtade efter sol och sommar.

En ung tjej med barnvagn kom gående mot honom. Hennes dotter gick bredvid vagnen och höll krampaktigt i en ballong. Hon vinkade glatt åt Chang och han log. Han blundade några sekunder och kom ihåg promenaderna som hans bröder och han gjort med mamman. Långt ut på risfälten i glödande sol. Ingen ståplatta på barnvagnen utan med egna ben. Hand i hand med mamma och bröderna i ett pärlband efter. Lek och bus blandat med skolgång. På helgerna gick de iväg bakom berget de bodde nedanför med matsäck och handdukar. Vid bergets fot fanns en stor sjö som var långgrund och det var i det varma vattnet Chang tog sina första simtag. Han var fem år och mindes varje sekund.

Han hade varit duktig i skolan och hans bröder lärde honom att läsa och skriva i samma stund som han lärt sig att i en penna. Han mindes sin barndom med kärlek även om hans pappa var borta i långa perioder och arbetade. Mamman tog hand om det mesta och lärde alla att ta ansvar.

Bröderna hade behållit kontakten genom årens lopp och Chang var mer sugen än någonsin att åka hem och hälsa på. Vårens kalla vindar gjorde att han bestämde sig. Några dagar hemma kunde göra susen för hans kropp som efter butiksstarten. De hade jobbat dygnet runt och han var inte tjugo längre. Han gick vidare och kände att det ringde. Johans namn stod på displayen.

"Johan, hej."

"Hej, har mamma slitit ut dig eller lever du fortfarande?"

"Jag lever Johan, jag lever. Frågan är om det inte är din mamma som sliter ut sig. Bara sallad vet du, inte bra. Jag hämtar mat nu. Med sås. Hon blir galen."

"Haha, det är bra. Jag tänkte stämma av läget med dig vad det gäller lokal till butiken. Jag snackade nyss med en kille och det finns en bra lokal ledig som jag tänkte vi kunde kolla på imorgon.

"Johan, du är inte klok. Det går undan." Chang skrattade och de bestämde att kolla på den under nästkommande dag.

* * *

Charlotte jobbade vidare i butiken och ett brett leende spred sig i hennes ansikte när Chang dök upp med en matlåda. Oxjärpar, potatis, gräddsås, lingon och gurka. De smet in i pentryt för att ta några tuggor medan kunderna gick runt i butiken. Han ventilerade sin idé för henne som blev eld och lågor. Chang skrattade.

"Vad tror du om att börja sälja sängar? Då hinner du sova ibland?"

"Varför inte? Vi måste anställa någon mer. Inte för att du och jag inte jobbar men…"

"Det kunde vara roligt att kunna expandera och få in mer artiklar." Han tittade på henne i smyg och försökte läsa av vad hon tyckte om förslaget.

"Vet du att jag har tänkt på det Chang. Men då behöver vi en större lokal och jag…"

"Finns mattan i en större storlek?" En kund gjorde sig påmind och sin existens och Charlotte torkade sig om munnen innan hon gick ut. "Business, business."

"Vi pratar vidare." Chang ville hålla konversationen vid liv vad det gällde möbler när han hörde att Charlotte själv var på. Den lågan var han tvungen att underhålla.

* * *

Dagen efter träffade Chang Johan, Philip och Lennart. De blev glatt överraskade när Chang meddelade vad Charlotte hade sagt. Steget till en möbelbutik kom allt närmare. Däremot skulle de hålla mötet med mäklaren hemligt ett tag till.

"Om vi smörjer mamma ordentligt kan vi överraska med att säga att vi hittat en bra lokal." Johan tittade på de övriga.

"Överraska? Ja, det lät skitbra grabben. Tar du den pucken?" Lennart garvade.

"Jag tror att vi ska överlåta till Chang att prata business med Charlotte." Philip drog igen jackan och såg sig omkring.

"Jävligt rätt. Jag tror också det är bäst. Vad tror du Chang?"

"Det är ok. Jag ska förbereda mig med bra argument, därefter kör vi igång på hennes personnummer och börjar göra business."

"Och du Johan, du har inga betänkligheter i och med att vi ska använda din mammas personnummer?" Lennart hade inga planer på att åka dit men om det skulle bli något trubbel, skulle Charlottes namn dras in på ett smutsigt sätt. Om det därefter framkom att Johan hade varit inblandad kunde det bli riktigt dålig stämning på söndagsmiddagarna och Charlotte skulle kunna byta ut söndagssteken mot surströmming.

"Vi kommer inte att åka fast." Johan tittade på Lennart och Philip och slog ut armarna. "Mamma blir inte kollad, hon har inget brottsregister, inte du heller Chang."

"Två felparkeringar." Han lyfte två fingrar i luften. "Alldeles ren, som en oskuld." Philip höjde armarna.

"I så fall är jag jävligt skyldig, ni andra får fronta, jag är lite Kalle Bakom. Det finns annat att göra än att prata färg på soffan med kunderna i butiken."

Lennart hade allt ett tvättäkta svin kunde önska sig. Om man tog den korta versionen kunde han se tillbaka på misshandelsdomar, olaga hot, vapenbrott och diverse olagliga körningar. Därefter fanns det ett gäng inofficiella saker han pysslat med. Och givetvis traffickingverksamheten och drogerna som ännu inte uppdagats.

"Nu kommer killen." Johan nickade.

"Hej, Ola från kommunen. Vi kollar in lokalen."

De hälsade och Ola låste upp. Han visade in gänget i en stor lokal med grå heltäckningsmatta som stank gammal bäver. Johan ryckte till och rynkade på näsan.

"Det är ett tag sedan det var visning och det är väldigt instängt." Ett nervöst skratt följde deras steg in i lokalen.

De kollade igenom lagermöjligheterna och kollade hyran. Efter en kort avstämning bestämde de sig för att försöka pressa ner hyran och skriva kontrakt snarast möjligt.

Lennart skakade hand med mäklaren när de dividerat om hyran, därefter tittade han på Chang och log.

"Nu hänger det på dig Chang."

Kapitel 17

Lappen satt dold bakom en affisch som handlade om kyrkans barnkör. Den var grön och handskriven med sirlig stil. Ett hemnummer, ingen mobil. Pauli slet ner hela lappen och lade den i bakfickan. Hotellkostnaderna tärde på reskassan. Inte för att han var snål men det kändes som om resan blivit längre än de från början trodde. Att hyra ett torp på landet var billigt och smart. Man behövde inte befinna sig i offentlighetens ljus och hade de tur fanns det ett garage till bilen. Nu var naturen på gång att väckas och även om Pauli inte var någon naturmänniska, kunde det vara trevligt att vakna på landet. Fågelkvitter och frisk luft hade varit en bristvara i hans tidigare liv. Hade de tur fanns det ingen grannsamverkan och låg avsides.

"Ett torp. Vad fan, det finns det ingen rumsservice i skogen." Aulis stirrade på lappen och därefter på Pauli.

"Det är fint på landet."

"Men att sova i ett torp. Har du kollat vad det kostar och hur stort det är?"

"Det står 600 kronor i veckan. Det är 2400 kronor för en hel månad. Vet du vad hotellet kostar?"

"Pengar. Ok, ring." Aulis började vänja sig vid att äta hotellfrukost och få lakanen utbytta och sängen bäddad. Att kunna ringa och beställa upp mat på rummet på kvällen var ingen han ville byta ut mot lantluft.

"Hej, mitt namn är Peter Karlsson och jag såg annonsen om torpet… det är du som hyr ut det…bra…ja, landet är underbart." Han tittade på Aulis och flinade. "Just det…jag är på besök i Sverige och hälsar på en moster och behöver någonstans att sova…ledigt…vad bra. Kontanter… absolut…vedspis, mysigt…och en lada för bilen…perfekt…ja, kan vi säga från och med idag?"

Aulis suckade högt och lade sig ner på sängen. Bäst att nyttja alla sekunder han kunde få, tänkte han innan han satte på teven.

"Vi ses…ja, jag tar med kontanter." Pauli lade på och sträckte på armarna.

"Bye bye, hotellsäng."

"Sura inte nu. Börja packa."

"Ja, det är snart gjort."

De packade ihop sina saker, checkade ut och åkte och handlade. Pauli hade bestämt med den gamle mannen att mötas på macken. De skulle få en vägbeskrivning och nycklar till torpet. Han hade berättat att det låg en sjö i närheten och att en eka fanns till deras förfogande. Om de ville fiska fanns det fiskespön i ladan. Mannen hade planer att sälja torpet men hade inte riktigt kommit sig för. De sista åren hade han hyrt ut det och nu när sommarsäsongen började komma igång brukade det vara många som hörde av sig. Pauli hade ringt först och eftersom han tagit ner lappen kom det inga mer samtal till mannen.

De bunkrade med tidningar, snus och cigaretter. Aulis botaniserade i grönsksdisken och de hade fått ihop en full vagn när de kom fram till kassan. Det fanns en frys i torpet och de hade köpt med några frysta portioner. Ett par timmar senare mötte de upp mannen på macken.

"Vad kul att ni vill hyra torpet pojkar. Hoppas ni får en härlig må-nad."

"Det får vi säkert."

"Det finns lakan och handdukar på plats. Möjligen inte senaste snittet, men fullt dugliga."

"Perfekt. Vi har inte några stora krav."

Pengar och nyckel bytte ägare och avslutades med ett handslag. Pauli och Aulis sade adjö och mannen drog iväg till sin lägenhet i Flen med sin nya Fiat.

"Hittar du?" Aulis stoppade in påsarna i baksätet och startade.

"Det är två kilometer härifrån. Hur fel kan man köra?"

Torpet låg en kilometer in i skogen och när de kom fram satt de kvar en stund i bilen. Den röda färgen var blekt av solen och de vita vind-skivorna kunde behöva ett besök av den arga snickaren. De klev ut och hamnade i ett halvmeterhögt gräs. Ett par körsbärsträd och ett äppelträd ramade in bilden och snett bakom torpet fanns en stor lada. Takplåten var solblekt men i övrigt såg den fullt duglig ut. Nästan bättre än själva torpet.

De började packa in och göra sig hemmastadda. Elen fungerade och det gick att elda i köksspisen och den öppna spisen i vardagsrummet. I köket fanns ett runt bord med rutig duk och två stolar. Hela torpet hade hemvävda trasmattor och troligtvis var det mannens fru som vävt för de hittade några delar av en vävstol i ett rum. I vardagsrummet fanns en nedsutten soffa, ett soffbord, en fungerande teve och en smal bokhylla med gamla romaner. Sovrummet bestod av en dubbelsäng och en byrå.

"Fullt dugligt, och gångavstånd till sjön. Ska vi gå en vända?"

"Absolut, jag ställer in käket."

De packade in maten och gick den vältrampade stigen mot sjön. Det spegelblanka vattnet med hängbjörkar och maskrosor utgjorde sinnebilden av det svenska landet. Till och med Aulis började mjukna vad det gällde att spendera tiden på ett torp. Bryggan var ett par år gammal och vid ena änden låg en eka förtöjd. Det blänkte om de nylackade årorna och det låg ett par fiskespön kvar.

Pauli tog av sig skorna och satte sig på bryggan. Vattnet kylde hans varma fötter och han lade sig ner på bryggan och njöt. Aulis behöll skorna på men lutade sig tillbaka och blickade mot himlen. Fiskmåsarna skrek ikapp och han viftade bort en geting som tyckte han såg intressant ut. De blev kvar en lång stund på bryggan och efter det gick de tillbaka mot torpet och började laga mat.

* * *

Maj gick mot sitt slut och solens strålar trängde in mellan gardinerna i sovrummet. Gustaf sträckte på sig och tittade på klockan. Halv sju. Andra halvan av sängen var tom. Att döma av slamret i köket var Charlotte igång med frukosten. Han reste sig upp och medan fötterna landade i tofflorna sträckte han sig efter morgonrocken som hängde på sängkanten. Dolly tog ett skutt upp i sängen slickade honom på kinden.

"Nej, ner med dig gumman. Du får inte vara i sängen." Han försökte putta ner henne men hon la sig på rygg och gosade runt. "En riktig bustjej, det är vad du är." Han kliade henne under hakan och skrattade.

Han drog isär gardinerna och passade på att öppna fönstret. Fåglarna tävlade i sonater och sjön låg spegelblank. Hade almanackan visat juni istället för maj hade han tagit ett morgonbad vid bryggan. Hundarna var inte sena att hoppa i men det var inte populärt med leriga tassar vid hemkomsten.

"Är du vaken." Charlotte stod i dörröppningen. "Ta ner Dolly."

"Kom hit istället ska jag klia dig på magen." Han satte sig på sängen.

"Gustaf." Hon fnittrade och gick med långsamma steg fram mot honom.

Han tog tag i hennes arm och drog ner henne bredvid Dolly som överraskad satte sig upp.

Eftersom husse och matte började gosa hoppade hon ner och lommade iväg till Parton en trappa ner. Charlotte hamnade över Gustaf och efter ett par heta kyssar började de älska. Gustaf hade glöden kvar och Charlotte var överlycklig över att de hade hittat tillbaka till varandra. Vardagen hade fått ett rosa skimmer och de spontana kramarna hade blivit fler.

"Jag älskar dig." Gustaf lade sig på sidan och smekte hennes kind.

"Mmm, klia mig på magen." Charlotte lade sig på rygg blundade.

"Hallå min kära. Du kan få ett märgben att sätta tänderna i."

"Jag sätter hellre tänderna i dig. Grr." Hon tittade på honom med en djurisk blick och fick samtidigt syn på väckarklockan. "Herre gud. Kvart över sju."

"Hur dags öppnar ni?"

"Jag ska på ett frukostmöte tillsammans med andra företagare i Katrineholm. Det kan vara bra med ett kontaktnät." Hon kom upp från sängen och tog upp blusen som hamnat på golvet. "Jaha, nu blev den skrynklig." Hon började gräva i garderoben medan Gustaf följde kaffedoften ner mot köket.

"Hur tror du det är med Linda och Claes?" Gustaf satte sig tungt och tänkte på Claes.

"Jag vet inte. Linda är fortfarande ledsen. Hon verkar ha tagit det väldigt hårt. Claes blev givetvis ledsen men det är inget som tyder på att hon inte kan bli gravid igen. Han försöker hålla modet uppe, men det är inte lätt med allt han har omkring sig."

"Det måste vara fruktansvärt."

"Verkligen."

"De behöver komma ut på landet ett tag. En helg eller en hel vecka kanske?" Gustaf saknade Claes mer än han hade trott. Att ha hela familjen omkring sig hade varit en självklarhet under många år. Nu var det en annan vardag som gällde.

"Jag ska ringa honom ikväll. Men det där med helger är svårt. Det blir nog enbart över dagen i sådana fall."

Efter en ny blus och en gemensam kopp kaffe gav sig Charlotte iväg. Gustaf blev sittande vid köksbordet en stund innan han tog en sväng med hundarna. Verkstaden på herrgårdens baksida hade blivit uppbyggd igen efter branden. Det var endast takplåten kvar och den var planerad att läggas under veckan.

Nu var dagen inne då Tore skulle komma på besök med ungdomarna från orienteringsklubben. Det var i senaste laget att plantera granar men bättre sent än aldrig. Bussen skulle komma klockan nio och han hade fortfarande tid att duscha och ta på sig.

Efter ett par kokta ägg tittade han igenom sina anteckningar. Tore hade bett honom berätta om skogsplantering för att få en gnutta allmänbildning. Gustaf kliade sig i skallen och undrade hur intresserade de i själva verket var.

* * *

Tore räknade antalet ungdomar och prickade av på en lista. Arton stycken, alla med, inga sjuka. Ett mirakel. Han var tacksam över att föreningen fick ett tillskott i kassan och eftersom solen sken kunde det bli ett rent nöje att plantera granar.

”Äntligen framme. Kom igen ungdomar.” Bussen svängde in genom allén och Tore ställde sig upp. De började knäppa loss säkerhetsbältena och ljudvolymen ökade. Bussen stannade bakom herrgården och barnen klev ur och gick ner mot stigen. Gustaf mötte upp med hundarna och när de busat med Dolly och Parton tog Gustaf över.

”Välkomna ska ni vara till Herrestanäs herrgård. Vi har genom generationer tillbaka jobbat i skogen och det är fortfarande min huvudsakliga sysselsättning. Efter branden i höstas är det dags att plantera ny skog och jag är enormt tacksam över att Tore sett till att ni kommer hit till Herrestanäs och hjälper till med det.” Gustaf var förväntansfull och blev glad eftersom ungdomarna såg intresserade ut.

”Det är bakom mig som vi ska plantera och jag har planerat skogsbilvägarna och...”

”Vad är skogsbilsvägar?” En kort tjej med flätor och fräknar var nyfiken.

”Bra att du frågar. Det är på de vägarna man ska köra med skogsmaskinerna om man ska avverka. Det är för att inte skada naturen allt för mycket.”

”Jaha.”

”Jag har gjort markberedning där vi ska plantera för att förbereda. Det gör man för att uppnå mindre vegetationskonkurrens och få en högre marktemperatur. Dessutom får man en jämnare fuktighet och det blir mindre frostrisk."

"Ni ser, det är en del att tänka på. Inte bara trycka ner granar huller om buller." Tore vände sig mot gruppen medan Gustaf fortsatte.

"Vad det gäller marken är den vanligaste jordarten i Sverige sandig-moig morän, den håller värme, fukt och näring i en lagom blandning." Han såg att några av barnen började skruva på sig och han ökade tempot.

"Finns det spöken i herrgården?" En lång kille tittade nyfiket på Gustaf och hoppades på ett positivt svar.

"Tyvärr inte. Blev ni besvikna nu?"

"Ja, lite."

"Ska vi börja snart?" En kille i kortbyxor såg på Tore.

"En sista sak innan vi starta. Om vi utgår ifrån att det är två meter mellan markberedningsspåren och plantorna sätts på i snitt varannan meter så har vi att göra. Det blir 2500 plantor per hektar. Nu kör vi."

Ungdomarna kastade sig över redskapen och Gustaf och Tore försökte hänga på med stora kliv. Hundarna sprang omkring och ungdomarna kastade pinnar som de hämtade med viftande svansar.

"Bra, motion kan man inte få för nog av." Gustaf tittade ut över ägorna och fick syn på ett par gröngölingar som lekte i en björk.

"Hur går det för frugan med butiken? Tore kom fram flåsande fram till Gustaf.

"Det går bra. Alldeles för bra. Hon är sällan hemma numera."

"Men det är väl bra. Jag menar att det går bra med butiken."

"Visst är det. Det är försäljning via internet och massor av kunder i butiken. Hon är lycklig och har anställt en äldre herre med bra insyn i branschen."

"Det är bra när de är lyckliga. Hur går det Wille?" Han tittade mot grabben som var närmast och som tömde ut jord ur gymnastikskorna.

"Bra. Tur att det är sol."

"Ska vi pigga upp ungdomarna med en enklare lunch?" Tore tittade mot kartongerna med smörgås och dricka som stod en bit bort.

"Det gör vi."

De började packa upp och ungdomarna anslöt en efter en. Det blev en trevlig stund och ett par av killarna var nyfikna på skogsmaskinen. Gustaf lät dem gå upp och titta i hytten och de var mäkta imponerade.

"Du kan få hjälp av grabbarna om några år vid avverkningen, Gustaf?"

"Det låter toppen Tore, det är bra med extrapersonal tillgänglig."

"Ska vi ge hundarna varsin smörgås med köttbullar?" Tore grävde i kartongen.

"De får dela på en. Dolly, var är du?"

Dolly strosade omkring vid sjön och hade fått tag i en ny pinne. Den levererade hon till tjejen med flätor. Tjejen kliade hunden bakom örat och kastade iväg pinnen flera gånger.

"Duktig vovve."

Pinnen var en överarm från Elenas skelett. En av de få delar som låg synligt vid vattenbrynet. En bit av kraniet stack upp och mellan revbenen hade det vuxit upp liljekonvaljer. Marken var sank och det var inget promenadstråk som gick förbi platsen. Men Dolly, som gillade att bada, hoppade gärna omkring utan att bekymra sig om de geggiga tassarna.

Gustaf gick skogspromenader varje dag men hade hållit sig borta från den delen av skogen.

Han prioriterade de torra delarna.

"Är du hungrig Evelina?" Tore ropade för full hals och viftade med en smörgås. "Du kan få hundvakt också Gustaf."

"Låter utmärkt, det är en riktigt bra dag." Gustaf skrattade.

"Slut på pausen. Nu tar vi resten. Om två timmar kommer bussen. Jag tar med en macka till hundvakten." Tore knallade iväg.

Gustaf gick runt och inspekterade när telefonen ringde.

"Hej pappa, Johan här."

"Tjenare. Vet du vad? Nu är det lika många ungar i skogen som när ni var små och campade. Kommer du ihåg…?"

"Vad? Vad menar du, ungar i skogen?" Johan stannade upp och blev alldeles kall.

"Det är orienteringsklubben som hjälper till att plantera granar. Det går som smort. Snart är det dags att avverka." Han kastade iväg en benbit som Dolly kom med.

"Men de kan väl inte springa omkring och… jag menar… jaha."

"Vad menar du? Det är ett gäng på arton stycken som ser till att vi får återväxt. Vad är problemet, Johan?"

"Nej, ingenting."

Johan försökte snabbt lokalisera var Elena låg. Det var han som burit ut henne från stugan som brann. Minuter innan han själv föll ihop med brännskador som följd. De hade båda varit påverkade och det var när hon föll mot bordet som hon tuppade av och avled. Han hade fått uppbåda all sin kraft för att få ut henne och eftersom han själv legat i koma och varit svårt skadad hade han förträngt henne.

Tänk om något av barnen hittade skelettdelarna och kom bärande på en ryggrad till pappa Gustaf? I det fallet kunde katastrofen vara ett faktum.

"Vad hade du på hjärtat?"

"Ja... jo, jag...vi tänkte bjuda in dig och mamma på inflyttningsmiddag." Han försökte låta strukturerad för att inte avslöja sin oro.

"Inflyttningsmiddag, inte inflyttningsfest? Det blir senare på kvällen antar jag?"

"Ja, jag antar det. Jag måste bara kolla tiden med Anna och..."

"Jag kommer Tore. Du kan jag ringa dig, det är fullt ös här?" "Absolut."

"Vi hörs."

Han lade på och Johan stod med telefonen i handen med ett fånigt uttryck i ansiktet.

Kapitel 18

Toalettdörren slogs upp mitt framför näsan på Ceasar och han fick backa för att rädda näsan. En tjejerna snubblade på tröskeln och föll i hans armar. Utan att han hann tänka fick han fram armarna och tog emot henne.

"Hoppsan." Ceasar log snett mot hennes kompis och de försökte tillsammans få tjejen på benen igen.

"Oj. Urschäkta mig." Tjejen sluddrade och backade undan när hon kommit på fötter och fick syn på Ceasars brännskada. "O fy fan."

Han visste att han inte längre var någon brudmagnet men att någon blev rädd för honom var för mycket. Tjejerna gick iväg mot baren och han slog igen dörren och tog ett djupt andetag. Han var tvungen att göra något åt sitt ansikte. Han lät fingertopparna glida längs med kinden och kände den ojämna ytan. Varje natt kom mardrömmarna tillbaka och lade sig som en våt filt över honom. Sju kilo hade han gått ner efter händelsen.

Doften av spya och urin slogs om platsen i hans näsa och när han vände sig om såg han ett tunt lager pulver ligga på toalettlocket. Han nickade och log. Tjejerna hade pudrat näsorna, där av den vingliga gången. Under tiden han tömde blåsan tänkte han att det kunde vara skönt att dra en lina själv. Om tjejerna var kvar i baren var det bara att kolla vem de köpt av. Om de ville prata vill säga. Han drog åt skärpet i midjan och konstaterade att det snart var dags att göra ett nytt hål. Det varma vattnet rann i hans händer och han stängde av vattnet och konstaterade att både tvålen och pappret var slut. Han vända sig om och öppnade.

"Pappret är slut."

"Jag ska spy." Den smala killen trängde sig in och Ceasar hann knappt därifrån förrän han hörde allt komma upp.

"Men vad fan, locket."

Sekunderna senare var en av vakterna framme och drog ut killen som knappt kunde stå på benen. Överserveringen var ett faktum och de blängde på servitrisen i baren när de gick förbi. Hon brydda sig inte, hennes uppgift var att sälja.

Discomusiken pulserade medan trubaduren hade paus. En öl senare var han igång igen med, Vill du vara min Margareta, för tredje gången. Gänget på golvet studsade runt som om det var första gången de släpptes ut i det fria. En äldre kvinna hade en urringning som hade fått Pamela Andersson avundsjuk. Den enda som var intresserad av utsikten var den spyende killens kompis som hela tiden ville dansa tryckare med kvinnan, trots upptempolåtarna. Ceasar skakade på huvudet och undrade vad han gjorde där.

Han såg sig omkring och fick syn på tjejerna. De satt i baren med varsin drink och verkade först avståndstagande när Ceasar kom fram, men efter att han bjudit dem på varsin drink blev de mer medgörliga och berättade glatt att de köpt kola av en jättetrevlig kille i ljus kavaj. De trodde att han var kvar men såg honom inte. Av deras beskrivning lät det som en sofistikerad kille. Ceasar beställde en öl och undrade vem det kunde vara.

En kille bakom honom trängde sig in vid baren och det var när Ceasar flyttade på sig han fick syn på leverantören. Killen var nyrakad och hade en skjorta knäppt högt i halsen. En ljus kavaj i linne hängde över hans axel. Man var tvungen att titta noga för att se tatueringarna på halsen eftersom skjortkragen dolde det mesta. De skar sig mot den övriga looken. Han stod och pratade med en annan kille och det dröjde flera minuter innan Ceasar förstod att det var Lennart och Johan som var på säljarrunda. En bra helg att sälja när alla hade sommarlov och sovmorgon.

Förr hade Ceasar hängt ute flera kvällar i veckan. Om inte för att festa så för att äta gott eller ta en öl. Utelivet var en skön avslappning från jobbet. Krogarna blev som ett andra vardagsrum och han hade snabbt blivit introducerad i kokainets värld av Johan. Festkvällarna hade blivit lika många som tjejerna men baksmällan var inget vidare.

Han tittade på Lennart som klippt sig och skaffat två klackringar. Den grova guldlänken var ersatt av en smal kedja och han förstod att tjejerna, som inte kände till hans bakgrund, blivit charmade.

Mitt i alltihop såg han ett tomrum i Lennarts ögon. En vilja att passa in, vara bäst och höras mest. Men vem var han egentligen? Vilka var hans riktiga vänner? De man delar allt med, i glädje och sorg. Inte bara räknar femhundralappar med. Ceasar visste att Lennart strulat runt en hel del. Olika tjejer hela tiden, inte någon fast förbindelse. Vem var det som inte ville? De eller han?

Var tomheten i hans ögon innerst inne ett rop på kärlek, spetsat av hjälplöshet och längtan?

Längtan efter att få höra hemma någonstans, i en ombonad lägenhet med en tjejen väntades med mat och en handfull barn som tittade på Bolibompa. I en värld med söndagsutflykter och djurparksbesök som blandades med glass och besök på Leklandet.

Inte en värld man kom hem till en lägenhet som ekade tom och kylskåpet innehöll en halv flaska whisky. Med en säng som inte varit bäddad och en tidningshög på toaletten innehållande våldsporr. I den lägenheten fanns inga rosa gardiner och fluffiga kuddar. Endast ångest och djup tomhet. Lennart var, till skillnad från Johan, en ensamvarg som inte någonsin släppt någon människa inpå sig. Han bar sin integritet som en orubblig gloria.

Det var när en av tjejerna spillde ner sig med öl som Ceasar väcktes ur sina tankar. Dags att lämna krogen. Lusten till kola hade försvunnit och han dolde en gäspning när han ställde ölen på ett tomt bord.

* * *

En polisbil rullade fram och stannade ett par sekunder utanför krogfönstret för att kolla läget. De var för lata för att gå ut.

"Ser lugnt ut, eller hur?" Svensson rapade och vevade ner rutan.

"Lägg av med vitlöken någon gång."

"Det är dressingen, den är god. Du borde testa."

"Är inte det där Lennart?" Karlsson saktade in och nickade. "Mannen, myten, skitstöveln. Vad fan gör han ute?"

"Ring en saneringsfirma."

De hade haft Lennart som hatobjekt i flera år men inte kunnat sätta dit honom. Han var misstänkt för bland annat ett bankrån och flera misshandelsfall, men inga vittnen vågade träda fram. Gjorde de det hade den enda effekten blivit att misshandelsfallen ökat.

"Vilken jävla kokainsläde han har. Kostar säkert mer än tre årslöner."

"Säkert importerad."

"Vem är det han snackar med?"

"Tok-Ulla. Stenpackad som vanligt. Ska vi kolla honom?"

"Orkar inte. Vi tar en pizza innan vi går av." "Stadsparken?"

"Utan vitlök." Karlsson petade i trean och var på väg att åka när en röst från radion anropade.

"Lägenhetsbråk på Öster. Tar ni det grabbar?"

"Självklart Sivan. Sätter du på kaffet till vi är tillbaka."

"Skit på dig, Karlsson."

"Hon älskar dig av hela sitt hjärta." Svensson garvade och var tvungen att hålla i sig när bilens däck tjöt och blåljuset dansade.

Lägenhetsbråket hade urartat totalt när de anlände och de fick kalla på ambulans efter att en man fått en flaska i huvudet. Blodet dekorerade hans ansikte och i den vita skjortan såg han ut som en polkagris.

Kvinnan som orsakat skadan skrek konstant på honom och Svensson hade jämt sjå att få undan henne. Hon sparkade och spottade på Karlsson och efter en stund pryddes hennes handleder med ett fängsel och Svensson satt på henne med en prydligt fixat bensax. En vanlig kväll på jobbet.

* * *

Några timmar tidigare hade Johan och Lennart haft möte i lägenheten i Flen. De hade gått igenom ekonomin och splittat pengar medan de pratat om framtiden. Tjejerna hade varit lediga när de var där och Johan tyckte det var en spänd stämning i lägenheterna. Han ville inte vara där mer än nödvändigt och hade för vara att räkna minuterna innan han kunde stänga dörren på utsidan.

Dagen innan hade det kommit nya tjejer och när Johan synade dem och en av dem tittade tillbaka slog han ner sin blick. Han var medveten om att han bidrog till att dra ner tjejerna i skiten. De som inte druckit tidigare hade börjat med det när de anlänt till Sverige.

Förnedringen och skammen blandades med ångest och alkohol. De månader de spenderade i Sverige, spenderades i ett rus. Han kände sig inte bekväm med att traffickingverksamheten vuxit i den takt den gjort. Lennart drev på hela tiden och var mer beroende av pengar än Johan och det fanns inget stopp på hans energi och kreativitet. Det var inte förrän nu Johan började känna sig bekväm med att ta in kokain. Inga människor behövde svälja kondomer eller vara rädda för att åka fast i tullen. Det problemet lämpades över på lampfötterna.

När Chang hade föreslagit det var Johan den första att gilla förslaget. Om de bytte leveranssätt, fanns chansen att få in större kvantiteter och det var säkrare och mer ekonomiskt. Dessutom sparade de tid. Lennarts och Philips resor till och från Arlanda tog alldeles för mycket tid. Det var i princip en heldag som gick åt om de räknade med inkvartering i lägenheterna och matinköp. Lägenheterna var inte billiga och grabbarna som passade tjejerna och tog emot torskarnas pengar ville också ha betalt. Pengar styrde världen.

Uteserveringen kryllade av gäster som rökte och drack öl. Ordningsvakterna hade jämt sjå med att få in de sista öldrickande gästerna eftersom serveringstillståndet endast sträckte sig till halv tolv.

Lennart och Johan stod på andra sidan gatan med ett par äldre tjejer. Ceasar kände igen den ena som bott i hans trappuppgång på norr. Musikvolymen hade varit lika hög som trubaduren på krogen och till slut blev hon utslängd. Till och med Ceasar hade tyckt det var skönt. Sista tiden hade han sett henne i centrum med några andra pundare. Det stripiga håret hade blivit tunnare och kinderna mer insjunkna. Men den sliriga gången var sig lik.

Hon klängde på Lennart och han fick skjuta henne ifrån sig flera gånger. Eftersom hon redan var påtänd, fick han gå lugnt till väga. Vem vill ha en utflippad pundare på halsen framför en full uteservering?

När Ceasar såg Lennart famla med de vita påsarna och tjejen som drog upp ett par sedlar ur sin ficka ville han rusa fram till sällskapet. Klappa till Lennart och tala om för Johan vilken enkel, billig hejduk han var. Sprang i Lennarts ledband och försökte leva upp till sin stora förebild som var en stor bluff. Men han hejdade sig. Det var ingen idé att göra någon överilat. Han stod kvar med nävarna knutna i jackfickan en stund innan han vände på klacken och med stora steg gick nerför Drottninggatan. Tänk om polisbilen hade stått kvar ett par minuter till.

Bakom hans rygg gjordes affärerna upp och tjejerna vandrade vidare längs med Fredsgatan. Lite gladare och ett steg närmare döden.

Johan var nöjd med kvällen och ville stanna för att ta en öl innan han åkte hem till Anna.

Men Lennart hade andra planer. Johan hade sagt att han och Philip skulle ut och ta en öl, Anna avskydde Lennart och om hon fick reda på vad de höll på med skulle förlovningsringen inte sitta kvar på hennes finger många sekunder till.

"Såg du vem det var?" Lennart gick mot bilen utan att titta bakåt.

"Var det Ceasar?"

"Visst fan var det han. Såg fortfarande trasig ut på kinden, tycker jag." Han spottade ut snusen och lät kontanterna glida ner i fickan.

"Han måste ha gått ner tio kilo." Johan satte sig i bilen.

"Det har han säkert. Fan vad varmt det är. Statt, eller?"

"Nja, vi tar Harrys."

De klev in i bilen och Lennart vinkade nonchalant till Tok-Ulla innan han gled vidare mor norr. Han fick bromsa in flera gånger på grund av folkmassor och cyklister. Sommaren var kommen och med den idioterna. Han hittade en parkering vid stationen och de gick bort mot krogen.

"Tjenare grabbar, lugnt eller?"

Ordningsvakterna hejade glatt och dunkade grabbarna i ryggen.

"Mycket folk ute. Alla studenter antar jag." Lennart väjde för en nyblonderad tjej med vinglig gång. Efter en stund gick de in och ställde sig vid roulettbordet. Det tog inte många minuter förrän ett par killar knackade Lennart på ryggen. Därefter var det business igång. Det hade tillkommit en hel del nya köpare sista tiden, även om tidningarna basunerade ut diverse mindre bra löpsedlar. Lennart log medan han fingrade på sedelrullen som snart kunde öka i omfång.

* * *

Fingrarna darrade och han slog 114 14. Om han inte fick vara anonym tänkte han inte säga något. Men de borde vara intresserade av informationen han hade. Namn, tidpunkt och kunder. Ändå kände han ett sting av oro när han slog siffrorna. Eftersom han inte hade hemligt nummer kunde de få upp honom på displayen. Tänk om de förstod att även han hade köpt droger? Hur skulle han annars kunna komma med så specificerade uppgifter som för- och efternamn? Vid närmare eftertanke bestämde han sig för att strunta i det. Allt skulle komma upp till ytan till slut. Men tänk vad skönt att få skitstöveln Lennart bakom lås och bom?

Ceasar lät fingrarna löpa längs med sin skrovliga kind och fick rysningar när han mindes Lennarts behandling. Visst, han hade varit sen med betalningen men det var inte som att Lennart hade noll på kontot. Han hade kunnat vänta ett par dagar till. Istället hade han gått lös med basebollträet och avslutat med att tryck ner Ceasars ansikte i grannens grill. Han hade fortfarande svårt att äta grillat.

"Polisen, vad kan vi hjälpa till med?"

”Jaa… hej. Jo… det är… jag har information som ni eventuellt kan ha nytta av.” Han önskade att han förberett sig mer.

”Vilken typa av information gäller det?”

”Du, kan man vara anonym, eller?”

”Ja, det kan du vara. Men vad gäller det?”

Kvinnan verkade stressad, han kanske ringde mitt i kvällsfikat.

”Jag vet vem som langar kokain i Katrineholm.” Han blev tyst och väntade på att kvinnan skulle säga något.

”Hur vet du det?”

”Jag…jag har sett när de sålde till ett par tjejer ikväll.”

Ceasar blev med ens livrädd. Han tänkte på vilka konsekvenser hans samtal kunde få. Om de fick det minsta nys om att han tipsat polisen skulle det nog inte enbart vara en grill med vid näst träff. Snarare en bulldozer.

”Kan du berätta mer exakt var det skedde?”

Kvinnan fortsatte ställa frågor medan Ceasar var osäker på hur specificerat han borde svara. När han gick genom Lövatunneln vid torget tittade han sig om flera gånger. Det kändes som om någon gick efter honom. Men det enda han såg var tre unga tjejer som var på väg hem på alltför höga klackar i förhållande till fyllan.

En taxi susade förbi honom utanför Kullbergska villan. Den stannade framför Harrys och ett högljutt gäng klev in. Han passerade huset och frågade kvinnan en än gång om han fick vara anonym.

”Ja, det lovar jag.”

”Det var för en kvart sedan. På Drottninggatan.”

”Vad var det som hände?” Hon noterade vad han berättade och lät blasé. Det var hur många knäppgökar som helst som ringde in om allt från Palmes mördare till att de sett Usama Bin Ladin.

”Det var två tjejer som köpte kokain.”

”Hur vet du det? Såg du det?”

Det var när han gick över övergångsstället som bilen kom. Den körde rakt mot honom och han hann enbart se ett starkt ljus innan han föll och hamnade under bilen. Den gråa hjärnsubstansen spred sig på vägen och det sista kvinnan i luren hörde var ett knaster när telefonen krossades.

Kapitel 19

Gustaf hade inte många fritidsintressen men hade för vana att spela bridge en gång i veckan med ett gäng. De hade hållit på i flera år och ibland blev det inget spel utan en trevlig middag med prat. Ett sätt att rensa skallen och hålla det sociala livet igång. Och givetvis uppdatera sig om nytillkomna barnbarn och andra familjehändelser. Nu satt de hos Tore och tog varsitt glas whisky innan restaurangbesöket.

"Hur går det med barnbarnen, Gustaf? Johan och Anna, har inte de flyttat ihop?" Arvid tittade nyfiket på Gustaf.

"Stämmer, men Anna studerar och ska bli jurist och några barn det närmsta året ska de inte ha. Det är en skärpt tjej, men hon har några år kvar."

"Och Claes? Hinner han eller jobbar han ihjäl sig?"

"Det blev tokigt med barnet och de blev bedrövade över missfallet. De får försöka igen. De har de bästa åren framför sig."

"Det stämmer."

"Vill du ha mer Arvid?" Tore sträckte sig efter flaskan.

"Absolut. Jag har i alla fall blivit farfar till två tvillingar." "Grattis. Det tog en jädra tid."

"Ja, flickan gick två veckor över tiden, men därefter kom det en flicka och en pojke. Tänk vad små de är." Arvid skrattade och klappade sig på sin stora mage. "Det tar tid innan de får en sådan här fin figur."

"Du då Birger?"

"Det ser inte bra ut. Det är fullt av skilsmässor och uppslagna förlovningar. Det var annat på vår tid. Man stretade på, vad som än hände."

"Ja, vi stretade på för intensivt och för länge. Ska man leva ihop, ska man ha det bra tillsammans." Tore lutade sig tillbaka och tänkte på sin avlidna hustru som mest hade gjort hans liv till en plåga innan hon avled.

"Det skålar vi på." Gustaf sträckte fram sitt glas och de andra kom efter. "Skål för ett bra liv."

Han såg sig själv i sina tankar, med barnbarn tultande på gräsmattan och på gården. Han skulle visa dem skogen, lära dem att uppskatta naturen och låta dem vara med och köra skogsmaskin. Även om det var långt fram i tiden så längtade han efter att få vara barnvakt tillsammans med Charlotte.

* * *

Chang hade skyltat om och nu stod han och Charlotte utanför på trottoaren och beskådade resultatet.

"Riktigt bra, Chang. Riktigt bra. Ingen ska missa att vi har rea."

"Annonsen i tidningen var fin, men vi ska ha en större nästa gång."

"Det ska vi. Tur att de nya tygerna kom och du hann få med allt i skyltningen."

"Jag var rädd att det skulle se hoptryckt ut." Han lade huvudet på sned och tittade på tygrullarna som han klämt in i ena hörnet.

"Fönstret är alldeles klart för smalt. Tänk vad man kunde få plats med om det hade varit en meter till."

"Kom du ihåg att vi pratade möbler förra veckan?" Chang började gå in i butiken.

"Vad menar du?"

"Vi pratade om att köpa in sängar."

"För att jag skulle kunna sova, menar du? Ser jag trött ut?" Charlotte stirrade förskräckt på Chang.

"Nej, det menar jag inte. Jag tänkte på att vi har ett bra driv tillsammans och kan utvidga affärerna." Han gick som på nålar.

"Det kunde vara fantastiskt kul, men hur menar du?"

"Det måste finnas lediga lokaler i Katrineholm som bara väntar på att fyllas med möbler. Förstår du hur kul det kunde bli? Min bror kan hjälpa oss med fantastiska möbler och jag..." Chang hade börjat gå omkring i butiken med armarna utsträckta.

"Chang, du är för kreativ. Vi måste bromsa, känner jag."

"Nej, inte bromsa, gasa. Gasa roligare. Du ska få se. En broschyr min brors fru håller på att trycka upp. Kom och titta."

Han gick in i pentryt hämtade en broschyr som han höll fram med de mest fantastiska skulpturer och tavlor i. Det fanns soffor, soffbord och bokhyllor, allt gediget utfört. Chang hann inte mer än bläddra några sidor innan Charlotte tog broschyren ifrån honom och satte sig.

"Det är fina saker. Har du sett? Vilken vacker staty i brons. Den skulle jag vilja ha hemma i matrummet. Och den här..." Hon blev sittande en lång stund, likt ett barn som fått tag i en leksakskatalog veckan innan jul.

Katalogen var tryckt billigt men fyllde sin funktion. Det var några ändringar som skulle göras och efter det skickas ut till potentiella köpare. Chang hade fått det första provexemplaret.

"Ett stort sortiment. Prislista finns längst bak."

"Det var inte gratis. Men vi har vant kunderna vid kvalité. Det kan säkert fungera."

Changs bror tillverkade möbler till Europa och Asien. Han tog bra betalt, men eftersom allt höll en hög kvalité och han hade korta leveranstider, betalade kunderna utan att knorra.

Fabriken låg en bit utanför Hong Kong och hade låg hyra och de anställda jobbade i tvåskift. Att de jobbade under slavliknande förhållanden och med urusla löner var ingenting som bekom vare sig Chang eller hans bror. Passade det inte kunde de gå någon annanstans.

Under sista året hade de börjat tillverka specialbeställda möbler. Design och utförande enligt kundens önskemål. Det kunde vara gigantiska skinnsoffor för större konferenshotell eller bokhyllor som passade in i den övriga miljön. Eller stolar till ett matbord med en extra touch av elegans.

Det var därför Charlotte föll för utbudet. Hon älskade vackra saker, vare sig det var kläder eller konst. Hade hon inte startat butiken, hade hon öppnat ett företag för de som ville ha hjälp att inreda sina hem eller andra typer av lokaler. Att kunna komplettera det sortiment hon hade i dagsläget med möbler kunde vara det ultimata.

Möbelaffärerna i närheten var inte stora och hade ett begränsat sortiment. Om hon utökade den nuvarande butiken, ville hon ha möjlighet att erbjuda generösa ytor och ett stort sortiment. Det värsta hon visste var att titta på möbler i en butik som man fick snitsla sig fram i.

Tankarna snurrade och hon tittade sig omkring i det lilla pentryt. Kaffebryggaren puttrade och spred en hemtrevlig doft. Fönstren var fortfarande gardinlösa, det hade hon prioriterat bort. Skåpdörrarna behövde målas och bordet hon satt vid hade ett ben som brukade lossna ibland. Förra veckan hade Chang fått maten i knät och tejpat fast benet. Hon kände efter där tejpen satt och log.

Det hade gått fort den sista tiden. Ingen hade trott att hon skulle orka komma igång med något när hon kläckte idén i början av året. Men med envishet och hjälp av Lotten hade hon lyckats. Och givetvis hade Chang en stor del i hennes framgång. Han hade dykt upp från ingenstans och satt i ena änden av butiken och jobbade med deras hemsida. Ett av önskemålen var ett ordentligt kontor. Med varsitt skrivbord och ett par bokhyllor för pärmar. Städskåpet i pentryt var fyllt av kopieringspapper och skrivaren var placerad på micron. Dammsugaren slogs om platsen under bordet och det började även kännas trångt ute i butiken. Toaletten hade fått nytt kakel och var den fräschaste platsen för tillfället.

En gäspning kom och hon reste sig och hällde upp två koppar kaffe, lade i en bit socker till Chang och blev sittande med katalogen igen. Frågan var om hon orkade starta en butik till inom så kort tid? Hon behövde fixa naglarna, gå till frissan och köpa nya kläder. Det var en evighet sedan hon tog en fika eller en bit mat med någon annan väninna än Lotten och vid de tillfällena var det jobbprat inblandat till större delen.

Som läget var förnärvarande jobbade hon sju dagar i veckan. Efter stängning fanns det alltid något att göra. Hon och Chang hade skött allt själva och senast samma morgon hade hon sett Chang med dammsugaren. Gustaf gladdes åt hennes framgångar men det var enbart vid frukost och kvällsmat de sågs numera. Gustaf hade vant sig vid att komma hem på lunchen och träffa Charlotte, få en bit mat och en kopp kaffe. Den tiden var passerad.

Det var på sin plats att hon bokade in en semester. Endast hon och Gustaf, god mat och sovmorgnar. Hon tog en penna som låg på bordet och gjorde en notering i sitt kom-i-håg block. Resa.

"Har du fastnat i köket?" Chang kom in i pentryt och kände på kaffekoppen. "Kallt." Han hällde ut kaffet i slasken och fyllde på nytt.

"Förlåt, jag skulle ha gått ut med kaffe till dig. Jag glömde."

"Det är ingen fara. Vad tyckte du om katalogen?" Han försökte låta nonchalant.

"Jättefint. Jag blir jättesugen, men jag vet inte om jag orkar. Ska fundera på det."

"Hemsidan är uppdaterad och vi har fått fyra nya beställningar på lampskärmarna som kom igår."

"Redan? Fullständigt fantastiskt."

Det plingade till i dörren och Charlotte gick ut för att möta upp kunden. Chang drack sitt kaffe och tittade på hennes notering. Resa. Det kunde nog behövas, tänkte han innan han gick ut för att hjälpa henne i butiken.

* * *

Johan var på väg till Charlotte med en inbjudan till middag i nya lägenheten. Han och Anna hade bestämt att de skulle bjuda in Johans föräldrar på lunch och ha ett lättsammare party på kvällen. De hade börjat skicka ut inbjudningar till vännerna och alla som blivit bjudna hade tackat ja. Philip tyckte det var kul att det var allvar mellan honom och Anna, det var en ordentlig tjej. Även Lennart verkade gilla henne, även om hon inte gillade honom något vidare.

"Hur går det med din mamma? Har du kollat om Chang pressat på något?" Lennart ringde för femte gången på två dagar.

"Jag är på väg till butiken, ska kolla med mamma och Chang hur landet ligger." Han parkerade på Fredsgatan och låste bilen.

"Bra, jag drar till Arlanda igen och hämtar hem några brudar."

"Ok, Flen eller?"

"Nej, det får bli Norrköping. En lägenhet till är fixad i Hageby. Tre rum och kök."

"Stockholm då?" Johan visste att Stockholm var den mest lönande staden att jobba med

trafficking i. kunder från alla håll och kanter, man försvann i mängden och polisernas resurser räckte sällan till för spaning och utredning.

"Jag ligger lågt ett tag. Alla brudarna har väskorna fulla, om du förstår vad jag menar. Vi behövde få igång en butik typ igår. Jag kan inte ha mer pengar liggande hemma i lägenheten. De måste omsättas och komma in i systemet och det fort som fan." Lennart tände en cigarett och tog ett djupt bloss. Han ville inte vara tvungen att börja skära ner verksamheten som han jobbat så hårt för att bygga upp. Det fanns ett fungerande kontaktnät av knarkkurirer, de som hämtade vid båtar och flyg och de som skötte affärerna och bokade kunder i lägenheterna.

Alla var nöjda med den deal de hade och ingen ville sluta. Tvärtom var alla intresserade att öka intäkterna. Lennart om någon, visste hur lätt det var att vänja sig vid det lyxiga livet.

"Jag vet, men vi kan inte köra över mamma. Hon måste vara med på banan, annars kan det skita sig ordentligt. Snart framme vid butiken. Jag hör av mig."

Han stannade utanför butiken och tittade på skyltningen. Nya lampor och tyger i en härlig blandning. Med den lilla kunskap inom inredning han hade tyckte han det såg fint ut. Han gick närmare och såg Chang vinka på insidan.

"Johan kommer." Chang nickade mot dörren.

"Johan, det var ett tag sedan. Hur är det med Anna och med lägenheten? Har ni fått ordning? Jag är jättenyfiken." Hon gav honom en kram innan hon gick tillbaka till kassan för att ta betalt av en kund.

Johan gick fram till Chang som packade upp lampfötter på en hylla. "Hur går det?"

"Hon fick se katalogen med möblerna i och hon gillade allt hon såg. Men därifrån till att öppna butik är steget ganska långt."

"Vi måste korta ner det steget, Lennart är på hela tiden. Han hämtar nya tjejer på Arlanda."

"Med packade väskor."

"Japp."

"Men vi får inte stressa henne, hon måste vilja själv." Han vecklade ihop skyddsplasten och tryckte ner det i kartongen. "Vi tar en kopp kaffe."

De gick in i pentryt och Johan kollade igenom katalogen när Charlotte uppenbarade sig i dörröppningen. Han viftade med den och skrattade.

"Mamma, det är dags för möbler. Du och pappa kan behöva något nytt därhemma."

"Det har du rätt i, men det är mycket arbete. Får jag anställa dig, Johan? Du kan sälja soffor istället för att fälla granar?"

"Hmm, om jag får välja föredrar jag granarna. Om inte Anna hade fullt upp med pluggandet kunde hon hjälpa dig."

"Bra idé. Vilken dag blir det inflyttningsfest förresten?" Hon sken upp och hällde ut sitt kalla kaffe för att fylla på varmt.

"Det är därför jag kom hit. Du och pappa är bjudna på lunch."

"Lunch, blir det inget party?" Hon blängde på Johan.

"Mamma…"

"Jag vet, vi är för gamla. Vi behöver nog sova middag på eftermiddagen för att inte somna vid bålskålen." Hon låtsades bli sårad.

"Ni kan få stanna om ni vill, men jag och Anna tyckte det var trevligare att äta med er i lugn och ro."

"Jag lovar Johan, vi ska inte stanna. Det ska bli jättetrevligt. Hur dags ska vi komma?"

"Kom vid halv, vi äter vid ett. Jag ska hjälpa till att laga maten."

Johan sträckte på sig. "Ta med dagens." Chang kom in och tittade på Johan.

"Lotten har med papper till dig."

"Åh, vad bra. Jag kommer." Hon svävade ut och de hörde henne börja prata momsredovisning och bokföringsprogram.

"Vi får hjälpas åt att trycka på." Johan tittade på klockan.

"Ja, det får vi göra."

"Hur är det med dina ben förresten? Du känns ok."

"Tack, det är bättre. Ska på läkarbesök igen om ett par dagar. Det känns som att jag vill igång och jobba med pappa. Han kan behöva avlastning."

Johan gick och vinkade åt Charlotte som knappt såg honom. Han hade lovat Anna att handla innan han kom hem. Glädjen över att få dela sitt liv och en lägenhet med någon hade gett honom förnyad energi vad det gällde matlagning. Dagen innan hade han stekt pannkakor, med blandat resultat. Anna hade varit nöjd och det var huvudsaken.

Han hann slänga iväg ett sms till Lennart om att han tryckt på angående butiken. Ett telefonsamtal till orkade han inte med. Snart fick hon bestämma sig, annars fick de ta till plan B. Problemet var att det inte fanns någon plan B.

* * *

Charlotte kom hem vid åtta samma kväll. Hon släppte ut hundarna och gick in och tog av sig skorna. Hon rörde på tårna och insåg att pedikyr vore på sin plats. Det fick hon ta senare i veckan. Det kurrade i magen och hon gick in i köket.

"Gustaf." Det ekade i hallen och efter en stund kom Dolly in. "Lilla gumman har du saktat matte? Var har du gjort av husse? Var är han någonstans?

"En lapp på köksbordet gav henne svaret. Är och spelar bridge med Tore. Blir nog sen, sitt inte upp och vänta. Middagen framme. Kram Gustaf. Hon stirrade på konservburken med ärtsoppa. Hon tog upp den och började skratta hejdlöst av trötthet och av att Gustaf hade hittat sin humoristiska sida som försvann ett decennium tidigare. Det hade varit en av de saker hon föll för hos honom i deras ungdom.

Hon kände ett styng av dåligt samvete eftersom hon inte varit hemma före nio någon kväll den sista veckan. Att öppna en butik till var inte den bästa medicinen för äktenskapet i dagsläget. Men samtidigt var det en chans som säkert inte kom tillbaka. Eftersom det gått så bra med lampbutiken kunde hon glida vidare på framgångsvågen. Det krävde en ordentlig funderare.

En stund senare satt hon vid köksbordet och åt värmd ärtsoppa på burk och drack mellanmjölk. En brödkant med prickig korv på fick göra henne sällskap. Hundarna låg vid hennes fötter och hon kände värmen. De fick nytt torrfoder och vatten.

Soppan gick åt och efter en stund hällde hon upp ett par slevar till. Hennes ögon fastnade på en resebroschyr med blå himmel och ljuvliga palmer som följt med reklamen. Tänk att gå hand i hand med Gustaf på stranden. Ligga under ett parasoll och se på havet. Köpa onödiga souvenirer och dricka vin på uteserveringar. Se Gustaf i färgglada badshorts och flip-flops. Hon skrattade högt för sig själv igen. Men vid närmare eftertanke skulle det inte vara så dumt att boka in en resa och överraska Gustaf. Det fanns trevliga resor till Paris eller Amsterdam. Skogen kunde vänta och kom dessutom Johan igång snart kunde de åka en torsdagskväll och vara tillbaka på söndagen. Chang skulle kunna klara butiken utan att behöva jobba ihjäl sig.

I samma sekund kom hon på att de måste fixa en inflyttningspresent till Johan och Anna. För att inte trampa någon på tårna och köpa någon inredningspryl, bestämde hon sig för att redan nästa dag boka in en weekend till valfritt resmål istället.

Den kvällen somnade hon med hundarna på Gustafs sida i sängen. Hon drömde om vita stränder och kalla drinkar.

Kapitel 20

Dörrarna öppnades i slow motion och Svensson körde ut från polisstationen. Klockan i kyrktornet slog fyra och Karlsson muttrade.

"Vad är det?"

"Jag luktar svett." Han lyfte på armen och konstaterade att en LP-skiva placerat sig under armen.

"Vad mysigt att du upplyser mig om det, eftersom jag ska spendera mina närmsta tio timmar på max en armlängds avstånd från dig." Svensson grimaserade och gasade iväg. "Vi tar en sväng på Norr."

"Det är nog kallare där."

"Jaha och vad spelar det för roll?"

"Då svettas jag inte lika mycket." "Du tycks ha svettas klart redan."

"Möjligt. Du, vad hände med den snubben som blev ihjälkörd?"

"Han blev ihjälkörd."

"Jag menar varför han blev ihjälkörd."

"Ja, vad fan, han snubblade antagligen." Svensson körde förbi Sultans konditori och svängde in på Bievägen.

"Det var här det hände."

"Det ringde från SKL och hade lyckats få ihop några sms. Jag tror att han visste vem det är som langar i stan."

"Ja, det var det han ringde och pratade om."

"Men jag tror att han verkligen visste det, inte enbart gissade. Kommer du ihåg att han blev misshandlad för ett tag sedan. Jag tror det var förra sommaren. Hans ansikte var en direkt avbild av grillgallret. Minns du?"

"Fy fan, ambulanskillarna spydde vid bara åsynen. Det var slamsor överallt. Han såg ut som ett paket lingonsylt."

De körde en bit på Bievägen och vände därefter mot centrum. En samling ungdomar stod utanför en trappuppgång och rökte. Killarna hade kavajer och uppknäppta skjortor medan tjejerna bar klänningar och korta kjolar till det uppsatta frisyrerna. Svensson spanade in en Baleciagaväska och fnyste.

"Den jävla handväskan kostar som min månadslön. Nu hänger den över armen på en tjugoåring."

"Och du vet vad tjejernas handväskor kostar. Imponerande." Karlsson petade ner solglasögonen från näsan och tittade storögt på en tjej med aningen för kort kjol. Han kliade sig mellan benen och vände sig om efter de passerat.

"Ser ut att vara inflyttningsfest för det fina folket. Där kommer det ett par med champagneflaska i guldpåse. Flashigt värre."

"Vet du vad de kostar också? Du, ser du Philip?" Han blev med ens rak i ryggen och spanade in Philip som kom med ett par påsar från systemet och en stor present, inslagen i guldpapper.

"Vad är det med honom?"

"Han ser jävligt slirig ut. Jag undrar om han är påverkad ikväll."

"Vad är det för folk som har flyttat in i det huset?"

"Ingen aning, men någon som har pengar är det i alla fall."

"Mm, med tanke på gästernas val av handväskor är det nog det."

De körde vidare och kunde endast i sin vildaste fantasi drömma om vad som försiggicks några trappor upp. Johan höll på att fylla på de nyanlända gästernas champagneglas medan Anna öppnade tre chipspåsar i köket. Snittarna var framdukade på ett stort bord i vardagsrummet. Fem olika sorter från en cateringfirma. Musiken var än så länge på en lagom nivå, men skulle komma att höjas i samma takt som promilletakten.

"Philip, välkommen. Du, vi har dricka." Johan kramade om Philip som klev ur hissen och langade fram två påsar Glada Änkan.

"Jag tog med uti fall att."

"Kom ta ett glas champagne." Johan höll fram ett glas och Philip smuttade. "Gott det där. Ni får en konservöppnare ifall ni inte hunnit skaffa någon." Han överlämnade ett gigantiskt paket med långa, krusiga snören.

Anna kom ut med skålar från köket och gick fram till Philip och gav honom en kram. "Välkommen. Åh, paket, det är det bästa jag vet. Vi ställer det på bordet, presentöppningen

tar vi efter maten." Hon vimlade vidare och hälsade på alla som kommit. De hade passat på att förvarna grannarna om att det skulle vara fest och ett ungt par som bodde i samma trappuppgång hade blivit inbjudna. Ett äldre pensionärspar hade valt att spendera helgen i fritidshuset och de andra valde att stå ut. Teven rullade och när en kille var på gång att byta kanal ropade Johan till.

"Nej, stanna Wille, vi måste kolla reklamen."

"Reklamen, ska du sondera terrängen i hårschampodjungeln eller?"

"Det är Claes, han gör reklam för Dressman. Vi har endast sett den sjuttioåtta gånger ..." Anna himlade med ögonen och blinkade åt Johan.

"Kolla. Mina damer och herrar, får jag presentera min alldeles egna broder, Claes.

Modellen med den perfekta kroppen och det perfekta leendet." Johan hojtade och fick med ens allas uppmärksamhet. Sällskapet samlades framför den stora teven och tittade på reklamen för sommarens rea.

"Skådis med modellambitioner, inte modell, Johan." Anna rättade honom.

"Skit samma. Fan vad snygg han är, han måste brås på mig." Johan gjorde segertecken och alla jublade.

Claes numera kända ansikte syntes i allt fler sammanhang och kläd-företaget hade fått upp ögonen för honom och några andra skådespelare som medverkade i höstens uppsättning av musikalen Buddy Holly. Claes tyckte det var en utmaning och det gav ett stort tillskott i kassan.

Nackdelen var att alla kände igen honom vart han än gick och ibland tyckte han det var påfrestande. Främmande människor ville ta selfies med honom och andra ville hälsa. Värst var de som knäppte en massa bilder utan att fråga. Det hade resulterat i att han fått ett mindre um-gänge och inte var ute i samma utsträckning längre. Trubadurjobben hade han varit tvungen att sluta boka in och att gå på krogen hände allt mer sällan. När han och Linda gick ut tillsammans var det på andra kändistäta ställen.

"Jag hinner inte komma brorsan. Vi repar till arton på kvällen och dagen efter börjar vi tio. Det är fullt ös." Claes hade ringt några dagar innan och meddelat att hans almanacka behövde en åttonde veckodag.

"Du får ta med dig Linda och komma en annan gång. Jag fattar att du har häcken full. Vi får se dig i rutan istället." Johan hade skrattat och glatt sig åt Claes framgångar.

"Det vet du."

"Hinner du se Linda något?"

"Det är knappt. Hon gnäller över det men jobbet måste gå före. Vi får ta en helhelg hos er framöver. Ni hade gästrum, eller hur?"

"Inga problem. Hur mår hon efter... ja, du vet?"

"Ganska ok. Vi får se vad framtiden har att erbjuda."

De lade på och Claes fortsatte in i affären. Han tänkte tillbaka på missfallet. Det var som en spänning som släppt. En knut som lösts upp och ett lugn som spridit sig. Inget barn.

Givetvis hade det varit synd om Linda som längtat en lång tid. Hon hade varit överlycklig och studsat omkring med ett stort leende på läpparna i varje barnvagnsbutik som fanns. Claes hade följt med henne om än ett par steg bakom.

"Titta, den röda är perfekt? Eller den ljusblå?"

"Mmm, visst. Men vad dyr den är." Han såg prislappen och svalde ett par gånger. "Men vi ska ha det bästa till Lill-Klas." Hon strök sig på magen och drog med honom längre in i butiken.

Pappaledigt. Claes smakade på ordet som gav honom en besk eftersmak.

Tyvärr kan jag inte medverka i kvällens slutsålda föreställning. Jag ska vara hemma och byta blöjor på Lill-Klas. Och imorgon när vi ska spela in reklamfilm ska jag handla blöjor och värma barnmaten. Kan vi skjuta på mötet?

Han skakade på huvudet och bläddrade i en tidning. Vi föräldrar. Allt var sockersött och harmoniskt. Inga vaknätter med kolik och stinkande blöjor. Han slog ihop tidningen och ställde tillbaka den. Kassakön ringlade sig fram och en femårig pojke tjatade hål i huvudet på sin mamma om godis när hon betalade. Det slutade med att han gallskrek och mamman fick slänga ner varorna i påsarna och dra ut honom ur butiken.

Han betalade och gick med bestämda steg ut från affären. Barn, det var ett kapitel som fick vänta.

* * *

Tidigare samma dag hade Johan och Anna bjudit Gustaf och Charlotte på middag. Allt i lägenheten var i ordning och Anna var glad över att ha klarat av allt med flytten och samtidigt ha klarat alla tentor. Hon njöt av lediga dagar med sol och bad och hade även varit och hälsat på sina kusiner i Värmland. När höstterminen körde igång igen skulle hon vara full av energi.

"Vad fint ni har dukat." Charlotte hade inte fått komma och hälsa på förrän lägenheten var klar.

Johan hade varit rädd för att lägga sig i för mycket vad det gällde inredning. Anna hade klarat av allt galant och hade ibland rådfrågat Charlotte för att hålla henne på gott humör. Helst hade hon velat lämna över ansvaret för butiken till Chang i flera veckor och kastat sig över uppgiften att få trean så hemtrevlig som möjligt.

Anna visade runt i lägenheten och Charlotte var imponerad.

"Vilka fina mattor ni har, var har ni köpt dem? Och soffan är gudomligt fin. Man sitter som en kung." Hon väntade inte på några svar utan slog sig ner i soffan och tittade på Anna. "Det är tur att Johan hittade dig, Anna. Annars hade det varit betydligt mer spartanskt."

Bokhyllorna i vardagsrummet var fulla av böcker och fotografier och belysning högst upp.

Det gav en hemtrevlig inramning av rummet. Fönstret var fyllt av gröna växter och i mitten stod ett par höga ljusstakar som Anna fått av sin mormor. Rummet gick i grått och ljusblått medan sovrummet gick i grönt och köket i gult. Det sista rummet bestod i dagsläget av oöppnade kartonger och ett gammalt bord som Johan skulle köra till tippen. Dessutom stod det en ställning med vinterkläder som skulle ner i källarförrådet.

"Vi har hallen kvar. Johan tycker vi ska måla direkt på tapeten men jag vill att vi tapetserar. Vi får se hur vi gör."

"Jag håller på dig, Anna. Tapeter är bäst. Det ser mer ombonat ut." Charlotte reste sig och gav henne en spontan kram. "Och vill ni ha något från butiken vet du att rabatten är hög."

"Jag vet, vi kommer till dig och tittar på en lampa till sovrummet i nästa vecka."

"Bra, ni är varmt välkomna. Var har vi gubbarna?"

"Gubbarna är på plats." Gustaf kom ut från köket med Johan.

"Har mamma gått igenom hela lägenheten?" Johan blinkade mot Charlotte.

"Allt är med beröm godkänt, Johan."

De skrattade och satte sig för att äta. Johan hade hjälpt till att göra potatisgratäng och oxfilé, medan Anna hade koncentrerat sig på salladen och efterrätten. Det blev en lugn och trevlig familjemiddag. Helgen efter skulle de bjuda Annas föräldrar som var på väg hem från huset i Portugal.

"Jag har bestämt mig för att börja jobba igen. Läkarna har gett klartecken och jag ska börja med fyra timmar per dag."

"Det är bra Johan, jag har saknat din hjälp. Andersson har inte haft tid att hjälpa mig och dessutom har de ringt från Järna igen."

"Ska bli skönt att få andas skogsluft igen."

"Och få lön. Fyra rum och kök, i centrum. Det är inte billigt. Vänta tills elräkningen kommer."

"Ta det lugnt, Johan. Åh, vad gott det var. Hit kommer vi fler gånger, Gustaf."

"Det gör vi, älskling. Mer vin någon?" Gustaf hade botaniserat i vinkällaren och tagit med ett par flaskor rött vin.

"Ja, tack gärna." Anna lyfte sitt glas.

"Jag tog med fyra flaskor champagne också." Gustaf tog en tugga och tittade på Johan.

"Underbart pappa, de kommer att gå åt ikväll. Tack."

Johan var tacksam över den fina kontakt han hade med sina föräldrar, framförallt sin pappa. Deras år i skogen hade gjort att de blivit förtrogna med varandra och hade ett fint samarbete. Vad som oroade honom var om föräldrarna eller Anna skulle upptäcka vad han höll på med. Då skulle hela korthuset rasa.

"Jahaja, när blir vi utkastade? Vi får ju inte festa med ungdomarna ikväll?"

"Ta det lugnt mamma, Anna har gjort efterrätt" Johan började duka av.

"Vänta ett tag Johan." Charlotte vinkade tillbaka honom. "Jag har tagit ett beslut. Jag ska utvidga med en möbelbutik."

"Men jösses kvinna, hur ska du hinna med det? Jag ser dig knappt hemma, hur ska det bli efter det?" Gustaf tittade på henne och log.

"Älskling, jag kan anställa. Chang var ett riktigt lyckokast. Det finns säkert en hel del bra människor som kan tänkas arbeta i en möbelbutik."

"Det gör det säkert, mamma. Det skålar vi på." Johan höjde glaset och försökte se samlad ut även om hela hans inre bubblade av glädje. Äntligen skulle det bli av.

De fick bråttom att diska och säga adjö när efterrätten och kaffet var avklarat. Dags för nästa fest och ännu en anledning att fira.

* * *

"Mer champagne." Philip var märkbart berusad och skålade med alla. Johan hade försökt få ett par ord med honom utan att lyckas. Klockan hade hunnit blivit halv tio och Annas väninnor hade samlats vid presentbordet. Hon ropade på Johan och de började öppna presenterna. Varma plädar och blomvasar fick samsas med kuddar och presentkort och de tackade alla med ännu en skål.

Snittarna hade gått åt i rekordfart och Anna sprang i skytteltrafik mellan köket och vardagsrummet. Fötterna började ömma och hon såg redan fram emot en lång sovmorgon. De hade bestämt att endast bjuda in de allra närmaste vännerna men till slut blev det tjugotre gäster som dök upp.

"Philip, kom hit ett tag. Vi tar lite luft." Johan fick tag i Philip när han kom ut från toaletten och drog med honom ut i trapphuset.

"Jag är full, Johan."

"Ser det, men du det var en annan sak. Mamma och pappa var på besök och åt lunch. Mamma har äntligen beslutat sig för att utöka." Johan log med hela ansiktet och klev in i hissen med Philip.

"Fan, det menar du inte. Då är det bara att köra." Philip snubblande ut och tog ett djupt andetag när han fick upp porten.

De gick en vända och planerade hur de borde lägga upp den närmsta tiden. Ett möte med Chang och Lennart igen var på sin plats och de bestämde att Johan skulle kontakta dem för ett möte redan nästa dag. Alla var intresserade av att komma igång snarast möjligt. Changs bror hade nämligen fler som var intresserade av ett samarbete.

"Det blir toppen Johan." Han vinglade till och höll på att falla framlänges. "Du, jag måste ta en taxi, mår inte bra." Philip hann spy i parkens sandlåda innan bilen med Svensson och Karlsson rullade förbi. Johan log mot poliserna och höll ett stadigt grepp om Philips byxlinning.

"Oh, Johan, akta ballarna."

"Philip, för fan, dålig tajming. Jag ringer en taxi på en gång, annars får du spendera natten på en grön madrass." Han ringde och det dröjde endast ett par minuter innan en taxi anlände. Chauffören och Johan hjälptes åt att baxa in honom och Johan såg till att han hade kontanter redo och att de åkte till rätt adress.

"Tidig kväll för honom."

"Det kan man säga. Tack för hjälpen." Han vinkade åt killen och såg Philip sjunka ner i sätet med slutna ögon.

Han gick tillbaka till lägenheten med lugna kliv. Allt såg ut att gå rätt väg. Lokalen var redan klar och låg på en tvärgata. Lotten kunde säkert hjälpa Charlotte igång med allt det praktiska, de hade rutin på det.

Chang slog en signal till brodern och Lennart stod med armarna öppna med kokainet indansade vid gränsen. Han blundade och mindes hur skönt det var att drömma sig bort med en lina. Men har var tvungen att passa sig. Fick Anna reda på vad han var insyltad i kunde allt spricka. Att mörka för henne och ta en lina nu var inte att tänka på, även om han var sugen.

En stund senare tog han hissen upp och möttes av Anna i hallen.

"Var tog du vägen? Och var är Philip?"

"Jag tog en promenad med honom, trodde han var på väg att nyktra till, men det slutade med taxi." Han gav henne en kyss.

"Kom älskling, vi tar ett glas champagne till. Vi måste fira ordentligt när vi ändå håller på." Hon tog hans hand och drog med honom in i vardagsrummet.

Han tog ett glas, skålade och log. Ikväll började en ny era. Ur många aspekter.

Kapitel 21

Pauli hade vant sig vid att ta ett morgondopp och fick för det mesta med sig Aulis. De dök nakna från bryggan och tvättade håret och borstade tänderna i det kalla vattnet. Därefter gick de barfota med en handduk runt höften upp till torpet och bryggde morgonkaffe. En ritual de kunde lära sig att leva med resten av livet. Torpet låg avlägset, trots närheten till stora vägen. Inga grannar som störde och inga båtar som lade till vid bryggan. Stället var perfekt.

Det enda som stressade Pauli var att han inte kunde fortsätta utföra sina uppdrag hemma i Polen. Saldobeskeden visade allt färre siffror. Å andra sidan tyckte han det var skönt att pausa den typen av jobb. Frågan var hur längde de skulle vara tvungna att stanna i Sverige för att reda ut allt angående Elena. Han hade täta samtal med sina kontakter och hade på känn att de snart fick reda på något avgörande.

När de månaden innan hade besökt lägenheten i Stockholm hade Pauli fått en magkänsla av att Lennart var inblandad på något sätt. Inställsamma typer var ofta skyldiga, det hade han erfarenhet av. Han hade två olika källor som tog fram allt de kunde om Lennart och dammsög hans privatliv. På den andra punkten blev det däremot inte så mycket damm. Under tiden fick de spela turister och njuta av den svenska sommaren.

* * *

Han tog upp kraniet och tittade på det med stora ögon. De tomma ögonhålorna stirrade tillbaka och tycktes komma närmare. Som om de ville sluka honom hel. När käken lossnade och föll till marken skrek han och sprang iväg. Benknotorna låg spridda och han trampade på några i farten. Hjärtat i bröstkorgen var på väg ut och han fick uppbåda all kraft för att komma därifrån. Det var som om skelettet höll honom kvar med ett gummiband om midjan.

Blodet smetade ut sig och grenarna repade hans ansikte. Han föll över en sten som skar upp en reva i på knät. Han stannade och tittade på byxorna som hans mamma köpt förra veckan. Han förväntade sig att få skäll när han kom hem. En kråka kraxade och han tittade upp mot den mörka himlen. Den smällde till och en blixt lyste upp den mörka himlen.

"Tom, var är du?"

Äntligen, hans systers röst hade aldrig låtit så underbar som i denna sekund. Vanligtvis var hon en retsticka som inte lät honom leka med hennes vänner, men den här dagen hade han fått följa med ut i skogen.

"Jag är här. Var är ni?" Han hörde ett fnitter från tjejerna men kunde inte lokalisera varifrån det kom. Kråkan kom flygande och han bestämde sig för att följa den.

"Hallå, var är ni?" Rösten bar honom inte och det lät som han viskade. Vattnet började sippra in gymnastikskorna och strumporna var mer grå än vita.

"Vad gör du här?"

Han hoppade till eftersom syrran uppenbarade sig bakom honom och drog med handen på kinden för att torka bort tårarna.

"Vad är det med dig, du ser ut som du har sett ett lik? Kom, vi ska hem och äta."

"Jag hittade något konstigt." Han tittade över axeln.

"En hare eller?"

"Nej, det var... det var... liksom som ben som låg utkastat och..."

"Lägg av, jag orkar inte med dina löjliga fantasier."

"Men det är inga fantasier. Det är sanning."

"Har inte mamma sagt att det är fult att ljuga?" Hon började springa mot sin kompis som dök upp sig vid skogsbrynet. De fortsatte att skratta och ett par sekunder senare hade de försvunnit från hans blickfång.

Tom började springa och efter en stund fick han syn på dem. De stod vid cyklarna och höll på att ta på sig hjälmarna.

"Skynda dig, annars kommer vi för sent hem."

"Jag sa ju att vi alltid får vänta på honom."

"Jag vet, brorsor är det värsta som finns. Nästa gång får han stanna hemma."

Han fick snabbt på sig hjälmen och kastade sig över cykeln. Tankarna snurrade och han funderade på om han borde berätta för mamma vad han sett. De gånger han varit ute med sin pappa i skogen hade de flera gånger sett olika skelettdelar av döda djur. En gång hade de hittat en räv och en annan gång ett rådjur. Men detta var något annat. Han tänkte på läraren och hur han gått igenom den mänskliga kroppen. Ungefär så såg delarna ut som legat i gräset.

På matbordet stod pannkakor med sylt och grädde, Toms favoritmat.

Vanligtvis var han en glad och pratsam kille, men nu satt han tyst vid matbordet och petade i maten.

"Är du inte hungrig?" Hans mamma strök honom över håret och tittade bekymrat på honom.

"Nej, kan jag få gå från bordet?" Tom tittade ner på grädden och gjorde ett mönster. Det såg ut som två stora ögonhålor som stirrade tillbaka.

"Självklart. Vill du äta senare?"

Han hörde inte mammas ord utan rusade uppför trappan och spydde i toaletten. Hans fingrar vitnade när han höll i toaletten. Snoret rann och ögonen tårades. När han spolat ner ångesten tvättade han sig och borstade tänderna. Men spydoften satt kvar som ett illavarslande minne från dagens händelse.

Tom hatade med en gång skogar och ville aldrig mer leka mellan träd och stenar eller bygga kojor. Till och med orienteringen skulle han strunta i, även om det snart var tävling.

Den kvällen gick han och lade sig tidigt och drömde mardrömmar och skelett och döskallar.

* * *

Lika tomt i kylskåpet som vanligt. Lennart var trött på att gå utan mat ända fram till lunchen. Bröd och smör och prickig korv kunde inte skada att ha hemma ibland, tänkte han och tog på sig jeansen som låg slängda över köksstolen. Klockan på väggen visade halv tio och affären hade öppnat redan vid åtta. När han såg att det inte ens fanns juice kvar bestämde han sig för att skaffa nya frukostvanor. Tänk om han skulle börja koka ägg, eller rosta bröd på morgnarna? Med marmelad och ost med hål i. En stund senare stegade han in på affären och höll på att krocka med en lång tjej som satte upp en lapp på anslagstavlan.

"Oj, förlåt. Jag såg dig inte." Deras blickar möttes och hennes utstrålning golvade honom totalt.

"Ska du sälja en cykel?" Han höll på att sjunka genom golvet. Det var den absolut sämsta raggningsreplik han hade hasplat ur sig under alla år.

"Nej, jag ska sälja en kattunge." Hon skrattade och visade honom en bild på en grå liten ulltuss. "Gillar du katter?"

"Nej, eller jo, jag menar, självklart gör jag det." Han gick fram till bilden och blev stående en lång stund. Tänk om han kunde slita ut katten från bilden, hålla om den och få känna värmen. Höra kurrandet och klia den bakom örat. Ett par hundra för en katt. Ja, varför inte?

"Numret finns där om du är intresserad. Du kan få komma hem och titta på den."

Komma hem för att titta på en katt? Jag vill komma hem till dig och spänna på dig i sängen. Eller varför inte över köksbordet. Katten kan få lyssna du skriker av vällust. Därefter vänder jag på dig och tar en vända till.

"Ja, varför inte?" Han blev paff av sitt eget svar och började trampa omkring som en sjuttonåring i krogkön.

"Hör av dig efter lunch, då är jag hemma. Men vänta inte för länge. Katter är lättsålda." Hon försvann ut genom dörren med koftan över axlarna. Stegen var långa och bestämda.

Och häcken var snygg. Det syntes genom den tunna sommarklänningen.

"Ska du in eller ut?" En dam med rullator höll på att köra över honom och han blev mer eller mindre utkörd. Damen blängde på Lennart som blängde tillbaka och började gå när han kom på att det var till affären han var på väg. Han tittade sig omkring och gled snabbt in med sänkt huvud. Smör, ost med hål i, yoghurt, ägg, prickig korv och leverpastej fick samsas med två juicepaket och en färdigskivad limpa. En burk inlagd gurka högg han i farten.

Det var med lätta steg han gick mot kassan. En kvällstidning och ett paket tuggummi landade på bandet och han hälsade och sade hejdå till kassörskan innan han packade varorna och väjde för ännu en inkommande pensionär med rullator. Hemma i köket packade han upp och satte på en kanna kaffe.

Det blev en långfrukost med två kokta ägg och ost och prickig korv på mackorna. Precis som han ätit som barn. Efter det tog han ett stort glas juice och passade på att ringa tjejen. Vid närmare eftertanke kom han på att han inte ens visste vad hon hette. Men det löste sig för hon svarade inom två signaler.

"Camilla."

"Hej, det är… det är jag som träffade dig vid affären. Lennart menar jag." Ett nervöst skratt följde.

"Ja, jag kommer ihåg dig. Trodde inte du skulle ringa."

"Självklart. Jag kommer gärna och tittar på katten." Lennart sträckte på sig och drog handen över huvudet.

"Du får gärna komma men katten är redan såld. En granne hade ett barnbarn som hämtade den för tio minuter sedan."

Lennart sjönk ihop och blev alldeles tyst. Ungjävel. Hon hade tagit katten, mitt framför näsan på honom. Hur gick det till? Han hade inte någonsin blivit blåst tidigare. Åtminstone inte av en unge.

"Jaha, det var synd."

"Men du kanske har tid i alla fall?"

"Vad för tid?"

"Att komma och fika?"

Hennes röst var fylld av glädje, som ett stråk av glitter och stjärnor. Det pirrade till i magen och Lennart kände inte igen vare sig känslan eller sitt beteende.

"Varför inte? Var bor du?"

Det visade sig att hon hade en lägenhet på gångavstånd och de bestämde att Lennart skulle komma över på fika. Det tog honom en kvart framför spegeln, något som inte hänt tidigare.

Han bytte skjorta tre gånger och tog ett nytt bälte till byxorna. Efter det kom han på att han borde köpa med sig något. Frågan var om han hann handla något på kaféet. Ett par wienerbröd eller en längd. Tänk om hon bantade? Han bestämde sig för att strunta i brödet. Det fick han ta en annan gång. Om det blev fler gånger vill säga.

En stund senare var han på väg. Ett par fåglar lekte ovanför honom och han tittade upp mot den mörka himlen. Regn på gång. Camilla mötte honom utanför med en stor kaffebricka.

"Hej, välkommen. Vi sätter oss på gården, det finns en pergola där. Jag tror att det börjar regna snart." Hon tittade uppåt och fortsatte runt hörnet.

"Tack." Han följde efter och upptäckte en lummig bakgård med syrenbuskar som inte klippts på flera år. Vid ena väggen stod en kratta och en spade full av jord. Ett par trädgårdshandskar vilade över kanten på en hink, till hälften fylld med ogräs.

"Ska vi sitta ute en stund?" Hon väntade inte på svar utan satte sig i de vita trädgårdsmöblerna som såg ut att ha stått ute lika länge som syrenbuskarna. "Jag får beklaga att det inte blev något köp. Ibland är annonserna ute länge och ibland ringer alla på en gång."

"Så kan det bli." Han kände sig förlamad av hennes rättframhet.

Självsäkra tjejer som inte väntade på sin tur fanns inte i Lennarts mobil.

"Har du haft katt förut?" Hon ställde fram kaffekoppar med fat, sockerskål och en kanna grädde. Därefter lyfte hon på locket till en väldoftande och fortfarande varm rabarberpaj.

"Har du bakat?" Han lutade sig fram och hade lust att bryta loss en bit av pajen med handen och trycka i sig.

"Det är kul att baka. En paj tar inte lång tid. Du dricker kaffe, eller hur?" Hon stannade upp med kaffekannan och tittade på honom.

"Ja, för tusan, kaffe går för det mesta ner."

Kaffet landade i benvita koppar med smal guldkant på. Hon borstade bort skräp från träden som landat på den rutiga vaxduken och skar upp pajen.

"Det är hemmagjord vaniljsås." Hon sträckte på sig och log.

"Hemmagjord?" Lennart öste upp som om han inte sett mat på flera dagar. Det rann över kanten och han slickade glupsk i sig.

Hon sträckte fram en servett och under bråkdelen av en sekund nuddade hennes hans vid hans. Lennart tyckte att världen stannade och han slutade andas. Han kramade servetten hårt och torkade sig om munnen.

De glufsade i sig under tystnad och Lennart spanade in Camilla. Hennes klänning var lika lila som de mörka syrenerna i bakgrunden och ögonen knallblå. Håret satt i en tofs och hon bar inget smink. En naturlig skönhet med skinn på näsan. Lika ovanligt som att hitta hår på en flintskalle.

"Om jag får fler kattungar, vill du ha en då?"

"Ja, det vill jag gärna. Du får höra av dig. Och som svar på din fråga om jag har haft en katt är det, nej." Han log mot henne och kände sig med en gång avslappnad i hennes sällskap.

"De är hyfsat lättskötta om man lär dem att använda lådan. Ett underbart sällskap om man bor ensam."

Ett schysst sätt att presentera sitt privatliv på, tänkte Lennart och tog en bit paj till.

"Det var det godaste jag har ätit på länge."

"Brukade inte din mamma baka när du var liten?"

Jag bodde hos min pappa. Min mamma minns jag inte ens. Bara en massa kärringar som försökte ta hennes plats. De försökte inbilla mig att de var snälla. Bjöd på sprit och cigaretter så fort jag fyllt åtta år. Ibland fick jag en hamburgare eller pizza. Men det var sällan. Någon hembakad, ljummen paj har jag sällan ätit. Inte förrän nu. Du kommer att bli en underbar mamma den dagen du får barn.

"Mamma? Nej, inte så ofta."

Camilla såg att det blänkte till i Lennarts ögon och hon tystnade och hällde upp mer kaffe.

Hon passade på att byta ämne.

"Vill du se min trädgård?"

"Se din trädgård? Gärna."

Camilla visade honom runt i trädgården. Lennart visste knappt hur en maskros såg ut, men spelade glatt med när hon visade sina blommor och grönsaksodlingar. Hela trädgården var full och Lennart undrade hur hon kunde ha så fullt på tomten. Han fick reda på att det var Camillas moster som ägde huset och det var inga problem.

"När morötterna blir klara ska jag komma hem till dig med ett knippe. Får jag det?" Hon tvekade och tittade försiktigt på honom. Rädd att ha gått över gränsen.

"Det får du gärna göra."

"Har du sett mina stora rabarber? Ibland gör jag saft och ibland blir det paj. Jag har några flaskor saft infrusna. Vill du ha med dig en hem?"

"Saft? Jättegärna."

Kan man ha det som groggvirke?

Lennart tittade på klockan och såg att den redan blivit fyra. Han hade suttit och pimplat kaffe i vita porslinskoppar omringad av en lummig trädgård och pratat morötter i nästan tre timmar. Var han på väg att bli sinnessjuk?

"Kul att du kunde komma. Även om katten var såld."

"Det var trevligt."

"Du får gärna hälsa på fler gånger." Hon gav honom en snabb kram innan de sa hejdå.

Han promenerade hem i sakta mak med en flaska rabarbersaft i handen. Så fort han kom hem satte han sig och tittade på flaskan som tinade i solljuset. Dropparna från isen rann ner en efter en på fönsterbrädet. När det tinat så pass att han kunde smaka hällde han i dropparna i ett glas och fyllde det med iskallt vatten. Han drack andäktigt och det var det godaste han druckit på fler år. Han slutade inte förrän glaset var tomt. När han ställde ner det på bordet rann tårarna på hans kind. Tårar av lycka över att ha fått något gratis, från en vacker kvinna. Som dessutom ville träffa honom igen. Utan baktankar.

Kapitel 22

Piketen kom med blåljus och tvärbromsade i korsningen vid Drottninggatan och Köpmangatan. Ett par killar sprang mot parkeringen och en kille vek av mot torget. Han försvann i folkmassan och ner i tunneln. Svensson var snabbast på hela stationen att springa och gav sig iväg mot parkeringen. Vattnet skvätte när han landade i vattenpölarna. Ett guld i löpning i ungdomens år satt kvar i benen. Han fick tag i båda grabbarna samtidigt när han sträckte sig efter deras jackhuvor. Sekunden senare kom Karlsson och tryckte upp den ena killen mot tegelväggen.

"Vad fan polisvåld. Lägg av, jag ska anmäla er. Släpp mig. "Killen var röd i ansiktet efter den korta löpturen och hade inte ens chansen på bronset i en lågstadieklass.

"Håll käften. Var stilla." Karlsson tryckte till lite extra.

"Vilken tid du tog på dig." Svensson retade Karlsson som kom på efterkälke.

"Tog en fika först."

Killen som Svenson fått tag på krängde med kroppen och han landade på marken med ansiktet i en vattenpöl när Svensson tröttnade. En bensax och ett fängsel senare hade han lugnat ner sig. Båda killarna såg klart påverkade ut med sina stoa pupiller och spattiga stil.

Det var Karlsson som fått syn på dem efter de lämnat pizzerian med varsin kebabrulle. Den långa killen var känd inom drogkretsar men den andra var en nydanad stjärna.

Karlsson tyckte det var lika trist varje gång langarna fick klorna i några nya ungdomar. Det var en hel del skit drogerna förde med sig. Till slut blev behovet så starkt att pengarna inte räckte. Vid de tillfällena kom stölder och misshandel igång. Nästa steg var inbrott och efter det var bankrånen igång. Fler och fler banker slutade med kontanter men uppfinningsrikedomen för att få tag i pengar var stor och värdetransporterna låg illa till.

När de fått in killarna i varsin bil åkte de till stationen. Regnet smattrade mot rutorna och kvar i den intresserade folkmassan stod Johan och Philip.

"Hann han köpa av dig?" Philip backade undan och Johan kom efter. De gick mot torget för att därefter ta sig över till norr.

"Ja, minuterna innan han gled in på pizzerian." Han skruvade på sig.

"Han har blivit sämre den sista tiden, säkert gått ner tio kilo."

"Smal var han innan men nu är han nästa anorektisk. Ser helt sjukt ut."

"Ja, det gör det."

"Men han betalar som han ska i alla fall. Det är huvudsaken."

"Ska vi ta en tur på norr eller ska vi avsluta för kvällen? Kan vara bra att ligga lågt." Philip tittade sig över axeln.

"Vi måste hinna ta en tur till. Jag ska träffa ett par killar och en tjej som villa handla. Jag måste bli av med varorna innan jag drar. Kan inte komma hem till Anna med fickorna fulla av kola direkt."

"Hon är bra vad? Anna?" Philip gillade Anna. Hon var rak och tydlig, hade mål med livet och imponerade stort på honom genom sina studier. En målmedvetenhet han önskade att han själv haft när han gick i skolan. Betygen hade varit ok, men inte mer.

"Det funkar skitbra, det är rätt tjej för mig. Det är därför jag inte vill göra bort mig."

"Jag fattar. Vi tar en snabb sväng. Fan vad trött jag är." Han gäspade stort och de gick vidare.

"Såg du vem killen var som stack?"

"Ingen aning. Såg rätt skitnödig ut i alla fall."

Johan mötte sina kunder och genomförde affärerna. Droger ut, cash in. De hejade på några ordningsvakter och gick vidare. Sekunden senare skar ett blått ljus genom nattmörkret. Två polisbilar körde upp framför järnvägsstationen. En från Storgatan och en från tunneln. Fem poliser rusade ut och Johan och Philip hann slinka runt hörnet och tryckte sig mot väggen för att inte bli sedda.

"Vart är de på väg?"

"Ingen aning."

"Vad fan gör vi?" Philip var röd i ansiktet och hans puls gick på högvarv. Han tittade sig omkring och konstaterade att det inte fanns någon väg att ta.

"Spåret." Johan pekade och gick fram.

"Är du inte riktigt klok?"

"Har du ett bättre förslag?" Han slog ut med armarna.

"Inte som det ser ut nu."

De hoppade ner på spåret och kröp längs med perrongens kant. En äldre herre på andra sidan stirrade storögt på dem men gick därefter vidare med en ryggsäck och två resväskor. Johan kände hur kostymbyxorna blev blötare och smutsigare. Han hoppades att Anna sov när han kom hem. Philip snubblade och höll på att falla över rälsen.

"Shit." Han stannade upp ett par sekunder och därefter kröp de vidare. "Var fan är vi?"

"Ingen aning, men vi kan nog räkna med att de inte ser oss i alla fall."

Marken började vibrera och ett tåg var på väg rakt mot dem. De hann precis komma bort från rälsen och blev sittande på ett par stenar medan tåget dundrade förbi. De tittade på varandra med tomma blickar och efter en stund reste sig Johan.

"Jag undrar om Tobbe snackade något på stationen."

"Tror du det?"

"Hur skulle de annars kunna veta att det är vi som sålt?"

"Men det har de ingen aning om."

"Nej, i och för sig inte. Men det kändes som en jävla timing. Precis när han kom in på stationen och vi gick vår vanliga runda på norr dyker polisen upp. Tror du det är ett sammanträffande eller?"

"Den jäveln. Men varför tror du att han snackade då?"

"Vi vet ju inte om han har sagt något om mig eller dig men har han det är det jävligt illa. Lennart kommer fan att tokruttna. Du vet vad han gjorde med Ceasar." Han fick kalla kårar längs med ryggen när han såg minnesbilderna som fladdrade förbi. Basebollträet och Ceasars ansikte i grillen. Johan hade sett honom några månader senare och ansiktet såg ut som en krater. En vidrig syn.

För att inte tala om dunsen då Lennart kört rakt över Ceasar och backat tillbaka för att vara säker på att han var ordentligt död. Som att döda ett djur. Grymt och besinningslöst.

"Det är inte bra. Vi måste ta oss härifrån till att börja med." Philip såg sig omkring och ringde en taxi.

De gick ut mot vägen och försökte borsta av sig den värsta smutsen. Efter tio minuter bromsade en taxi in och chauffören tittade med avsmak på deras kläder. Efter en stund stannade taxin utanför Philips lägenhet.

"Häng med upp och tvätta av dig. Du får låna ett par brallor." Han betalade och de gick in genom Philips port. De hann knappt in förrän en polisbil åkte förbi.

"Fan vad de är på ikväll." Johan tog två trappsteg i taget och var, trots regnet, genomsvett när han kom upp till Philips lägenhet.

Klockan var halv tolv och han fick ta en dusch och låna en skjorta och byxor. De satte sig vid köksbordet och tog varsin öl. Johan hade ringt Lennart men inte fått tag på honom.

"Han har varit hemlig av sig den sista tiden."

"Vem? Ska du ha en macka?" Philip tog fram tekakor, mjukost och prickig korv.

"Fyllekäk går alltid ner. Ett par mackor kan behövas. Jag snackar om Lennart. Han har hållit sig undan en del." Johan tog två smörgåsar och tömde halva tuben räkost på mackorna.

"Möjligtvis. Det har jag inte tänkt på. Var det något speciellt du tänkte på?"

"Nej. Men han var jäkligt frånvarande häromdagen. Satt och kolla mobilen och skickade sms. Inte likt honom direkt."

"Tror du att han är kär?"

"Lennart? Kär? Ja, den dagen vi får se Lennart gå på bio med en tjej i handen är det fan dags att lämna in."

"Jag såg hans bil utanför bion för ett par dagar sedan."

"Kan knappast vara så att han gick på bio eller köpte snus."

De skrattade men blev snart allvarliga igen. Mackorna intogs under tystnad och tankarna om hur framtiden kunde te sig om polisen fått reda på att Johan sålt till Tobbe snurrade.

Frågan var vad polisen hade för bevis. Inget bildbevis i alla fall, det var Johan säker på. Men om det fanns vittnen, blev läget värre. Å andra sidan visste han hur man kunde påverka vittnen.

"Vi får ligga lågt ett tag och stämma av med Lennart hur vi ska göra." Philip torkade sig om munnen och lutade sig bakåt.

"Ja, vi får göra det. Har vi tur var det enbart en vanlig utryckning. Vi vet inte varför de var ute. Det kanske var ett fyllslagsmål de åkt på."

"Ska vi ringa efter en taxi?"

"Ja, gärna." Johan ställde ölglaset på diskbänken och de kom överens om att höras av dagen efter. Han smög nerför trappan och väntade i portuppgången innan han såg taxin komma. Därefter skyndade han sig ut och sjönk ner djupt i sätet.

De mötte enbart ett par cyklister under färden och han betalade och skyndade sig in i sin port. Han öppnade försiktigt och konstaterade att Anna sov. Lampan i hallen var tänd och han tog av sig skorna. Han smög ner i sängen och Anna vände på sig men sov vidare. Han somnade fort men sov oroligt och såg Ceasars ansikte framför sig. Randigt, bränt och blodigt, med köttslamsor som blev längre och längre. Fyllda med variga sårskorpor som letade sig runt hans kropp. När han vaknade på morgonen låg han prydligt inlindad i lakanet.

"Du sov oroligt. Har du drömt något?" Anna kom in med varsin kaffekopp.

"Vad menar du? Nej, möjligtvis att kaffet var slut. Kom hit." Han drog ner henne i sängen och smekte hennes kropp. Linnet och trosorna hamnade på golvet och det var inte förrän han trängde in i henne, som Ceasars ansikte försvann.

* * *

Svensson och Karlsson hade haft en hektisk kväll och natt. Katrineholm by night, fylla och fight, var deras slogan. Den slog alltför ofta in. De hade kört killarna till stationen och möttes av ett kaos i fyllecellerna. Två spyor, en som tagit av sig byxorna och skitit på sig och två som slogs med tre poliser och vägrade gå in i cellen. Och klockan var bara barnet.

"Man borde skola om sig och bli sopåkare istället." Karlsson suckade och puttade in killen i cellen.

"Snutjävel."

"Håll käften?"

"Sopåkare? Ja, varför inte? Skit som skit." Svensson tog av sig handskarna, torkade sig i pannan och stängde dörren. "Vi tar en fika innan vi förhör dem."

"Absolut. Visiterade du killen?"

"Det ska Rebecca göra. Becca tar du det?" Han gläntade på dörren och ropade till aspiranten som var i upplösningstillstånd efter att ha blivit nerspydd. Kollegan Jonsson dök upp och hon nickade medan hon torkade av sig.

"Klarar hon av det?"

"Något ska aspiranterna ha att göra. Eller hur? Jonsson kom, han får visa hur hon kollar innanför tröjan. Kaffe?"

"Eller innanför brallan."

"För tillfället finns det ingen jag skulle vilja ta innanför brallan innanför dessa fyra väggar.

Dubbla sockerbitar."

"Är det så pass?"

Karlsson tog endast två sockerbitar när jobbet var som värst. Kvällen hade börjat med två berusade tonåringar som fick tas in. Socialen tillkallades och föräldrar blev inblandade. Efter det var det ett överfall på en pensionär i Stadsparken och ett mindre grupp som gruffade på torget.

De hade hunnit tillbaka till stationen när de fått larm från Flen, inbrott i en villa. Inbrotten hade ökat och allt fler hade installerat larm. De möttes av en hysterisk mamma och två ledsna barn som blivit av med leksaker och datorer.

"Hur fan är folk funtade? Stjäla ungarnas lego. Kan man sjunka lägre?" Karlson hade skakat på huvudet och skrivit anmälan.

När de kommit tillbaka till stationen i Katrineholm hade det blivit utryckning till Köpmangatan och det var inte förrän nu de kunde sätta sig och ta en kaffe.

"Hon har snygg häck." Svensson rotade i kylen och hittade en dammsugare.

"Aspiranten?"

"Ja. Undrar om man skulle lägga in en stöt."

"Du menar innanför brallan? Du kan inte sätta på alla nya aspiranter hela tiden. Det går att sätta på tjejer mer än en gång." Karlsson var medveten om hans problem att behålla tjejer. Att träffa dem var inga problem men vad det gällde att vårda förhållanden skulle han behöva gå en kvällskurs.

"Jag tar en tur och tittar till henne." Svensson flinade och gick ut. "Har du ringt åklagaren förresten?"

"Jag fixar det."

Han ringde och fick order att de borde höras direkt eftersom de var lätt påverkade. Som vanligt fanns det ingen ledig på krimjouren, vilket betydde att de fick förhöra killarna själva. Trots övertid var det dåligt med folk på rätt ställe vid rätt tidpunkt. Urinprov skulle tas och det tänkte Karlsson överlåta med varm hand till Rebecca. Det var lika bra att skola in dem nya i verkligheten direkt.

Svensson öppnade dörren till avdelningen där fyllecellerna fanns och märkte direkt att något var fel. Den var en märklig tystnad som han kunde ta på. Stolen vid skrivbordet gapade tom. Han vände på huvudet och såg en blodpöl som spred sig oroväckande fort.

"Karlsson." Rösten gick upp i falsett och han blev genomsvett på några sekunder. "Vad händer?" Karlsson kom in med andan i halsen.

Runt hörnet låg den långa killen med avskuren hals och snett bakom honom låg Rebecca. Blodet färgade hennes tröja röd och när Svensson kollade pulsen fanns det inte tillstymmelse till liv.

"Nej, nej, nej. Var fan tog Jonsson vägen? Han kom ju när vi gick. Jonsson, Jonsson." Svensson reste sig och drog händerna genom håret. "Fan också."

Rebecca hade av någon anledning öppnat dörren och släppt ut killen för att visitera honom. Jonsson hade gått på toaletten och efter det hämtat rapporter och en kopp kaffe. Han hade inte hunnit tillbaka innan Rebecca öppnat dörren.

"Vet de ingenting? Hur fan trodde hon att hon kunde greja detta själv?"

Jonsson kom in med en kaffekopp i handen och tappade den på golvet i samma ögonblick som han såg vad som hänt. Karlsson fick tag i en handduk med spyor på och tryckte den mot blodflödet men insåg att det var för sent. Knivhuggen hade orsakat flera stora skador i buken på Rebecca och ett hugg hade gått in i ljumsken och träffat kroppspulsådern. Efter det dröjde det inte många minuter innan hon förblödde. Tjugosex år, en lovande aspirant med utmärkta skjutkunskaper och en bra fysik. Men hon stod inte emot kniven som Tobbe haft insydd i sidan på jackan.

Tobbe hade drabbats av panik. Han var så pass klar att han fattade att ett omfattande förhör var på väg att hållas.

Var har du fått drogerna ifrån? Vem är det som säljer?

Har du köpt många gånger? Var finns langarna?

Hur kontaktar du langarna?

Han visste inte om han kunde ljuga om vem det var som sålt. Storyn om Ceasar florerade och om Tobbe golade kunde han eventuellt också få en annan typ av ansiktsuttryck. Och om han klarade av att hålla masken visste han inte om Linus kunde hålla käften. Vad var värst? Att bli grillad eller ta fram kniven och hota polistjejen och ta sig ut från arresten när hon öppnade dörren? Valet var enkelt.

Det gick åt helvete. Hon försökte avväpna honom och fick in en spark i magen som gjorde att han föll omkull. När han fick fram kniven ramlade hon och föll över honom. Han höll upp handen och kände att den blev varm och blöt. Blodet forsade han och sköt henne ifrån sig.

Hon fick in ett slag mot hans näsa och han högg en gång till och en gång till.

Därefter kom paniken. Blodet sprutade och när han såg in i hennes ögon såg han livet försvinna. Hon hade hållit ut sin tunna hand mot honom. Som om han skulle kunna göra allt ogjort. Det gick inte.

Han hade dödat en kvinnlig, ung polis. Det kunde skapa en jävligt dålig stämning och hade han inte åkt dit tidigare skulle han göra det nu. Vem vill sitta livstid för snutmord och bli någons hora på Hall? Inte han i alla fall. Tobbe såg sig omkring och det fanns ingenstans att ta vägen. Vad skulle han göra om han lyckades ta sig ut? Det fanns ingen som ville gömma honom. En pundare utan pengar. Hans föräldrar hade kört ut honom och hans syrra hade anmält honom för olaga hot.

Drogerna dansade runt i hans redan förminskade hjärna och han flipprade med blicken som ett trasigt lysrör. Han såg Rebeccas blick och kände hennes hand som formade sig som om hon tog ett strypgrepp på honom. Luften tog slut och han fick tunnelseende.

Det var då han tog beslutet. Han skar av sig halsen.

I ett angränsande rum satt en polis och gäspade efter att ha ätit sin andra chokladkaka för dagen. Hade han vänt sig om hade han sett Tobbes kropp segna ner mot golvet och landa i en blodpöl.

Kapitel 23

Lennart slog numret. Han hade väntat länge nog. Sanningen var tvungen att komma fram.

"Johan."

"Lennart."

"Tjenare. Vad du låter spänd. Har du varit med brudarna till Arlanda än?"

"Vi måste snacka."

"Snacka? Vad vill du snacka om?"

"Det är en sak jag undrat över. Jag måste få veta sanningen."

"Vad är det?"

"Var det du som dödade Elena? Bruden som försvann. Jag måste veta."

"Vad är det som är så viktigt med…?"

"… vad det är som är viktigt? Vad fan, snackar hon med snuten lär vi åka in som majonnäs på en gigantisk räkmacka och…"

"… hon kommer inte att snacka." Johan bet sig i tungan och undrade hur han skulle fortsätta.

"Hon kommer inte att snacka?"

"Nej."

Johans minnen hade klarnat och han var medveten om vad han gjort och vad som hänt. Det han fasade för var om någon hittade liket. Han hoppades på att skogens djur hade gjort sitt men man kunde inte lita på någon, det visste han.

"Nå, vad var det som hände?"

"Vi åkte hem och… efter det gick vi ner till brygghuset. Hon var fin som fan och jag var kåt som fan. Det blev fel. Alltihop."

"Fortsätt."

"Ja, lugna dig. Vi hade druckit en hel del och jag hade tagit Rohypnol och vad hon hade tagit har jag ingen aning om."

"Ok." Lennart satt blick stilla och väntade på nästa mening. Han hade inte trott att Johan tänkte berätta men han ville tydligen lätta sitt hjärta. Inte en dag försent.

"Jag hade med mig kokain och vi drog varsin lina. Efter det blev allt svart, jag vet inte…"

"Vad hände Johan? Vad hände?"

"Ja… hon sög av mig, tror jag. Och efter det började det brinna. Fotogenlampan var tänd och den ramlade på golvet. Det blev kokhett på en gång. Brygghuset var av trä och det kändes som om jag befann mig mitt i en grill. Jag tror att jag bar ut henne…"

"Kunde hon inte gå själv eller?"

"Hon slog i skallen tror jag. Jo, så var det."

Han gnodde sig i tinningen som för att återkalla alla minnena.

"Hon ramlade och slog i skallen och det började blöda. Efter det var jag tvungen att få ut henne. Och sekunderna senare svimmade jag."

Hans ögon tårades och han blev snorig.

Händelsen hade varit något som blivit tydligare och tydligare för varje dag men han försökte skjuta bort den. Utan att lyckas.

Efter att ha berättat för Lennart kändes det bättre. Han tog ett djupt andetag och rullade på axlarna. Som för att skaka av sig händelsen.

"Försvann du eller?"

"Nej, jag är kvar. Fan Johan, jag har funderat på vad som hände. Hon måste vara död, annars hade hon dykt upp för länge sedan."

"Tror du det?"

"Absolut. Hon hatade mig. Minsta chans att sticka och hon hade gått till snuten direkt och sjungit ut om hela storyn. Som en jävla koltrast. Allt från Kafé Lime i Polen och våra kontakter på plats, till lägenheterna och vad som hänt i Sverige. Hur vi lurat dem och allt de blivit lovade. Jobbet, pengarna och… fy fan. Hon måste vara död, Johan."

"Jag hoppas det."

"Är det ingen som har sett något? Var det ingen som letade efter henne efter branden?"

"Nej, det var nog mest fokus på mig."

"Och det var du som orsakade branden? Vad vet Gustaf om detta?"

"Ärligt talat vet jag inte. Vi har inte pratat om händelsen. Han var jävligt besviken på mig eftersom det uppdagades att jag hade kokain och Rohypnol i blodet. Det var som ett nederlag för honom. Jag vet att jag gjorde honom besviken."

"Jag fattar."

"Det var trassligt. Mamma och pappa strulade, Lisa mådde dåligt och Claes ska vi inte prata om. Vilket jävla kaosår."

"Bra att du berättade." Lennart var tacksam för att Johan berättat. Innerst inne hade han anat vad som hänt men väntat på att Johan själv var villig att ta upp det.

"Vårt samtal har aldrig ägt rum." Johan hällde upp en kopp kaffe och satte sig vid köksbordet.

"Uppfattat." Lennart startade bilen och åkte mot lägenheten. "Jag ska fixa brudarna. Livet fortsätter."

"Bra, vi hörs."

Lennart tog ett djupt andetag. Elena måste vara död. Elena var nog död. Hon var död. Han sade det till sig själv som ett mantra, flera gånger. Efter en stund kände han sig bättre och stannade när han såg tjejerna stå på trottoaren med sina väskor. Det var dags att lämna tillbaka dödköttet.

Tjejerna väntade på trottoaren med killen som vaktade lägenheten. Lennart svängde in och stannade.

"Allt ok?"

"Ja, biljetterna klara. Jag ringer när jag lämnat på Arlanda."

Lennart nickade och killen kastade cigaretten i en vattenpöl och gick in genom porten. Han lät motorn vara på medan han öppnade bakdörren och två av tjejerna satte sig. Det måste gå fort vid pålastningen. Inga onödiga pratstunder med grannar eller förbipasserande. Han stängde dörren och därefter vände han sig om.

Det kändes som om pungkulan var på väg upp i halsen. Lennart kröp ihop som en köttbulle på barngymnastiken och ögonen förvandlades till smala springor. Han blev högröd i ansiktet och stönade.

"Subba." Vattnet i vattenpölen sögs upp av hans nya kostymbyxor. Han försökte resa sig och såg tjejen springa iväg mot fotbollsplanen. En ena skon hade hon tappat och den andra höll hon i handen.

"Jävla Lennart. Jag hata dig. Skitstövel." Hon vände sig om och kastade skon mot honom.

Efter det fortsatte hon springa med det långa håret guppande i en hårtofs.

Lennart grimaserade och tog sig upp med hjälp av bildörren. Det dunkade mellan benen som en fyllehuvudvärk en söndagsmorgon, fast värre. I baksätet satt Janica och Gizela med skrämda blickar. De grät och höll om varandra. Han tittade på dem innan han kvidande tog sig in i framsätet.

Det hade inte någonsin hänt att någon tjej stuckit tidigare. Han tog fram mobilen och ringde killen i lägenheten. Det var långa sekunder innan han fick svar.

"Vad fan gör du? Varför svarar du inte?"

"Jag pissade, ok. Vad är det frågan om?"

"Anni stack. Hon knäade mig, fan vad ont det gör." Han höll sig om skrevet och tittade i backspegeln. Efter en titt på klockan insåg han att han var sen. Camilla väntade.

"Håller du inte reda på chicksen?"

"Du, kom ner och ta upp brudarna. De får stanna tills imorgon. Jag har inte tid längre.

Måste kolla vart Anni tog vägen."

"Ok. Jag kommer ner."

"Kan du boka om biljetterna också?"

"Går det?"

"Inte fan vet jag, lös problemet. Ut med er för fan." Han vände sig om och blängde.

Tjejerna som deporterades på Arlanda, fick ta sina väskor och gå ut. Sekunden senare kom killen ner och sjasade in dem i porten.

Efter tre långa månader trodde de att de äntligen skulle få komma hem. Syftet med resan hade inte blivit vad de trodde. De grät högljutt och blev inknuffade i hissen. Friheten kom av sig.

Lennart tog ett par djupa andetag och körde iväg. Om han inte hittade Anni kunde det bli katastrof. Hon skulle säkert ta sig till polisen och börja babbla om vad hon blivit utsatt för. Efter det kunde hela trafficking-härvan nystas upp och Lennart åka dit. Han visste minst två snutar som skulle applådera och köpa trisslotter om han fick skaka galler.

Gata upp och gata ner, inte den minsta skymt av henne. Hon hade möjligen gått in i en affär, eller låg och tryckte bakom en container. Chansen att hitta henne var lika stor som att hitta Dolly Parton sovande på mage. När han var på väg att ge upp fick han syn på en hårtofs han kände igen. Tofsen vek av mot skogsbrynet och Lennart tryckte ner gaspedalen. En flicka på cykel tvärnitade när han gjorde en tvär sväng och däcken tjöt som Gunwald Larssons rivstarter.

Anni tog sig in på en cykelbana och han märkte att hon haltade. Ett betongblock stod ivägen och han tvärnitade.

"Satan också. Vem fan kan köra här?" Han svängde runt betong-blocket och såg att hon endast befann sig ett par hundra meter framför honom. Hon var ensam på cykelvägen och inte en människa fanns i närheten. Det var en lätt duns som hördes när han körde på hennes späda kropp. Hon var smalare än Ceasar. Den blommiga klänningen drogs upp över hennes kropp när hon rullade ner i diket och den långa hårtofsen färgades röd.

Lennart backade och drog ner rutan. Några ungar kom springande med en fotboll längre bort och han sträckte ut huvudet för att kolla om Anni rörde på sig. Han konstaterade att hon måste vara död, ingen kunde överleva en liknande smäll.

"Jävla ungar." Han drog igen rutan och körde iväg. Det dunkade som en trummaskin mellan benen och han höll om ratten så knogarna vitnade. Frågan var om det här var ett så klokt beslut. Hans kunde handla överilat ibland och han fick en känsla av att något började skava i magen.

Lennart åkte tillbaka till lägenheten och skällde ut tjejerna. Han var övertygad om att de kommit överens om att sticka allihop men att Janica och Gisela ångrat sig. Efter varsin örfil lämnade han lägenheten med en rejäl smäll i dörren och åkte hem till sin egen lägenhet.

När han kom hem ekade tystnaden och han var tvungen att öppna balkongdörren för att få ut den instängda doften. Det skulle inte dröja länge förrän de hittade tjejen och började identifieringsarbetet. Nåja, förhoppningsvis dröjde det. Hade inte killarna dykt upp hade han lagt in henne i bagaget och dumpat kroppen i ett skogsområde. Eller en sjö. Om han väntade en stund och inte hörde några sirener från polisbilar kunde han åka tillbaka och hämta kroppen. Cykelvägen han kört på var inte välbesökt. Det kunde vara värt en chansning.

Han satte sig i soffan och lade upp fötterna på bordet. Teven var på som vanligt och han zappade runt ett tag. När han märkte att han blivit sittande framför Doktor Phil, ryckte han till och gnuggade sig i ögonen.

En tanke slog honom. Tänk om han skulle bjuda hem Camilla? Enbart på en fika. De kunde kunna sitta i den utslitna soffan, modell Klippan, och dricka kaffe i udda koppar med skedar stulna från en restaurang. Fötterna kunde de vila på det slitna parkettgolvet eller på bordet han köpt på Myrorna. Det hade fler repor i sig än en järnvägsknut. Därefter kunde de kunna luta sig tillbaka och antingen titta på de tomma väggarna eller på kontakten i taket som längtade efter en lampa. Eller inte.

Det var bäst att träffas på neutral mark eller hos henne. I en trädgård full av blommor, med nybakad rabarberpaj och vaxduk på bordet. Han lutade sig mot armstödet och lät sömnen komma på besök.

* * *

Lisa hade kommit tillbaka till stallet. Det hade blivit en långtur och tröjan klibbade mot ryggen. Hästen njöt av att bli ryktad och hon hade tagit god tid på sig. På ranchen var all stress som bortblåst. Man gjorde allt i sin egen takt och man hann det man borde hinna med och ibland mer. Värmen gjorde att alla njöt av livet på ett annat sätt än i Sverige, vare sig det var helg eller vardag. Lisa skakade av ett par filtar innan hon klappade om hästen och gav den ett par äpplen. Han stack ut huvudet från boxen och hon lutade sitt huvud mot mulen. Detta var den bästa stunden på dagen. Hennes egen häst hemma på Herrestanäs hade grannarna tagit hand om och hon visste att Sabre fick den bästa omvårdnaden som kunde tänkas.

Hon hade rest snabbt och hann endast få med sig ett foto på Sabre. Nu höll det knappt ihop längre. Doften i stallet påminde henne om stallet hemma och hon fick tårar i ögonen. Hon blev med ens sugen på att resa hem. Äta mammas mat och sitta i soffan på kvällarna med hundarna som sällskap.

Möjligen en kortare vända på några dagar? Överraska mamma och pappa. Stanna i Stockholm och hälsa på Claes och Linda och därefter besöka Johan och Anna i deras nya lägenhet. Johan hade skickat bilder via mailen men hon var sugen på att se allt live. Hon brukade prata med Claes via Skype och visste vad som hänt Linda. De hade det fortfarande tufft och Lisa kunde förstå hur hon mådde. Att känna sig värdelös som tjej var hon väl bekant med.

Lisa bytte stövlarna mot sandaler och gick mot huset hon bodde i. Ett rum med våningssäng och trinettkök. Tjugosju kvadrat var allt en människa behövde. Ett köksbord med två stolar var placerade framför fönstret och en sliten soffa i grått tyg med en pläd över stod under våningssängen. Bordet framför soffan var belamrat av hudkrämer och veckotidningar. Lisa hade inte varit någon klippa på engelska men nu pratade och skrev hon flytande. Först hade hon tyckt det varit påfrestande med alla ord som hon inte förstod. Men redan efter ett par veckor hängde hon med på det mesta.

Hon loggade in på datorn och kollade flygbiljetter. Priserna var groteska och eftersom hennes sparkonto gapade tomt, fick hon leta länge innan hon hittade en billig biljett. Redan efter ett par minuter hade hon bokat in en hemresa en månad senare. Längtan hem blev som en magnet som blev starkare och starkare och hon var vansinnigt nyfiken på sin mammas butik. Fick hon för sig att vara hemma under en längre period visste hon att det fanns jobb. Glädjen över att Johan var bättre och att han och Anna hade flyttat ihop var stor.

Tänk att ha någon att gå och lägga sig bredvid på kvällarna. Någon att få berätta om sin dag för. Någon att lyssna på och göra saker med. Någon att krama. Längtan efter närhet hade inte infunnit sig förrän efter flera månader på gården. Det var när hon såg par som red och par som tävlade ihop som hon blev påmind om hur ensam hon var.

Besvikelsen över hur hon behandlats av Thomas den sista tiden de var tillsammans satt djupt rotat. Hur nonchalant han betett sig och vilken egoist han varit. När hon därefter behövde hjälp hade han vänt henne ryggen och hon fick bittert ångra att hon någonsin börjat spela poker.

Om hon blundade kom de hemska minnena tillbaka från våldtäkten. Abbe och Zinken och deras vidriga handlingar. Hon skakade på huvudet och tittade i kylskåpet. Inget man kunde hurra över. Klockan var sju på kvällen och magen kurrade. Innan hon cyklade till affären skickade hon ett sms till Charlotte.

Mamma, jag kommer hem på ett snabbt besök snart. Saknar er jättemycket. Allt är bra och jag hör av mig. Kramisar Lisa.

* * *

Charlotte satt uppe med ett trilskande bokföringsprogram och den fjärde koppen kaffe. Chang hade sagt att han kunde sköta all bokföring men hon ville lära sig i alla fall. Särskilt eftersom det skulle bli en butik till. I all hemlighet hade hon laddat ner ett program från nätet och testade med påhittade siffror. I början såg allt lätt ut, men efter ett tag kom moms och skatter in och det var vid de tillfällena hon fyllde på kaffekoppen.

Gustaf hade lagt sig och innan han somnade hade han hämtat henne från kontoret och lagt ner henne på sängen. Som han gjorde när de var nygifta. De hade älskat flera gånger och Charlotte hade somnat en stund i Gustafs armar. När hon vaknade till hade hon kastat sig in i duschen och därefter vidare in på kontoret. En timma senare kom Gustaf in.

"Jag går och lägger mig. Kommer du?"

"Alldeles strax. Tänkte lära mig programmet först. Det ska inte ta någon tid." Hon knattrade för fullt och kolumnerna fylldes snabbt med siffror.

"Inte ta någon tid?" Gustaf log, gav henne en kyss på kinden och gick in för att lägga sig. En stund senare pep det till i Charlottes mobil. Hon skrek till av glädje och rusade in till

Gustaf som börjat snarka. Hon blev stående med meddelandet från Lisa och hade inte mage att väcka honom. Hans klocka ringde tidigt på morgnarna och han behövde sin sömn. Även Charlottes klocka ringde tidigt.

En vecka tidigare hade hon skrivit kontrakt på en lokal som var nyrenoverad. Den första möbelleveransen var på väg och hon var spänd över hur det skulle gå. Hon hade drabbats av entreprenörsandan och körde för fullt. Chang hängde på, Johan hängde på och i bakgrunden hejade Lennart och Philip på.

Kapitel 24

September visade sig från sin vackraste sida. Varje löv var som ett konstverk i sig och skogar och parker liknade gigantiska paletter. De flesta hade tagit fram varmare tröjor och börjat leta efter halsdukar och vantar. Doftljusen och lyktorna ökade i försäljning och dagarna blev kortare. Orienteringsklubben tänkte ha en sista tävling inför hösten och Tore hade fått lov av Gustaf att ha tävlingen i den del av skogen som inte hade brunnit. Som ett tack för att de hjälpt till med granplanteringen.

Barnen kom med buss även denna gång och starten var på baksidan av maskinhallen. Tore stod beredd med två andra ledare och kartor och kompasser trängdes med vattenflaskor och energidrycker.

"Tjenare Gustaf. Ska du vara med?" Tore sträckte fram en karta när Gustaf kom gående med hundarna.

"Nej för tusan, ni får ringa FBI om jag inte hittar hem."

"Eller Missing People. De hittar alla som polisen missar." Tore öppnade en energidryck och tog en klunk. "Varsågod." Han kastade över en burk till Gustaf.

"Hur många är det som ska ut i bushen?" Han spanade ut över skaran med ungdomar som skrek och tjoade. Ett par flickor kliade Dolly bakom örat och en kille kastade pinnar åt Parton som glatt lämnade tillbaka dem.

"Det är ett femtontal. Några nybörjare som startade i augusti. Tänkte det kunde vara kul för dem med en tävling innan vi låser in kompasserna för vintern."

"Det låter bra det."

Ungdomarna startade vid elvasnåret och Gustaf passade på att tvätta bilen och plocka undan i garaget medan skogen fylldes av springande fötter. Hundarna höll sig på baksidan och hade dragkamp med en pinne.

"Jag ska köpa en ny kökslampa. Är det till Charlotte man ska gå?"

"Absolut, hon blir överlycklig om du dyker upp. Man kan tydligen beställa lampor via deras hemsida också. Teknik vet du." Han grymtade och började torka framrutan med sämskskinnet.

"Jag föredrar att handla direkt i affären jag också, har inte förstått tjusningen med internet."

Ett gällt skrik avbröt deras konversation och Tore tappade energidrycken i backen så det skvätte upp på hans byxor.

"Vad tusan händer? Är det någon som brutit foten?" Gustaf började gå mot skogspartiet som skriket kom ifrån.

"Vad är det frågan om? Tom, vad är det du har hittat?"

Den lilla killen kom fram från skogsbrynet med ett kranium i händerna. Hans syster gick bakom och pekade. Hon skrek oavbrutet och pekade på den vita skallen. Efter syskonen kom tre andra barn och en av flickorna hade kissat på sig.

Tore stirrade och blev stående medan Gustaf sprang fram och tog skallen från Tom. "Syrran trodde inte att jag kom ihåg var den låg." Tom tittade på sin syster som fortfarande grät.

Tom hade efter modigt övervägande bestämt sig för att delta i orienteringstävlingen. Det kunde bli svårt att förklara varför han inte tänkte vara med när alla andra ville tävla.

"Kom ihåg, vad menar du? Var hittade du den här?" Gustaf höll i skallen som om den var tusen grader varm.

"Jag hittade den när vi lekte för ett tag sedan, men min syrra trodde inte på mig."

"Du nämnde ingenting om ett huvud." Systern vågade sig fram till Tom.

"Det gjorde jag visst."

Tore började fippla med mobilen och det tog en bra stund innan han slog 114 14. Gustaf placerade skallen på en sten och sade åt barnen att backa undan. De flesta backade frivilligt men några stod kvar och tittade.

En kvart senare hade alla barnen kämpat sig igenom banan och samlades i maskinhallen för att dricka festis och äta smörgåsar. Tore och de två ledarna gick runt och pratade med barnen och försökte leda bort konversationen från kraniet. De lyckades inget vidare. Gustaf gick fram och tillbaka på baksidan och spanade efter polisbilen. Efter en stund körde den in på gården.

Poliserna pratade med Tom och gjorde anteckningar, efter det fick barnen åka iväg med ledarna i busen. Tore stannade och pratade med Gustaf och poliserna.

"Hur har kraniet hamnat i skogen?" Gustaf tittade på Karlsson som började gå mot sjön.

"Det är det vi ska ta reda på." De fortsatte mot sjön.

Polisen hade fortfarande inte haft ett förhör med Johan om skogs-branden som lett till något. Han hade minnesluckor och visste enbart att han befunnit sig vid sjön. Visst hade han druckit men han hävdade att någon spetsat hans öl på krogen. Frågan om varför han befunnit sig vid sjön blev inte riktigt utrett, mer än att han påstått att han velat bada. Inte heller mindes han hur det kom sig att stugan börjat brinna. Det kunde vara så att han tänt fotogenlampan, men där tog minnesluckorna vid igen.

"Det är något han ljuger om. Det är jag säker på." Svensson och Karlsson hade diskuterat branden och dess följder flera gånger utan resultat. När det visade sig att det fanns ett kranium i skogen bakom Herrestanäs, var de inte sena att ta den utryckningen.

Väl nere vid vattnet kunde de konstatera att flera skelettdelar fanns på plats, om än utspridda. Som det såg ut hade kroppen legat på platsen under avsevärd tid. Hade barnen klampat omkring runt delarna tillsam-mans med diverse djur, var det knappast någon idé att spärra av.

"Går det att säkra några spår?" Tore lutade sig fram.

"Mmm, en hare har skuttat runt under de senaste dagarna." Svensson sparkade undan de runda kulorna som lämnats kvar.

De tittade runt en stund och ringde rättsmedicin för att delarna skulle bli hämtade. Efter en halvtimma hade de tryckt i sig ett par överblivna smörgåsar och fått kaffe av Gustaf.

"Det är trevligt med en gnutta lantluft. Nu kommer killarna. Kan jag ta påtår?" Karlsson sträckte fram koppen medan kollegan mötte upp killarna som kom. En stund senare var det endast Tore och Gustaf kvar. De tog en tredje kopp och Tore sade adjö och åkte iväg. Gustaf tog en runda med hundarna och i hans huvud snurrade många tankar om hur skelettet hamnat där.

Han tog upp telefonen och tänkte ringa Johan när han såg Claes namn på displayen.

"Tjenare pappa. Är du i skogen?" Claes hade en paus under ett re-klamfilmsuppdrag och fick ta alla lediga stunder han hade för att hinna ringa familj och vänner.

"Nej, det har varit fullt med ungar i skogen under dagen. Oriente-ringstävlingen som Tore pratade om vet du."

"Just det, vad kul."

"Nja, en kille hittade ett kranium nere vid sjön. Vid brygghuset. Polisen har nyss åkt iväg med delarna. Lite ruskigt faktiskt."

"Vad säger du? Ett kranium? Hur har det hamnat i vår skog?" Claes gick in på toaletten och stängde dörren för att kunna prata ostört.

"Det funderar jag också på. Det var enbart skelettet kvar, inga kropps-delar, antar att djuren kalast på det mesta."

"Vad äckligt. Men vad säger polisen?"

"Ingenting i nuläget. Men de hör nog av sig ska du se. Några killar från rättsmedicin kom och hämtade delarna. Usch, vilket jobb de har. Men hur är läget med dig?"

"Har en kort paus, ljuskillen ska rigga om lamporna sen ska vi filma sista scenen. Jag är jäkligt trött, ska ha repetition ikväll med publik, det är snart premiär." Han satte sig på det nedfällda toalocket och gäspade.

"Jahaja, och du passar på att klämma in en reklamfilm på en ledig lunch?"

"Ja, det är fina pengar pappa. Man måste passa på om de ringer. Du vet det finns en tid när telefonen slutar pipa."

"Det har du rätt i. Dolly, kom till husse." Han visslade och båda hundarna kom direkt.

"Tänkte berätta att jag fixat premiärbiljetter till Buddy Holly. Sedan bjuder jag dig och mamma på hotellrum efter premiärfesten. Om ni vill hänga på menar jag."

"Tack snälla du. Nja, festen skippar vi nog men vi tar gärna en mid-dag på hotellet. Charlotte kommer att bli överlycklig."

"Jag måste fortsätta, producenten knackar på dörren. Hälsa mamma."

"Det ska jag göra. Jobba inte ihjäl dig."

"Jag lovar."

De lade på och Gustaf bestämde sig för att åka och överraska Char-lotte. En weekend i Stockholm var något han såg fram emot. Det kändes som han kunde behöva det.

* * *

Lennart hade vaknat med grus i ögonen och insåg att han var sen även fast han inte varit till Arlanda och vänt. Han sträckte på sig och gick upp för att dricka ett glas rabarbersaft. Efter en kvart framför spegeln bytte han skjorta en gång till. Han tog med fyra slipsar och höll framför skjortan. Den röda gick tvärbort och när han såg den grå rynkade han på näsan. Den fick honom att se ut som en revisor. Efter en stund beslutade han att skippa slips över huvud taget. Det fick räcka med kavaj och ny skjorta. Han hade köpt på sig ett gäng slipsar men prislapparna hängde fortfarande kvar.

Biokväll, det var något alldeles nytt för Lennart. Han mindes inte när han var på bio sist. Måste ha varit i lågstadiet. Ronja Rövardotter och några trista Rumpnissar. Herregud, det var inte konstigt att världen såg ut som den gjorde, tänkte Lennart och stoppade in mer snus. Han var på väg att torka av sig på sidan av byxorna som han brukade, men stannade i rörelsen. Det fick bli skärpning omgående.

Tiden efter han träffat Camilla hade mobilen gått varm. Sms blandades med bilder och han höll på att missa en Stockholmsresa eftersom han hade fått ett annat fokus. Kvällen innan hade hon ringt och frågat om han ville gå på bio.

”Det är Mikael Nyqvist och Frida Hallgren, som är med i filmen, Så ock på jorden.”

”Jaha…”

”Men du kanske redan har sett den?” Hon blev med ens tveksam.

”Nej, nej, det har jag inte. Den är säkert… den är säkert jättebra.”

Lennart hade ingen aning om vilka hon pratade om och skulle inte känna igen dem ens på bild. De hade kommit överens om att träffas utanför bion halv sju och för första gången i sitt liv hade Lennart fått handsvett. Kvart över sex, han var tvungen att åka. Det fanns lediga platser utanför och han såg att Camilla väntade. Han stannade några minuter i bilen och tittade på henne. Hon såg lika naturligt vacker ut som förra gången de sågs. Kjolen fladdrade under jackan och hon tittade på sin armbandsklocka och sedan mot hans bil. Han vaknade upp ur sina drömmar när hon vinkade mot honom.

”Hej, vad kul det ska bli.” Hon gav honom en kram när han kom och han kramade tillbaka.

En underlig känsla spred sig i hans kropp. Någon kramade honom självmant, för att hon tyckte om honom. Och han tyckte om det.

”Snygg kavaj.”

”Ehum… ehh… tack.” Han rodnade som en elev som fått uppläst av fröken, inför hela klassen, att han haft alla rätt på matteprovet.

”Du är snygg du med.”

”Brukar du gå på bio?”

"Nej, det brukar jag inte. Ser mest film hemma." Han skruvade på sig.

"Vilka?"

"Vad?"

"Vilka filmer ser du?"

Porrfilmer, där män tar vad de vill ha och förnedrar kvinnan, eller gärna kvinnorna, så mycket som möjligt. Och gärna flera män samtidigt. Kan även tänka mig våldsfilmer med slagsmål. Inspireras av båda. Ses med fördel under tiden man sätter på någon.

"Det blir sällan film, möjligtvis några serier. Ska vi gå in?" Han såg sig omkring och var livrädd över att bli igenkänd av någon. Hade Johan eller Philip kommit förbi och sett honom på väg in i en biosalong hade de baxnat.

"Absolut." Camilla tog honom under armen och han hängde med in.

Det var trängsel framför popcornsmaskinen och Lennart skärpte till sig och bjöd Camilla på dricka, godis och popcorn. Hon sken upp som en sol och började gräva i påsen. Hon fick upp ett geléhjärta och vände sig mot Lennart och uppmanade honom att gapa.

I Lennarts värld blev man inte matad med geléhjärtan i foajén medan man väntade på att se bio. Han kände sig som Bambi på hal is och började fundera på vad han höll på med. Det fanns fortfarande en chans att sticka om han inte ville.

Men det var något som fick honom att stanna kvar. Värmen och omtanken från Camilla spred sig till honom och dessutom tyckte han att filmen var alldeles ok. Han hade gärna stannat kvar och sett nioföreställningen. I mörkret med Camilla, nära varandra, med geléhjärtan i en påse.

"Är du hungrig?" "Ja, det är jag."

"Jag tänkte att vi kunde ta en bit mat innan vi går hem." Camilla ställde sig framför honom och han kunde inte göra annat än att svara ja.

"Vart vill du gå?"

"Vi tar Statt, där finns det goda hamburgare." Hon stack sin arm under hans och de gick ut till bilen. "Vet du vad jag ska göra?" Hon log hemlighetsfullt mot honom och satte på sig bilbältet.

"Nej."

"Jag ska öppna en second hand butik med min syster. Vi ska ha invigning näst vecka."

"Ska du, vad spännande." Han blev imponerad.

"Jag tänkte bjuda dig på invigningen. Om du vill komma vill säga. Du får ta med dig några kompisar om du vill."

Givetvis. Jag tar med stans bästa kokainlangare och vi bjuder runt bland second hand kunderna. Jag drar i mig en lina först med grabbarna. Det kan vi behöva innan jag avslöjar att jag är kär.

Kär? Ja, Lennarts hjärta gick på högvarv och det stramade i byxorna när han tänkte på hur Camilla såg ut naken. Liggande på ett snövitt lakan, nyrakad och våt. Väntandes på honom.

"Där är det ledigt." Camilla pekade och Lennart fick bromsa in för att därefter fickparkera mellan en taxi och handikapparkeringen.

Statt. Fullt med folk och hög ljudnivå. De fick ett bord snabbt och beställde hamburgare med pommes och varsin öl.

"Vilken dag ska ni ha invigning?"

"På onsdag. Det är en liten butik men det ska bli kul att komma igång med något. Syrran har jobbat i klädaffärer i hela sitt liv och kan allt om skyltning och prissättning. Jag får hänga på i den mån det går. Och det är inne med second hand och vi hoppas att det går bra."

"Det gör det säkert. Du verkar vara en driven tjej." Han kom emot hennes ben under bordet med foten och det gick som en stöt genom honom. Han såg in i hennes ögon och ville fortsätta. In i hennes inre, omfamnas av hennes värme och närhet. Få känna sig önskad och behövd. Sitta med henne i soffan och ha fredagsmys.

Nya främmande tankar dök upp i Lennarts huvud och han var tvungen att skärpa sig för att inte sväva iväg.

De fick in maten och åt glupskt båda två. Camilla tog stora tuggar och Lennart tittade förvånat på henne.

"Vad är det?"

"Det är härligt att se en tjej som inte är rädd för att bli tjock. Ehh… jag menar…ja vad fan menar jag?"

De skrattade tillsammans och Lennart blev röd om kinderna när han tänkte på sitt ordval.

"Jag menade inget illa, men de flesta tjejer sitter enbart och petar i maten. Du fattar?"

"Ja, jag fattar. Mat är det bästa som finns. Vill du komma hem till mig ska jag bjuda dig på den godaste lasagnen du någonsin har ätit."

"Det vill jag gärna."

"Dessutom är det nya kattungar på gång. Är du fortfarande intresserad?"

"Ja, det är jag. När kommer de?"

Det plingade till i mobilen och han ville inte avbryta den trevliga stunden med Camilla men något gjorde att han tittade. Sms:et från Philip med länken till tidningen gjorde att han blev han vit i ansiktet.

Skelett hittat vid herrgård i Södermanland. Ungdomar fann kranium vid orienteringstävling. Polisen är förtegen om fyndet men enligt en säker källa handlar det om ett kvinnolik. Nu undersöker polisen om det finns några saknade kvinnor. Skelettet är skickat till rättsmedicin för identifiering. Nyheten uppdateras.

Tur att han hunnit hämta Anni och lagt in henne i bagaget. Ingen hade sett något eftersom det var lummiga träd och trasiga lyktor som omgärdat platsen. Inga pojkar hade synts till och eftersom det endast var dryga femtiofem kilo kropp, gick det lätt att stuva in. Vid det tillfället hade han inte kommit på något bra ställe att dumpa kroppen på, det fick han ta senare. Att han efter maten körde hem Camilla och hade Anni i bagaget var inget som störde honom.

Kapitel 25

Han hade fortfarande ont men det var inget han reflekterade över. Ansiktet såg i det närmaste perfekt ut. Pannan var slät, rynkorna vid ögonen var borta och näsan hade blivit smalare.

Håret började bli långt och det kittlade på öronen. Spegeln presenterade en helt ny Thomas, med pigga ögon och nytt självförtroende. Inte ens hans egen mamma skulle ha känt igen honom.

Efter operationen hade han och brodern hållit sig i Stockholm. De hade delat på en tvåa i andra hand och lagat mat själva för att hålla nere kostnaderna. Thomas köttbullar var en riktig höjdare och han hade utan svårighet kunnat knäcka extra som kock på vilken lunchrestaurang som helst.

Thomas och Patrick var mer än nöjda med sina nya ansikten och började fundera på vad de skulle göra. De kände sig rotlösa efter att ha spenderat tid på insidan av galler och efter det en kort tid i Katrineholm och Stockholm. Dessutom var de frustrerade eftersom deras planer inte hade gått som de velat.

"Katrineholm vill jag inte tillbaka till. En riktig skithåla, vi stannar i Stockholm ett tag till." Thomas ansåg att det fanns fler möjligheter till att hålla sig anonym och få jobb i en större stad. Chansen att de kunde stöta på någon de kände igen var minimal.

"Absolut." Patrick kunde inte göra annat än att instämma. "Jag drömde inatt. Jag såg farsan framför mig och hans besvikelse över att Gustaf svek honom. Allt skit han fick stå ut med under förnedringen med banken, konkursen och när morsan stack. Jag kommer aldrig att glömma det.

"Inte jag heller. Frågan är vad vi gör med familjen Lilliecroona?" Jag skulle vilja ha ihjäl hans kärring som straff. En gång för alla för att han ska få lida resten av livet." Thomas tittade på sin bror men fick ingen reaktion. Ett tag hade han trott att broderns känslor fanns kvar hos Charlotte, men förhoppningsvis misstog han sig. Patrick kunde inte vara så oproffsig.

"Hur menar du?"

"Enklast vore med ett skott."

"Instämmer. Tänk att träffa henne i hjärtat genom att smeka en PS90. Vad tror du om det?" Patrick låtsades sikta.

"Det är inte henne du vill smeka?"

"Lägg av, det var inte några känslor inblandade."

Han såg scener ur deras möten framför sig. Hur hon gett sig hän och lossat alla knutar i sitt trista sexliv. Den första tiden var det ren sex men efter några gånger växte det till passion och längtan. Längtan från hans sida efter hennes sensuella kropp och hängivenhet. Längtan från hennes sida efter hans vilda, dominanta stil.

Han mindes sina order till henne. Hur hon skulle uppträda och hur hon borde vara klädd. Hur de älskat i duschen och hur han filmat allt och skickat dvd:n till hennes man. Han kunde inte hjälpa det men det fanns stunder han ångrade sig.

Tänk om han hade fått henne att begära skilsmässa. Hälften av pengarna på kontot och två enkla biljetter ut i Europa. De kunde klara sig bra. Några småjobb på olika ställen, bo billigt, hitta ett hus. Och älska. Han måste erkänna att hon var fulländad i sängen. Men att ha fått Charlotte till att begära skilsmässa var nog en utopi. Han fick nöja sig med vänsterhanden.

Sista tiden hade fokus legat på att läka ansiktet och resten av kroppen. De hade inte ens ätit på den lokala pizzerian. Ensamheten började gnaga ett allt större hål i hans själ. Att runka själv i duschen funkade inte längre. Låtsas att hon var nära. Hos honom. Charlotte.

"Inga problem. Men var hittar vi vapnet?"

"Kommer du ihåg Sinus? Du vet den smala killen med hjärtproblem som tuggade tuggummi och bet på naglarna?" Han lutade sig framåt och rösten blev intensivare. "Han kunde fanimej fixa en kamel om han fick tillräckligt med stålar."

"Den idioten ja. Det har du rätt i. Men var får vi tag i honom? Lever han över huvud taget?"

"Hans farsa drev ett skomakeri, kommer du ihåg det? På söder. Han fixade en omsulning åt mig en vinter. Kängorna blev som nya."

"Det är värt ett försök."

"Ska vi ta med oss kontanter redan?"

"Lika bra."

Efter en kvart på tunnelbanan kom de fram till skomakeriet. Ett par kunder var på väg och de öppnade dörren för paret och gick därefter in. En doft av läder och skinn slog emot dem och hyllorna var fulla med skor och kängor i alla storlekar. I ett snöre från taket hängde ett par skridskor och på en ställning fanns bälten i skinn. Bakom disken satt Sinus och bet på naglarna.

"Grabbarna Grus liksom. Vad fan, är ni ute?" Han kom fram och gav dem varsin kram och en dunk i ryggen.

"Grabbarna Grus är alltid ute." Thomas kunde inte låta bli att skratta. "Läget?"

"Flyter på. Ute nu, kanske inne imorgon. Ni vet hur det är." Han återgick till att bita på naglarna men bytte hand.

"Du är skön Sinus."

"Antar att Grabbarna Grus inte enbart kom för att hålla koll på min hälsostatus." Han log och anade att det var business på gång. Bröderna Sjöö hade alltid haft pengar och kunnat betala för de varor eller tjänster de velat ha. Därför kände han ingen oro att stå till deras tjänst.

"PS90."

"Kort och gott." Sinus var inte förvånad över Thomas rättframhet. Tvärtom gillade han raka och tydliga människor. Många missförstånd kunde undvikas om folk talade klarspråk.

"Hur fort?"

"Två till tre dagar behöver jag. Räcker det?"

"Pris?"

"Ja. Betalas i förskott."

"Thomas tog fram kuvertet ur innerfickan och spred ut sedlarna som en kortlek. Sinus tog det han ville ha och de nickade åt varandra.

"Vi hörs."

Sinus hade deras nummer sedan tidigare och det var endast för Thomas och Patrick att skaffa fram mer kontanter. Kassan började sina. De hade genomfört några smårån under tiden i Stockholm, för att betala plastikoperationerna och hotellrummet och nu var det pengarna från MC-klubben i Lingbo som kom till användning.

Bröderna tog en fika och passade på att handla innan de åkte tillbaka till lägenheten. Det fanns en inneboende oro för framtiden. Pengar måste in och de måste ha något att göra. Inte nödvändigtvis inom lagens ramar men något som var inkomstbringande. En ordentlig stöt skulle göra att de klarade sig ett år eller två. Möjligen utomlands.

"Var ska vi knäppa tanten?"

"Tanten?"

"Jag menar Charlotte."

"Jaha, varför inte ta sig upp på taket vid Stortorget och efter det spana in henne när hon är på väg mot butiken?"

"Butiken ja. Låter som en lysande idé. Därifrån finns det flyktvägar åt alla håll. Vi kan reka i veckan. Hur visste du förresten var den låg?" Thomas tittade misstänksamt på Patrick medan de gick ner i tunnelbanan.

"Hur vet du att jorden är platt?"

"Den är inte platt."

"Vad?"

"Den är inte platt, den är rund."

"Skit i det."

"Ok, tagga ner."

"Tror du Sinus vet några grabbar som kan hänga på ett rån?"

"Vi kan kolla. Men det börjar bli jävligt begränsat. Bankerna lägger av med stålar. Det får bli ett värdetransportrån. Vad tror du om Skavsta?" Thomas ryckte till av det heta kaffet. "Fan vad hett det var." Han slängde muggen i en papperskorg.

"Flygplatser är ok. Vi kollar när vi hämtar vapnet."

"Tur att vi hittade Sinus förresten. Honom kan man lita på. Inga onödiga frågor."

"Jag kollar på en gång."

"På en gång?"

"Det tar säkert ett tag att få ihop några grabbar och jag vill inte vänta längre. Ju snabbare desto bättre."

"Ok."

Patrick ringde och lade fram sitt ärende. Sinus var förstående eftersom pengar hade en förmåga att gå åt. Efter samtalet flinade Patrick.

"Sinus, han är fanimej den bäste."

* * *

Sinus hade gått in på kontoret och börjat kolla pengarna. Han bet på naglarna och frustade högt när han insåg att den första tanken var rätt. Sedlarna var falska. De var väldigt skickligt gjorda, både i trycket och i pappret, men hans vana öga hade sällan fel. Inte den här gången heller. Han tog fram telefonen och satte sig ner. När han kollade sin puls på halsen började hjärtflimret göra sig påmint.

"Sinus speaking."

"Tjenare. Vad har du på… hjärtat?"

"Kul. Jag söker efter ett gevär. Några på lager?"

"Massor. Vad mer exakt vill du ha?"

"PS90?"

"Så pass. Du har för det mesta något kul på gång."

"Kan ni skaffa fram ett?"

"Hur fort ska du ha det?"

"Snarast. Och du, det ska inte vara ok."

"Vad var det jag sa? Du har för det mesta något kul på gång."

"Dessutom undrar jag om ni kan skaffa fram ett par grabbar till ett rån. Troligtvis värdetransport. Det är tyvärr torrt på bankerna nuförtiden."

"Absolut. Räcker det med två?"

"Ja, uppdragsgivarna är två, det får inte vara för mycket av det goda."

"Det fixar vi." Abbe tittade på Zinken och flinade. Nya kunder på gevären och eventuellt även nya samarbetspartner på ett rån. Pengar var sällan fel. Han gjorde tummen upp.

"Det låter bra det. Vi hörs av."

"Du förresten. Vad heter grabbarna?"

"Thomas och Patrick Sjöö."

* * *

Det tog flera timmar innan faxet hittades. Det var en av aspiranterna som av en händelse letade efter kopieringspapper och såg vad det stod. Liket var identifierat.

"Vem ska ha den lappen?" Aspiranten viftade med pappret framför Svensson som jobbade frenetiskt med pekfingervalsen på sitt tangentbord.

"Får jag se. Men vad fan, det är inte sant." Han gapade och började gå mot dörren. "Du, hur länge har det legat i faxen?"

"Vet inte." Aspiranten skakade på axlarna och gick ut i fikarummet. "Det är ingen ordning någonstans. Karlsson, var är du?"

Karlsson satt på sitt rum och gick igenom mailen. En utbildning i konflikthantering stod på agendan i Göteborg. Det vore bättre med en kurs i hur man skaffar sig mer resurser för allt mindre pengar, tänkte han och gäspade.

"Är det här du gömmer dig?" Svensson slet upp dörren och slängde upp faxet på skrivbordet.

"Vad är det frågan om? Tagga ner."

"Liket är identifierat." Han satte armarna i midjan och gav sken av att det var han själv som löst mysteriet med kroppen.

"Hur har de hunnit det? Det brukar ta hur lång tid som helst."

"Jobbat över möjligen, som vanliga dödliga."

"En tjej från Polen. Från Polen? Vad fan gjorde hon med den fina gossen Johan i skogen innan branden?"

"Det ska vi ta reda på. Äntligen kan vi ta in en riktig överklassgrabb och pressa honom.

Ska bli mig ett sant nöje. Har vi numret?"

"Vi fick ett kontantkortsnummer men han svarar inte på det. Jag fattar inte hur ofta man kan byta telefon." Karlsson tog fram en pärm och började bläddra.

"Elena, hon hette Elena." Svensson höll i faxet med båda händerna och tittade rakt in i ögonen på Elenas passbild.

"Hon får gärna heta Mimmi Pigg, bara vi vet vem det var."

"Det är bättre vi åker ut till Herrestanäs istället. Tar med honom in på en gång. Häng på." Han var redan på väg ut mot bilen och nycklarna dinglade i handen.

En stund senare var de på väg mot familjen Lilliecroonas hem. De blev stående vid rödljuset vid Shellmacken. I samma sekund det slog om till grönt hörde de en illavarslande smäll.

"Vad var det där?"

"Kolla till vänster." Svensson pekade mot bron som ledde ner mot norr. Han gasade och satte på sirenen och blåljusen. Sekunden efter bromsade de in och stannade bakom en röd Saab som sett sina bästa dagar.

"Och hur var det här?" Karlsson gick fram mot killen som klivit ur bilen.

"Han stack. Den jäveln stack. Det är pappas bil, han kommer att bli vansinnig." Killen var stissig och det ryckte i hans tunna kropp. Tjejen som suttit i passagerarsätet liknade en zombie. Hon klev ut och var vit i ansiktet. Pupillerna var vidgade.

"Det är nog inte pappa du ska bekymra dig om. Utan dig själv grabben. Vad heter du? Har du tagit några droger?"

"Du, det är endast för hemmabruk. Det ska du skita i. Min pappa är advokat."

Han hötte med fingret mot Karlsson och det var det sista han gjorde innan han landade på pappa advokatens motorhuv och fick handfängsel. Tjejen skrek och började vifta med armarna mot Svensson och fick handfängsel även hon. Men henne passade han på att trycka upp mot bildörren istället.

Några kollegor kom i en civilbil och tog tjejen medan de tog killen. De kunde passa på att förhöra paret båda två och inte lämna in de i arresten hos någon aspirant som fått rycka in extra vid sjukdom.

"In med dig."

Killen blev intryckt i bilen och de åkte iväg. Båda två blev insläpade i varsitt förhörsrum. Kollegorna var fast beslutade att få reda på vem det var som sålde droger i Katrineholm. Om inte annat så med hjälp av hårdhandskarna.

"Jag vet ingenting. Jag känner inte honom och har inte sett honom förut. Vi möttes av en tillfällighet och…"

"… ljug inte ditt jävla as." Karlsson slog handflatan i bordet och fick tjejen att hoppa till. "Jag är jävligt trött på er ungdomar som inte fattar vad det är som håller på att hända i

Katrineholm. Drogerna kommer att äta skiten ur oss allihop. Och den börjar med er som köper. Det är fanimej dags att börja snacka."

Tjejen stirrade med stora ögon på honom där han stod med armarna i kors och rynkade pannan. Hon tog ett djupt andetag, därefter började hon berätta.

* * *

Philip satt kvar i sin krockade bil på Bievägen och hyperventilerade. Hur fan hade detta gått till? Han hade inte sett tjejen med barnvagn förrän hon befunnit sig en meter framför honom. Han ställde sig på bromsen och Saaben kom indansande i hans bagagelucka med ett högt gnissel. Plåten mötte plåt och skapade ett gnissel som hördes ända ner till Statt. Det var dit han varit på väg för att leverera varor till ett par unga killar som fått en ny hobby att lägga pengarna på.

Tack vare hans snabba reaktionsförmåga hade han bytt pedal till gasen och stuckit innan tjejen med barnvagn och paret i bilen hade fattat vad som hänt. Några vittnen fanns som vanligt inte.

När han kommit till sans, körde han in bilen på en sidogata och efter det började han promenera mot centrum. Han vågade inte tänka på vad Lennart kunde säga om han talade om att han blivit påkörd.

"Vad ni än gör. Håll en låg profil. Blir det bråk, dra. Kommer polisen, dra. Händer det något konstigt, dra. Vi får inte bli igenkända för att vi befinner oss på fel plats vid fel tillfälle. Fattar ni?"

Lennarts ord ringde i hans öron och han tog fram mobilen. Han hade lovat att hämta tjejer på Arlanda samma kväll. Han orkade inte. Dessutom kunde han knappast åka med en krockad bil. Vad han behövde var något lugnande och en säng. Dags för en nödlögn.

* * *

Pojkarna anlände till stationen med fotbollsskorna på sig och andan i halsen. De struntade i att ta nummerlapp och promenerade rakt fram till tjejen i receptionen.

"Jaha, vad kan vi hjälpa fotbollslaget med?" Hon log och tittade på pojkarna.

"Vi har hittat en tjej."

"Vad roligt. Ville hon inte vara med och spela fotboll?"

"Hon är död."

"Vad sade du? Är hon död?" Hennes leende stelnade till.

"Det är sant. Vi såg henne alla tre. Efter det sprang vi hem till min mamma och berättade."

"Och efter en stund var hon borta."

"Borta, vänta. Vad sade mamma?" Poliskvinnan tittade på pojken som hade fotbollen under armen.

"Mamma var inte hemma och då tog vi bussen hit."

"Det var redigt gjort. Men var sade ni att ni såg flickan ligga?" Hon noterade.

"I diket."

"Ja, vid cykelbanan."

"Vi spelade fotboll och vi brukar gå den vägen."

"Hur såg flickan ut?"

"Hon hade en färgglad klänning, tror jag." Killen med fotboll lät tveksam.

"En färgglad klänning?"

"Den var röd och liksom gul också, eller hur?" Han tittade på sina kompisar som såg ner i golvet och började ångra att de följt med på bussturen.

"Jo, så var det."

"Och efter det gick ni iväg och när ni kom tillbaka var hon borta?"

"Exakt, hon fanns ingenstans. Vi letade överallt."

"Jahaja." Hon satte handen under hakan och log.

"Överallt liksom."

"Ni tror inte att hon låg och vilade? Eller att hon hade ramlat och höll på att ta sig upp?"

"Blodet såg i alla fall äkta ut."

"Som på teve."

"Vänta ett tag. Vad menar ni med blodet?" Hon vaknade till och började notera.

"Hon hade blod i ansiktet och stirrade med en konstig blick."

"Det såg läskigt ut. Man såg att hon hade rött läppstift och svart runt ögonen."

"Hon var smal."

"Och barfota."

"Svensson. Kom ut hit ett tag." Hon började inse allvaret och tillkallade kollegan.

"Jag är upptagen."

"Kom ut." Med en bestämd ton lät hon meddela att det var allvar.

Svensson kom småspringande och stirrade på pojkarna som knappt nådde upp till kanten på disken.

"Vad är det frågan om? Fotbollshuliganer eller?" Han blev stående med armarna i midjan och log.

"Nej, jag tror att du ska prata med killarna en stund."

"Jaha?"

"De har sett ett kvinnolik i Flen."

Kapitel 26

"Nu jävlar är det dags att börja snacka."

Karlsson stirrade på tjejen som satt i förhörsrummet. Jackan var för stor och när hon hängde den över stolsryggen var det som om halva hon försvann. Hon drog det stripiga håret till sidan med sin smala, tatuerade hand och tvinnade en tofs mellan fingrarna. Muggen med vatten framför henne stod orörd.

"Har du tappat talförmågan, eller?"

"Nej."

"Bra, dags att vi börjar prata." Han satte sig grensle över stolen och placerade armarna på ryggstödet. Metallbenen gnisslade mot betonggolvet. Förhörsrummen var det värsta som fanns, tyckte Karlsson. Förutom arresten. Rummen var fyllda av svettdoft och ångest. Lögner och damm dansade tango i otakt med solen solens strålar som tvingade sig in genom de skitiga persiennerna.

Förhörsrummet var illa omtyckt även av de som blev förhörda. Ibland öppnade de munnen och gav sitt vittnesmål eller erkände, för att slippa ut därifrån. Karlsson tittade på tjejen och det ekade när han myndigt lade fram nästa fråga.

"Hur gammal är du?"

"Jag är arton."

"Prick arton eller?" Han lade huvudet på sned.

"Jag fyller arton om två dagar."

"Grattis i förskott."

"Haha."

Hon satt tyst en lång stund och Karlsson väntade ut henne. Därefter började hon berätta. Peter som kört bilen var hennes pojkvän och de hade träffats i två månader. Han hade rökt hasch när de träffades men hade gått över till kokain. Det var på festen hos Disa som de hade provat kokain båda två. Det var enbart på helgerna som de använde det och inte ens varje helg. Och givetvis kunde de sluta om de ville. Killen som langat till Disa, var samma kille som Peter köpt av. Han hette Philip och hade varit generös både vad det gällde priser och leveranser. Det var inga problem att ringa sent en lördagskväll, Philip dök upp inom en timma och levererade det de ville ha.

Karlsson suckade och fortsatte lyssna. Det var inte svårare att få tag i droger. Inte mer än ett telefonsamtal och pengar. Sedan kom drogerna som en hemleverans av en pizza ungefär. Frågan var endast var pengarna kom ifrån.

Mina, som tjejen hette, berättade att Philip hade fler vänner som kunde leverera men att han var den som var mest aktiv på krogarna. Hon trodde att hans ena kompis hette Johan, den andra var hon osäker på. Men när hon beskrev hur han såg ut, var det som om hon beskrev Lennart. De tatueringarna på halsen kunde ingen ta miste på. Karlsson kunde varenda millimeter av hans ansikte.

Problemet var att hon inte hade sett Johan eller den andra killen sälja, enbart hört att de gjorde det. Och vad det gällde Philip, var det Peter som hade handlat. Hon hade suttit kvar i bilen. Den hade de träffat Philip och köpt av honom och det var när de åkte hem som de kört in i hans bagagelucka vid inbromsningen.

"Vänta, var det Philips bil ni körde in i?" Karlsson ryckte till.

"Ja, det var han som åkte framför oss. Jag vet inte varför han bromsade men jag tror att det var en tjej med barnvagn som kom på övergångsstället."

"Och det var han som stack?"

"Ja, han drog. I samma sekund som tjejen hade gått över och han såg att hon klarat sig, fortsatte han."

"Vi tar en paus." Han reste sig och gick ut för att stämma av med Svensson. De krockade i dörren.

"Vad har du fått fram?"

"Att det kan finnas ett lik i Flen."

"Vad snackar du om? Har de kört på någon?" Karlsson stirrade på honom.

"Nej, inte de. Jag vet inte ens om hon är påkörd, men hon är död i alla fall." "Vad fan är det som händer? Allt på en gång."

"Vi ska till Flen efter förhöret."

"Men vad fan, vart tog Herrestanäs och Johan vägen?"

"Vi tar det senare."

"Jag fattar ingenting. Kan vi avsluta förhören innan vi drar in några Flens-lik i lasten.

Annars blir det övertid, jag pallar inte det."

"Ok. Killen heter Peter och tjejen i bilen var hans kompis. Påsarna som fanns i hans jackficka var givetvis för eget bruk." Svensson suckade. "Och du?"

"Hon säger att det var Philip som levererade och att det var honom de körde in i. Han stack som en avlöning efter tjejen passerat övergångs-stället med barnvagnen. Den bilen måste in på verkstad. Frågan är var han håller till."

"Sitter troligtvis och trycker någonstans."

"Troligtvis. Dessutom berättade hon att Philips kompis heter Johan. Du fattar vilken Johan det rör sig om?" Han log brett och gnuggade händerna.

"Johan Lilliecroona, vars farsa ringde om ett skelett i skogen."

"Som är identifierad tack vare tandkort från Polen."

"SKI verkar ha jobbat med gasollåga i arslet."

De fyllde i åt varandra och lade ihop ett och annat. Eftersom de jobbat ihop sedan polishögskolan hade de nästan växt ihop. Kollegorna brukade säga att de hade en enda hjärna och de svarade att det var bättre med en fungerande hjärna på två snutar än en hel poliskår som inte kunde tänka alls.

"Snaran dras åt." Svensson gick mot kaffeautomaten i köket.

"Vi tar ett varv till, det kan komma mera information. Varför tror du tjejen var i Sverige förresten?"

"Du menar Elena? Knappas semester i alla fall. Kaffet smakar värre än vanligt."

"Tror du hon var en tiggare?"

"Knappast. Varför skulle han ta med en tiggare ut i skogen? Men hon var snygg. Såg du bilden? En sådan ville man inte tacka nej till."

"Prostituerad?"

"Det är möjligt. Fick du reda på något mer av killen?"

"Nej, jag tar en vända till."

"Sedan Flen."

"Vad fan, jag har 68 timmars övertid att plocka ut och jag…"

Svensson var redan på väg mot förhörsrummet och Karlsson kliade sig i skallen och gick vidare.

De fortsatte sina förhör men fick inte ut mer. Peter erkände att han köpt men att det varit en engångsföreteelse. Mina hade inget mer att tillägga hon heller. Deras historier skiljde sig åt men även om kollegor-na bytte förhörspersoner hände ingenting. Mina och Peter fick lämna urinprov medan Karlsson svor över frisläppandet.

"Dags att ta Flen."

"Det var ett jävla rännande den här dagen."

De åkte mot Flen och kom fram till cykelvägen där pojkarna sade sig ha sett flickan.

"Svårt att avgöra om det finns något blod på plats."

"Ska vi ta hit en hund, eller?" Karlsson kliade sig i huvudet och lyste med ficklampan.

"Jag orkar inte ikväll. Tror du inte att grabbarna hittade på. De gillar antagligen skräckfilmer mer ön fotboll. En berättar en historia, en annan fyller i och efter det är det klart. Ett lik i diket, låter som en jävligt dålig titel på en kioskdeckare." Han ryckte på axlarna och suckade.

"Ok, men du får skriva rapporten. Och blir det något trassel, skyller jag på dig."

"Gör det, jag tar dem pucken."

De lämnade cykelvägen och såg vare sig tygbiten från klänningen eller Annis hårband som låg ett par meter längre bort.

När de kommit tillbaka till Katrineholm och klarat av fikat tog de en tur med en civilbil. Betydligt mer anonymt än en målad bil som skrek polis lång väg. En tur vid torget, en tur på norr, en tur runt sjukhuset och tillbaka till centrum.

"Ser du Johan? Visst är det han?" Karlsson pekade och svängde in på Drottninggatan. Han körde sakta och åkte om Johan när han gick in i Charlottes butik.

"Tjenare mamma. Fullt ös eller?

"Absolut. Vad kul att du kommer. Chang har köpt fikabröd och jag måste över till möbelbutiken en stund. Det kommer en ny transport under dagen."

"På eftermiddagen? Varifrån kommer den?"

"Kina. Changs kontakter är fantastiska. Du ska få se soffborden. För att inte tala om sofforna. Jag har satt in annons till helgen och Chang har gjort en ny skyltning i fönstret. Vill du följa med och titta?"

"Varför inte?"

"Vi är snart tillbaka Chang." Charlotte tog på sig jackan.

"Fixar kaffe under tiden." Chang log och tittade på Johan som log tillbaka.

En container hade anlänt till hamnen i Göteborg några dagar tidigare och var på väg till butiken med lastbil. Charlotte var lika uppspelt som Chang, men av andra anledningar. Hon var stolt och glad över att ha lyckats så bra med butikerna. Redan efter en månad hade hon och Chang pratat om att sälja via nätet och bli Kinas kontakt i Sverige för andra butiker. De hade anställt två tjejer som hjälpte till. Den ena i lampbutiken och den andra i möbelbutiken. Allt rullade på i ett högt tempo och Charlotte njöt av livet.

"Jobba inte ihjäl dig mamma."

"Du behöver inte vara orolig. Vet du vad jag har gjort?" Hon fnittrade som en tonåring. "Jag har beställt en weekend till mig och pappa. Vi ska till Paris."

"Det låter fantastiskt kul. Det kan ni behöva båda två. När åker ni?"

"Nästa månad. Titta vilken skyltning, Chang är fenomenal."

"Ja, tur att jag hittade honom."

"Har du och Anna funderat på vart ni vill åka?"

"Nej, inte än. Jag ska kolla med Anna."

"Vänta inte för länge. Titta."

De blev stående framför fönstren och njöt. I butiken var det flera kunder som handlade och beställde möbler. Det var snart stängningsdags och tjejen jobbade frenetiskt i kassan.

Ja, du mamma. Sätt dig inte i sofforna för snabbt, då blåser nog kokainet ut. Stoppningen är full och Chang tömmer allt på lagret nattetid. Inatt var jag och Lennart på plats och hjälpte till. Därefter kom våra nya kurirer och hämtade varorna och vi tog kontanterna.

Chang slår in nya köp på morgonen medan du sover och på det viset tvättar vi pengar. Allt blir lika vitt som Klorin. Så ta det lugnt i soffan mamma.

"Vi går in och provsitter sofforna som kom förra veckan." Charlotte drog med sig Johan in som hejade på några vänner som kom promenerande.

"Handla ordentligt hos mamma." Johan hälsade glatt.

"Schysst butik. Din mamma har lyckats bra. Vi beställde en ny kökslampa och den kom på två dagar. Fantastisk service."

"Mamma är bäst vet du. Har ni hittat någon lägenhet än?"

"Nej, men vi letar. Får se vad det blir. Du och Anna får i alla fall komma på invigningsfesten."

"Härligt."

Utanför åkte poliserna i snigelfart. De var inne på tredje varvet och var rädda att bli avslöjade.

"De jobbar sent."

"Ska vi ta in honom?"

"Vi väntar tills han går ut och följer efter honom. Träffar han Lennart kan det bli jackpot.

Tror du hans lilla mamma förstår vad den fina gossen pysslar med på kvällarna?"

"Skulle inte tro det. Vad är klockan?"

Karlsson tittade på sin armbandsklocka och konstaterade att Johan varit i butiken i nära en timma. De fortsatte att cirkulera runt huset. Hade de tittat noga hade de sett Johans vaksamma ögon i skyltfönstret.

"Har du sett vad fint?" Charlotte kvittrade på och Johan satte sig i en soffa. "Oh, transportkillarna ringer." Hon tog upp mobilen och svarade. Efter en kortare förklaring hade bilen rullat in med flaket mot lastbryggan och killarna bar för glatta livet.

"Möbelleverans." En kortklippt kille med keps pratade på bred göteborgska.

"Härligt, ni är efterlängtade."

Lagret var stort men Charlotte hade pressat ner priset och var nöjd över den överenskommelse hon slutit med uthyraren. Hon sprang omkring och pekade åt killarna var allt skulle stå. Efter en stund kom Chang, som stängt den andra butiken och de gav killarna en kopp kaffe innan de sade adjö.

"Jag anade att ni blev kvar, därför kom jag hit. Kajsa stänger butiken." Han slog ut med armarna och log. "Vilket sortiment vi har fått."

"Ja, ska vi packa upp allt på en gång?"

"Klockan är massor Charlotte. Jag hörde en bil på baksidan, det är nog Gustaf. Åk hem, ät och sov. Jag stannar en stund med Johan och hjälper till. Resten tar vi imorgon."

"Ja visst ja, Gustaf. Honom hade jag glömt." Charlotte fnissade och gav Johan en kram innan hon skyndade sig ut till bilen.

Chang och Johan satte sig i varsin soffa med en kopp.

"Jag såg en civilbil utanför." Johan rörde i sin kopp.

"De snurrar överallt. Vi behöver inte vara oroliga. De har ingenting på oss. Vi har varit extremt försiktiga."

"Jag vet, men man blir orolig i alla fall. Ska vi packa upp?" Han log och satte ner sin kopp.

De slet av plasten från sofforna, drog bort överdragen på kuddarna och placerade kokainpåsarna i en stor hög på golvet. Det blev sammanlagt tio kilo rent kokain som kom in denna gång med lasten från Göteborg. Tullen hade passat på att rasta hundarna och långtradaren hade lastats i lugn och ro. Pengar hade bytt ägare och åkturen mot Katrineholm hade gått enligt planerna.

Johan samlade ihop plasten och Chang packade ner kokainet i sportbagar. De bar in dem i ett låst utrymme där bokföring och kontanter förvarades. Av någon outgrundlig anledning hade Chang informerat Charlotte om att det endast fanns en nyckel och att han hade den i sin knippa. Hon hade accepterat det och kände att hon kunde lägga tid på annat än att kopiera nycklar.

"Mamma anar ingenting vad?" Johan tittade på Chang.

"Inte ett dugg." Hon håller sig i den främre delen av butiken och gör business med kunderna. Och jag håller mig i den bakre delen."

"Och gör business." Johan skrattade och Chang föll in i skrattet.

"Vad skrattar ni åt?" Charlotte stod i dörröppningen och stirrade storögt på dem.

"Mamma, hade inte du åkt?" Johan stelnade till och sökte snabbt av rummet. Med blicken.

"Jag glömde väskan och plånboken." Hon hämtade sin handväska som mycket riktigt stod

ute i butiken på disken. "Städar ni upp innan ni går?" Hon sparkade till på plasten och en av kokainpåsarna blev synlig.

"Jajamänsan. Men åk hem med pappa och köp något riktigt gott att äta till kvällen." Johan gick snabbt fram till henne och lade armen om hennes axlar.

"Ja, jag är ganska trött. Vi ses imorgon. God natt Chang."

"God natt, Charlotte." Chang lade huvudet på sned och log.

Johan kollade att dörren var låst och gick sakta tillbaka. Chang hade plockat upp påsen och lagt in den i en väska.

"Hoppsan, höll på att bli god natt för alltid." Johan satte sig ner och tittade på Chang.

"Ja, tänk om vi kastat påsen av misstag?"

"Då hade råttorna på tippen fått en roligare tillvaro."

"Vilken syn det hade varit. Kommer kurirerna ikväll?"

"Ja, jag tyckte det var lika bra. Det är bättre att ha kontanter än kokain. Ifall mamma eller någon började leta efter någonting."

"Bra tänkt, Johan."

Det dröjde endast fem minuter innan det första sms:et kom. Killen var på väg. En stund senare hade en väska och pengar bytt ägare och efter ytterligare femton minuter hade de sista kilona gått åt.

"Jag tror att vi ska sälja ett par soffgrupper imorgon bitti." Chang tittade på pengahögen. "Och en av de dyra bokhyllorna också. Med belysning. Och varför inte en av mattorna?"

"Absolut. Morgondagen blir en fin dag."

"Klirr i kassan."

De skrattade och Johan skickade ett sms till Lennart och Philip om att leveranserna var ok. Lennart svarade på en gång. Han hade dumpat Annis kropp i Djulösjön. Det bubblade fint efter trippen i Philips pappas eka. Han hade bundit fast ett par tyngder från gymmet på hennes tunna kropp. Efter det avslutade han dagen med en hamburgare innan han skickade ett sms till

Camilla. Hon svarade och gav honom ett trevligt besked.

Jag har fått tillbaka en katt av en ägare som var allergisk. Kan han få provbo hos dig en vecka? Dizzy Tunes, heter han och gillar att bli klappad bakom örat och lyssna på musik.

Kram.

Gärna. Du kan komma när du vill. Vi hörs. Kram.

Lennart var kär. För första gången i sitt liv.

Kapitel 27

Utanför pressbyrån stod kunderna och synade tidningarnas rubriker.

"Tänk vad det händer saker häromkring."

"Inga bra saker, tycker jag."

"Nej, man känner sig inte säker på kvällarna."

"Inte på dagarna heller."

Ung kvinna från Polen, identifierad i skogsparti bakom herrgård i Södermanland.

Bläddrade man kunde man läsa vidare. Ingen vet varför hon varit i Sverige och ingen släkt går att få tag i känner du igen kvinnan på bilden, ring polisens tipstelefon.

Lennart hade för säkerhets skull köpt båda kvällstidningarna. Innehållet var ungefär detsamma i båda och förnärvarande låg de på golvet i hans lägenhet. Han hade fått ett oväntat besök när han satt och åt och i samma sekund som han öppnade dörren tappade han aptiten.

"Vi ska snacka en stund, du och jag."

"Hej Pauli. Kul att ses." Lennart backade in i lägenheten och Pauli följde efter.

"Ja, visst är det kul."

Lennarts såg ut att ha legat i solen för länge, trots årstiden. Ansiktet började skifta från lätt ljusrosa till knallrött. Han drog än en gång med skjortärmen över pannan och den blev blöt på en gång.

"Du har koll på brudarna som kommer in från gränsen, eller hur?"

"Brudarna? Vad menar du med det?" Han tog ett djupt andetag och fortsatte. "Du förstår, tjejer är inte min grej… jag menar jag är inte bög direkt, jag menar att, att… jag menar…"

"Ja, vad fan menar du?" Pauli fimpade cigaretten på hans tallrik och det fräste i såsen.

Lennarts hjärna liknade en härdsmälta och han borde egentligen sänka Pauli med en rak höger eftersom han sabbat det nya bordet. Jävla gangster. Det var ingen klass på Polacker, det hade han alltid sagt.

"Jag menar att knarket är liksom mer lönande." Lennart sträckte på sig och rättade till skjortan. "Du fattar?"

"Det beror på hur man jobbar." Pauli fortsatte stirra på Lennart.

"Ja, det gör det. Men du vet hur brudar kan vara, man kan inte lita på dem."

"Jaså?"

"Drogerna finns alltid, lugnt och tryggt. Inga problem. De är tysta och… och…" Lennart försökte spela lugn men innerst inne kände han sig som en gasell som stod öga mot öga med en schakal i ett trångt utrymme.

"Då har du ingenting med någon traffickingverksamhet att göra?"

"Trafficking? Nej vad fan, det är ju inte lagligt… jag menar det är inte bra... och…"

"Det blir dålig stämning och du ljuger. Men det fattar du vad?"

"Absolut, jag är smart… eller jag menar, jag är inte dum liksom."

Han tittade på Pauli som stod bredbent och med armarna hängande längs med sidan. Det var inte mycket som kunde rubba Paulis självförtroende och det var få saker genom årens lopp som hade gjort honom upphetsad. Men efter att ha läst i kvällstidningarna att det var Elenas kropp som hittats och blivit identifierad, hade han exploderat. Att den legat i en skog och blivit uppäten av vilda djur, bit för bit. Hans mage knöt sig när han tänkte på det. Lilla Elena, som hade haft drömmar om ett annat liv i det förlovade landet Sverige.

Att han själv brukade vara med och släcka andra människors liv genom diverse plågsamma metoder, var inget han reflekterade över. Men när det gällde familjen var det en annan sak.

"Den dag jag får tag i den som rekryterade Elena… då ska jag…"

"Och vem är Elena?" I samma sekund som Lennart ställde frågan, insåg han vem det var.

"Min syster. Min halvsyster. Hon tog sig till Sverige förra året för hon blev lovad jobb."

"Jaha."

"Och jobb fick hon. Men inte den sortens jobb hon sökt."

"Tråkigt."

Pauli stirrade på honom som om han var en idiot. Han vände sig om och knöt sina händer, därefter slog han handen i väggen så gipset stod som ett moln.

Lennart kokade inombords men vågade inte röra en fena. Det var bäst att vara tyst och hålla en låg profil. Efter en lång diskussion med Pauli hade han rentvått sig själv vad det gällde den påstådda traffickinghärvan och övertygat honom om att det enbart var droger som gällde. Pauli frågade hur drogerna kom in i landet och han hade svarat svävande och hänvisat till affärshemligheter. Pauli hade pressat honom men han vägrade att avslöja några detaljer.

Pauli och Aulis hade gått efter en stund och Lennart satt kvar i köket. Han var tvungen att djupandas för att komma till sans igen. Oron gnagde som en ilsken kaktus och han fattade att han låg riktigt illa till om han blev avslöjad. Att ha medverkat till att en av Polens största torpeders syrra blivit prostituerad och dödad, kunde knappast vara sämre förutsättningar.

Lennart kastade maten på tallriken och hällde upp en stor kopp kaffe. Han spillde på diskbänken men brydde sig inte om att torka. Sekunden senare kom ett sms från

Philip. Magsjuk, spyr som fan. Hämtar du tjejerna på Arlanda?

Han tog sig för pannan. Arlanda? Var det idag? Detta var exakt vad han behövde. En snabb titt på köksklockan visade att planet skulle landa om drygt tre timmar. Efter mötet med Pauli behövde han varva ner med en rejäl fylla och en stor köttbit, men det fick bli vid ett senare tillfälle.

Lennart grabbade tag i mobilen och snusdosan, tog jackan och handskarna i hallen och sprang nerför trappan. Han spanade ut över parkeringen. Inget främmande fordon.

Bensinmätaren visade att det räckte till Järna.

"Typiskt."

Han kunde muntra upp sig själv med en varmkorv när han stannade. Bilen slirade och det var inte läge att köra snabbare än hundra. Det var ingen fara, han hann. De skulle i alla fall inte kunna ta sig någonstans utan honom. Han var ju själva inträdesbiljetten. Till helvetet.

Tjejerna ja. Vid närmare eftertanke var han sugen och kände hur det stramade i byxorna. Förhoppningsvis var det lika schyssta tjejer som förra gången.

Han funderade över vad Pauli tagit sig till om han avslöjat honom. Skjutit honom direkt möjligen? I pannan? Det hade inte sett ut som om han hade varit beväpnad, men med killar som Pauli kunde man inte veta. Hans kumpan hade hela artilleriet med sig. Nåja, han hade klarat sig och det var en jävla tur. I framtiden fick han ligga lågt ett tag och låta andra göra jobbet. Denna resa var ett undantag. Han funderade även över hur Pauli över huvud taget vetat vart han bodde och att han var involverad i droghandeln. Frågorna var många men svaren färre.

De satt i hyrbilen och såg vartenda steg han tog. Han satte sig i sin bil och kört ut från parkeringen medan Aulis slog på radion. David Bowie sjöng ut sin ångest och Pauli sänkte ljudet.

"Snart får du sällskap."

"Vad?"

Pauli svarade inte utan stirrade enbart rakt fram. De körde diskret ett par hundra meter bakom Lennart och Pauli sjönk ner i passagerarsätet. En stund senare hade de lämnat Flen.

"Han var nervös hela tiden. Såg du svetten i pannan?"

"Ska jag köra närmare?" Aulis kollade backspegeln.

"Nej, vi håller oss kvar. Han får inte se oss."

"Han känner inte igen bilen. Vart tror du han ska?"

"Jag har mina aningar."

"Du, jag behöver tanka. Hur långt ska vi?"

"Tanka? Vad fan. Jag vet inte vart han ska."

"Tror du fortfarande att han är skyldig?"

Pauli grymtade till svar och Aulis frågade inget mer.

Det började snöa och små, små flingor letade sig ner. Temperaturen började gå mot nollan och på nyheterna varnade man för halka. Pauli ökade värmen och tände en cigarett. Lika kallt i Sverige som i Polen. Han längtade hem. Hoppades att han snart kunde sitta på planet till Warszawa och titta på några fina flygvärdinnor. I första klass där allt ingick och servicen var bra. Men först måste han ta reda på vart Lennart var på väg.

Han stirrade på vägskyltarna och pekade, som om Aulis inte sett det själv, att Lennart svängde av vid Järna.

"Sväng av för fan."

"Jag svänger, jag svänger. Har vi tur behöver även den jäveln tanka."

De låg oroväckande nära men Lennart verkade inte fatta något. De såg honom rulla in på macken och Pauli öppnade handskfacket och tog fram pistolen. Han var på väg att öppna dörren men hejdade sig.

"Tagg ner." Aulis stirrade på Pauli.

En barnfamilj var på väg in på macken och tre andra bilar kom som ett pärlband och ställde sig mellan deras bil och Lennart som börjat tanka.

Aulis backade för att kunna tanka på pumpen längst bort och drog upp huvan på tröjan och vände ryggen mot Lennart. De blev klara ungefär samtidigt och Aulis kastade sig in i bilen.

Lennart gick in på macken och kom ut efter en stund med två korvar och en kopp kaffe.

"Svensk korv. Den blir man fet, finnig och förstoppad av." Pauli grinade illa.

"Han ska till Stockholm, eller hur?"

"Ja, och du vet vad som ligger utanför Stockholm." Pauli fingrade på vapnet och stoppade in det i handskfacket. Han funderade på vad Lennart tänkte göra. Var han rädd? Fattade han att de var efter honom? Tänkte han lämna landet? I så fall, vart var han på väg att fly? Ett annat alternativ var att han bara åkte och struntade i om han var förföljd eller inte.

Redan första gången Pauli och Lennart träffades, hade det planterats en konstig känsla i magen. Lennart hade verkat virrig och nonchalant. Efter att ha förstått vem Pauli var hade han bytt teknik och blivit lismande inställsam. Som om han hade något att dölja. Pauli såg igenom honom men hade spelat med. Oäkta människor var värre än pölsa.

Bilarna gled ut från macken och upp på E4:an. Trafiken var tät och snön hade gått över i hällande regn. Bilarnas förare lättade på gasen och Lennart och Pauli tittade på sina klockor.

Ett par timmar senare kom de första skyltarna. Arlanda. Pauli ångrade att han inte körde själv. Då hade han gjort en djärv omkörning och…

"Akta." Bilen framför fick sladd och började snurra runt på vägen och han svor en ramsa. Aulis bromsade så mjukt han kunde och de hann precis förbi innan den gröna Volvon trycktes ihop mot vägstaketet. Tre andra bilar körde in i Volvon och de såg rök som steg från bilarna. De stirrade i backspeglarna och Aulis ökade sakta farten medan de satt tysta.

"Volvo, svenskt skit."

"Jag kör fan inte fortare."

"Du losar honom inte." Pauli var nära att krypa ut ur bilen och satt med gamnacke för att inte tappa bort Lennart.

"Ta det lugnt, han springer snabbt men jag ser honom."

När de äntligen kom fram till Arlanda, ställde sig Lennart på korttids-parkeringen och Aulis gjorde en fulparkering för att de inte skulle missa honom. På fyrtio meters avstånd hängde de efter och Pauli drog ner sin mössa långt ner i pannan.

De kom in sent genom dörrarna och tappade bort honom direkt. Pauli trampade runt på stället och Aulis trodde att han skulle lacka ur ordentligt. Han hade ju hindrat honom från att skjuta Lennart på macken. Dumt. De blev stående och tittade. Vad kunde de göra? Stå kvar eller dra? De hade ingen aning om vart Lennart tagit vägen. Han satt troligtvis på ett plan vid det här laget. Det kändes som om luften gått ur dem. Men efter en kvart fick Aulis syn på honom.

"Ser du honom?"

Pauli trodde inte sina ögon. Fyra unga tjejer kom gående med varsin väska. De var lättklädda trots den svenska kylan. Korta kjolar och höga klackar. Lennart höjde högerhanden och vinkade dem till sig. Det var således sant. Lennart var länken i traffickingkedjan i Sverige. Beviset fanns rakt framför deras ögon.

Det var han som sett till att Elena tagits om hand och fått sälja sin kropp. Vem vet, han hade säkert knullat henne själv? Våldtagit henne, förnedrat henne. Frågan var vem som hade dödat henne? Efter att ha läst i tidningen om skelettet som hittats och vem det var, hade hans hjärta gått sönder. Detta skulle de skyldiga få sota för. Pauli började skaka i hela kroppen och Aulis kom fram till honom. Lennart anade fortfarande ingenting utan kramade om tjejerna och passade på att syna deras kroppar. Jävla svin.

* * *

Lisa kom gående från flyget med en stor resväska efter sig på hjul. Hon var lycklig över att äntligen vara hemma på svensk mark igen och gäspade stort. Resan hade nästan tagit knäcken på henne. Men snart väntade en skön hotellnatt på Grand med spabehandlingar dagen efter.

Hon ville vara fräsch vid återföreningen med familjen.

På ranchen hade naglarna varit korta och fulla av smuts, håret hade varit instoppat under en keps och några snygga kläder hade inte förekommit. Jeans och t-shirt hade gällt som klädkod i stallet. På sätt och vis hade det varit skönt att släppa den perfekta garden och bara få vara. Inte sminka sig och inte tvätta håret på en vecka. Ingen kille att imponera på och inga tjejer som brydde sig. Hästarna gillade henne i alla fall och det var tillräckligt.

Mamma och pappa skulle bli vansinnigt överraskade. Vem vet, hon kunde hinna med att hälsa på Claes och Linda en vända innan hon tog tåget till Katrineholm imorgon. Hon kom på att hon borde köpt med sig presenter från Australien. Nåja, det blev säkert fler tillfällen och presenter var inte allt.

Tjejerna framför henne tjattrade högljutt och luktade billig parfym. Deras långa lösnaglar liknade mer djurklor än eleganta naglar. Lisa ökade farten och var på väg att gå om sällskapet men hann inte eftersom två killar trängde sig förbi henne. Buffliga typer som sparkade till hennes väska. Hon var på väg att säga något men deras uppsyn fick henne att vara tyst. De såg ut att vara på fel plats vid fel tillfälle.

Lisa fortsatte att gå men stannade upp när hon såg att den ena killen höll något svart framför sig. Därefter pekade den andre killen på tjejerna som suttit framför henne på planet. Han skrek något på ett språk hon inte förstod. Först nu såg hon att det var en pistol han höll framför sig.

Skotten brann av och allt stannade upp i några sekunder innan panik uppstod. Sekunden senare märkte hon att det blev varmt och gjorde fruktansvärt ont i magen. Lennarts kropp drogs ner på golvet och han höll sig om magen. Först fattade ingen vad det var som hänt. Men när tjejerna såg blodet sprida sig över Lennarts skjorta skar skriken genom Arlandas ankomsthall.

Efter fem skott var Pauli säker på att Lennart inte kunde resa sig upp igen. Eller göra något annat heller för den delen. Men han ryckte i hela kroppen och levde som en svårslaktad gris.

Pauli rusade fram och tryckte sin hand mot hans hals. Hans ögon var svarta och han ställde frågan han länge velat ha svar på.

"Vem dödade Elena? Vem dödade flickan som låg i skogen vid herrgården?"

"Jag... vet inte. Jag..."

"Tala om det nu för fan innan du får en kula i skallen." Han tryckte sitt vapen mot hans panna och höll fortfarande handen på halsen.

"Det var Johan. Johan... Lilliecroona." Han slöt sina ögon och ryckte till en sista gång innan kroppen blev slapp.

Pauli hade äntligen fått svaret. Johan Lilliecroona hade dödat Elena. Problemet var löst. Ett annat problem, som uppkommit, var att en tjej bakom Lennart blivit träffad. Pauli såg det inte först, men när blodet färgade hennes tröja röd förstod han vilket misstag han begått.

"Jävlar också."

Aulis fick dra Pauli i jackärmen för att han skulle fatta att det var dags att avlägsna sig. De gick med långa kliv mot utgången och Pauli stoppade, efter viss möda, ner pistolen i byxlinningen. Man kunde se blodådrorna i tinningen dunka och det enda han ville var att komma därifrån. De höll på att krocka med ett par ordningsvakter som kom springande.

Människor skrek och backade undan, samtidigt som det fanns de som var nyfikna. Några mobiltelefoner fotade Lennart och flickan med växande blodpölar under sig. Tjejerna hade sprungit därifrån och en resväska stod ensam kvar. Klockan femton noll sju, drog Lennart och sin sista suck.

P-boten på framrutan satt kvar när de åkte.

"Fan, fan, fan." Pauli spottade fram orden.

"Skynda dig." Aulis stirrade åt alla håll.

"Vad letar du efter?"

"Snutar, de kan komma fort som fan. Spärra av och ..."

"Och vad då? Vem såg oss, vem känner igen oss? Ingen. Har du hört vittnen snacka? Han var lång, nej kort, fet, nej smal. Han var ljushårig, eller om han var mörkhårig. De kommer fan inte ihåg ett skit. Kör vet jag."

"Ok."

Efter en stund var de ute på E4:an och i mötande körfältet var det fullt av blåljus.

"Var fan kom tjejen ifrån?" Aulis trummade med fingrarna på ratten.

"Jag vet inte. Det blev helt jävla fel. Hon borde ha varit någon annanstans."

"Efter detta ska jag ha mat." Aulis hade inte något emot en svensk korv för tillfället.

"Vi har en del kvar att göra innan vi kan äta."

"Vad menar du?"

"Det finns fler som ska få vad de förtjänar."

* * *

Utanför Lennarts lägenhet stod Camilla och ringde på. Dizzy Tunes låg i en röd kattlåda som det fortfarande luktade plast om. Hon trivdes trots att hon var instängd och spann på den nya filten som Camilla lagt in.

"Snart får du träffa nya husse Dizzy. Det är en riktigt trevlig prick."

Camilla ringde på igen och ställde ner påsen med kattmat och skålar på golvet. Hon tog fram mobilen och kollade efter sms. Inget svar från Lennart. Hon funderade på om hon tagit fel på dag men kollade i almanackan och det var noga uppskrivet att leveransen skulle ske under dagen.

Hon hade inte varit hemma hos Lennart och var nyfiken på hur det kunde se ut. Det var säkert jättefint med nya möbler och dyra mattor. Tavlor med moderna motiv och en bred, lyxig säng. Hon rodnade när hon kom att tänka på sängen. Men visst kunde det vara mysigt att ligga och gosa med Lennart.

En stund senare gav hon upp. Hon tog hissen ner och satte sig i bilen med Dizzy på förarsätet. Hon ringde Lennart, men det var endast mobilsvaret som gick igång.

Hans mobil var indränkt i blod och ringsignalen fungerade inte längre. Det gjorde inte Lennart heller.

Kapitel 28

Claes släntrade in i och satte sig vid köksbordet och Linda blängde på honom. Det nytvättade håret doftade sommar och några hårtestar föll ner från den slarviga uppsättningen. Hårtestarna brukade Claes leka med när han kysste henne. Det var evigheter sedan han ens såg åt hennes håll.

Tekopparna de fått av Johan var framme och det nyrostade brödet spred en härlig frukostkänsla. Hon hade till och med köpt den starka osten som Claes gillade. Ändå tog han en limpsmörgås med prickig korv. Och kaffe. Hon reste sig för att hämta mer tevatten och han tog fram morgontidningen och började bläddra.

"Något intressant?"

"Vad?"

"Står det något intressant?" Hon höjde rösten men han reagerade inte.

Claes bläddrade vidare och Linda böjde sig fram över bordet och tryckte ner tidningen.

Hon stirrade på honom med svarta ögon.

"Men vad gör du? Är du inte riktigt klok?"

"Jag är klok men frågan är om du är det? Vi pratar inte längre med varandra."

"Gör vi inte?"

"Du jobbar och jag har varit sjukskriven. Du är borta och jag är hemma. Ensam." Hon sjönk ihop på stolen och ögonen tårades.

"Snälla Linda. Någon måste försörja oss. Jag tar alla jobb jag kan få och..."

"Exakt, du tar alla jobb du kan få. Det betyder att jag sitter ensam på dagarna och kvällarna medan du träffar en massa roliga människor och kommer ut."

"Kommer ut, du kan gå ut när du vill. Ta en promenad, vet jag."

"Du fattar ingenting Claes." Hon ställde ner sin tekopp och hälften hamnade på duken. En stund senare låg hon på sängen i sovrummet med stängd dörr. Ensamheten smög sig på henne som en skugga och hon ville trots allt börja jobba igen. Läkaren hade sagt att hon kunde börja jobba deltid när hon själv ville, men hon hade inte hämtat sig från missfallet än.

Det var över en månad sedan som hon och Claes låg med varandra.

Närheten och värmen var det hon saknade mest. Att mysa en stund innan de släckte lampan, att berätta för varandra om dagen som gått och avsluta med en kram och god natt puss.

Som läget var hade de inte hunnit äta frukost tillsammans på över en vecka. Claes hade slängt i sig en smörgås på stående fot och gått ut genom dörren med jackan i handen. Vissa dagar till sånglektioner, andra dagar till möten eller reklamfilmsinspelningar. Kvar blev Linda. Hon hade gjort allt hon kunnat för att få möjligheten till en mysig långfrukost tillsammans. Och nu hade allt blivit skit.

Ett par veckor tidigare hade hon vaknat när han kommit hem efter en föreställning. Han kröp ner i sängen, nyduschad, och hon hade lagt armen om honom och börjat kyssa hans rygg. Han hade stelnat till och blivit förvånad över att hon var vaken. Därefter hade han skyllt på huvudvärk och dragit täcket över huvudet. Dagen efter var han borta när hon vaknade. Hon hade legat kvar i sängen hela dagen och struntat i att äta. Den kvällen låtsades hon sova när Claes kom hem.

Ytterdörren slog igen och hon förstod att han tänkte komma hem lika sent den kvällen. Linda låg kvar i sängen en timma innan hon gick upp för att plocka undan och diska. Hon hällde ut det sista av juicen och blev stående en stund och funderade. Frågan var om de hade någon framtid tillsammans. De hade varit lyckliga och peppat varandra. Det kändes som de höll på att glida ifrån varandra. Hon tappade flaskan med diskmedel och svor en lång ramsa.

Närhon var klar gick hon tillbaka in i sovrummet. I garderoben stod resväskan. Efter att ha fyllt en necessär slängde hon den på klädhögen i väskan och tryckte till när hon drog runt dragkedjan. Efter det beställde hon en taxi.

En timma senare steg hon in genom dörren till föräldrarnas villa i Djursholm. Hennes mamma kom ut i hallen när hon hörde dörren slå igen. Den enorma resväskan och Lindas röda ögon fick henne att gå fram och lägga armarna om henne.

"Lilla gumman, vad är det som har hänt?

"Jag ska lämna Claes." Hon grät som ett barn och höll ett krampaktigt grepp om sin mamma.

"Men kära vän. Kom in så får vi prata." Anita hjälpte henne av med jackan och ledde henne in i köket. Hon tyckte alltid att det var lika kul när Linda eller Claes kom och hälsade på, men det var ett tag sedan. Att

Claes fick slita för sin framgång, det hade hon förstått. Men att deras förhållande hade knakat visste hon inte.

"Det finns ingen framtid för oss längre. Det är som om han inte ser mig. Eller som han ser igenom mig. Jag är inte intressant längre, han väljer jobbet före mig." Med stövlarna på satt hon vid köksbordet. Hon drack det varma kaffet som hennes mamma ställt fram och doppade bondkakorna som hon hade gjort redan som barn. Hon mindes att de bakat tillsammans och Linda älskade att umgås med sin mamma. Men ju äldre hon blev desto färre blev tillfällena. Som tur var fanns hon till hands om Linda ville prata.

"Du ska veta att det funnits tillfällen då din pappa och jag har velat separera. Kasta saker på varandra, skrika och bära oss åt. Men det lugnar ner sig. Man blir äldre, lär sig acceptera hur den andra är och…"

"… och därefter ska man leva med en som jobbar hela tiden, resten av livet. Jag då?"

"Men du kommer igång snart du också gumman." Hon flyttade stolen närmare henne och torkade bort några tårar med en servett. "Ta en dag i taget och efter det ska du se att allt ordnar sig. Ni brukar väl inte bråka?"

"Nej, men någon gång måste man få säga ifrån?"

"Givetvis. Men hur är det med Claes? Han har det säkert tufft med alla jobb och den konkurrens som ändå finns. Det går upp och ner och rätt som det är kan man stöta på motgångar." Eller hur?"

"Visst, men det känns som att det gått lång tid och att inget har hänt. Och efter att jag fick… missfallet så…" Hon började gråta igen och Anita höll om henne.

"Kom, du får lägga dig i soffan en stund."

Linda tog av sig stövlarna och kröp upp i soffan i teverummet och fick en filt över sig.

Värmen och tryggheten spred sig i hennes kropp och hon började gäspa. En stund senare sov hon. Anita bar in väskan i hennes gamla flickrum som fanns kvar och tände lampan vid sängen. Överkastet landade på fåtöljen och hon vek upp en bit av täcket och lade in ett par nystickade raggsockor på sängkanten. Därefter gick hon in i köket och började skala potatis. Köttbullar, gräddsås och lingon var det bästa Linda visste. Det stod på bordet när hon vaknade.

Claes gick med lätta steg mot tunnelbanan och tittade på sin nya, korta frisyr när han passerade skyltfönstren. Han gick några steg i sidled och höll på att snubbla, men kunde glatt konstatera att axelbredden ökat. Hantellyften på gymmet hade gjort sitt. Johan hade gett honom några bra övningar och dessa hade han fokuserat på de sista veckorna. Han hade även fått tips på magövningar och eftersom han lagt av med godis började magrutorna framträda. Att se sig själv i spegeln på gymmet hade blivit en ren fröjd.

Han sjönk ner på tunnelbanan och gäspade. Vagnen var tom sånär som på en tjej med barnvagn. Hennes vagn var av senaste modell och hade endast tre hjul. Barnet skrek konstant med ett illrött ansikte och knutna nävar. Tjejen gungade vagnen men det hjälpte inte och det blev ännu värre när hon lyfte upp det lilla knytet. Den rosa filten ramlade ner och hon hann trampa på den innan hon fick upp den. Barnet ville inte ha välling och spottade ut nappen när tjejen försökte få tyst på skrikandet. Var det så det var att ha barn? Han blev kallsvettig vid tanken. Hur skulle han kunna sova om nätterna om Linda ammade och bytte blöjor. Och promenader med en trehjulig vagn, var det riktigt säkert?

Han visste att Linda ville försöka igen. Kartan med p-piller låg orörd. Själv kände han hur suget efter barn avtagit markant under de sista minuterna. Linda, hans underbara flickvän kändes numera som en börda. Gnäll över att han gick tidigt och kom hem sent. Han ville inte hem överhuvudtaget efter föreställningarna och hade gladeligen följt med dansarna ut när de frågat om någon ville hänga på och ta ett par bärs. En skön avkoppling som han snabbt vant sig vid.

Klockan var elva och han måste hinna med en snabbfika innan sångpedagogen. Roger väntade på Tösses på Östermalm. De hade hållit kontakten och stött på varandra flera gånger efter Claes inflyttningsfest. Roger hade sett en föreställning ett par dagar tidigare och kommit in i logen och hälsat. Claes fick en gigantisk chokladask och blev omåttligt populär bland alla sockersugna skådisar.

"Ska du inte äta något själv?" Roger tittade besviket på honom och ställde ner kartongen.

"Jag jobbar på magrutorna." Claes skrattade och gjorde en hemmasnickrad body building pose.

"Låter underbart, när får man se dem?"

"Nu." Claes lyfte på tröjan och spände och fick ett par lätta slag i magen av Roger.

"Om du inte får chansen att njuta av chokladen får jag bjuda på fika någon dag istället. Du måste helt klart kompenseras."

Claes såg på honom och kände den energi som Rogers blickar levererade. En spänning uppstod och de hade blivit tysta några sekunder. Därefter tog Roger en chokladbit och bad Claes gapa.

"En bit är du i alla fall värd, efter en suberbra föreställning. Du har utvecklats sedan premiären."

"Tack, kul att du tycker det."

Claes hade blivit röd om kinderna och sträckt på sig eftersamtalet med Roger. Att få positiv feedback av en kille som Roger, betydde enormt mycket för honom. Innan Roger gått hade de bestämt att träffas över en fika och nu var det dags.

Vinterkylan bet i kinderna när han kom upp från tunnelbanan. Han drog halsduken ett varv till runt halsen och svor över att han glömt mössan. En förkylning kunde vara en dödsstöt. Att hosta och nöta på halsen ville han inte utsätta sig för.

Roger satt redan på Tösses och hade kommit över ett bord längst in i lokalen. Han hade köpt två bakelser och vinkade glatt när Claes kom in.

"Kaffe får du fixa själv, det hade varit kallt om jag fixat det."

"En bakelse, vad smarrigt." Han kände hur det vattnades i munnen. "Jag fixar kaffe." Han köpte en kopp vanligt kaffe och återvände med lätta steg.

"Åh, det finns alltså de som köper en vanlig kopp kaffe och ingen latte eller cappucino eller något annat krångligt."

"Träffar du enbart krångliga människor?" Han satte sig och drog fatet med bakelsen till sig.

"Ibland känns det så. Människor är lustiga, man förstår sig sällan på dem. Och när man tror man lärt känna dem, gör de något överilat eller märkligt som får en att backa undan."

"Det låter inte bra." Claes hade blivit sittande med skeden i handen och lyssnat.

"Nej, men det är så livet känns ibland." Roger tog en tugga av bakelsen och slickade bort grädde runt munnen. "Jag hade kontrakterat en kille för en roll. Allt var klart och nu ska han flytta till Tunisien. Jag menar, Tunisien. Vad ska man dit och göra?"

"Var för flyttade han dit?"

"Han hade blivit kär. Tänk vilka idioter det finns och hur folk kan bete sig. Kärlek är viktigt, men det får inte gå före ett jobb. Inte i vår bransch i alla fall."

Claes höll med Roger och tyckte det var skönt att någon mer än han själv tyckte det var viktigt att prioritera karriären. Tackade man nej en gång gjorde man bort sig för tid och evighet. Han hade skrivit kontrakt för en ny tecknad serie från USA som han skulle lägga på huvudrollens röst i. Ett riktigt toppenjobb som bestod av att läsa manus innantill och synka läpprörelserna. Missade man kunde ljudteknikern för det mesta flytta någon millisekund.

Sedan höll man i känslan och körde. Det jobbet fick han för att killen som först tackat jag hade fått lunginflammation och var tvungen att tacka nej. Ett nej för mycket.

"Kul att träffa dig igen Claes. Jag har hört mycket gott om dig."

"Jaså, berätta. Av vem förresten?"

"Av många olika personer. Medarbetare och regissörer. Vill du ha mer kaffe?" Han hämtade kannan och fyllde på åt sig själv och Claes.

"Man växer in i branschen efter ett tag. Vet vad som gäller och anpassar sig."

"Det är inte alltid säkert. Många vill köra sitt race och går hårt på sin linje. Är man riktigt stor kan man ägna sig åt divalater och bli bespottad bakom ryggen, men det är långt ifrån alla som orkar med det i längden."

"Det är sant. Har du jobbat mer Esset?"

"Esset ja visst. Han är inte den kung i leken han tror att han är. Förra veckan fick han sparken."

"Vad säger du? Vad hade han gjort?" Claes lutade sig nyfiket fram.

"Det var vad han inte hade gjort. Kom för sent till en föreställning. Ingen nådde honom på mobilen och hans stand in fick hoppa in med kort varsel. Även de som är stand in måste få en rimlig chans att förbereda sig. Han fick gå på en gång när han dök upp."

"Åh fan." Claes svalde.

"Kan vi inte träffas och käka någon kväll då vi har mer tid? Massor med tid menar jag." Han tittade djupt in i Claes ögon och andades tungt.

"Absolut. På söndag är jag ledig efter föreställningen. Halv sju. Ska vi ses?" Claes kollade sin almanacka.

"Det låter som en jättebra idé. Vi hörs av innan dess."

De skiljdes åt med en lång kram. En något för lång kram för att ha varit kompisaktig. Det fanns något mer än vänskap, det kände de båda två.

* * *

Linda vaknade med ett lätt illamående. Hon drog bort filten och kände sig svettig och kladdig efter att ha somnat med kläderna på. Trött-heten fanns kvar men mentalt kände hon sig bättre. En timma i mammas soffa var den bästa medicinen. Hon sträckte på sig och gick ut i hallen.

"Jag tar en dusch, mamma."

"Kom ner när du är klar, snart blir det mat."

De hemlagade köttbullarna kittlade hennes smaklökar medan hon gick uppför trappan. Hon tänkte på Claes som skulle tillbringa eftermid-dagen med nya sånger hos sångpedagogen.

Antagligen höll han på att sjunga upp.

Necessären innehöll det viktigaste och hon gick in på toaletten för att ta en dusch. När hon skruvade på vattnet passade hon på att kissa och fick syn på gravidstickan bland hårsnoddar och mascaror. Det var något som fick henne att slita ut den ur förpackningen. Hon fick kni-pa för att spara några droppar sedan torkade hon sig och blev stående framför spegeln. Tröttheten hade placerat sig i hennes ansikte och inte ens smink skulle rå på de svarta ringarna under ögonen. Hon stirrade på stickan och trodde inte sina ögon. Det var endast det som fattades.

Hur kunde det vara möjligt? Illamåendet blev starkare och hon blev alldeles kall.

Tårar och snor. Ångest och längtan. Ja eller nej.

* * *

De fick syn på henne i samma sekund de kom upp på taket. De korta, bestämda stegen vittnade om en kvinna som visste vad hon ville. Frågan var om Patrick visste vad han ville. Att skjuta Charlotte hade varit en bra idé när de satt hemma och planerade. Nu kändes hela idén som ett skavsår som inte ville läka. Han svalde och tittade på Thomas som lagt sig ner på taket och låtsades hålla i ett gevär.

"Det blir perfekt." Thomas reste sig upp och backade.

"Är du riktigt säker på att vi ska skjuta häruppifrån? Är det inte lättare att skjuta från en bil? Eller att enbart gå in i butiken och ..."

"Lägg av. Vi hämtar geväret ikväll och efter det fixar vi det så fort som möjligt. Det är inskjutet och klart och tur är det för det finns ingen tid att hinna provskjuta."

"Har du snackat med Sinus?"

"Allt är klart. Kom, vi åker till hotellrummet. Jag vill inte visa mig ute för mycket, det är inte hälsosamt."

"Tror du att någon känner igen oss?

"Kanske inte, men vi ska inte chansa. Efter detta drar vi så långt bort som möjligt och efter det direkt till Stockholm. Ett värdetransportrån och därefter Bahamas. Drinkar med parasoll. Passar detta eller?" Han dunkade sin bror i ryggen och de tog sig ner från taket. De var endast några skott ifrån att hämnas Gustaf Lilliecroona.

Kapitel 29

De stannade på rastplatsen mellan Flen och Katrineholm och Aulis lät nycklarna sitta kvar i hyrbilen när de lämnade den. Vanen med falska plåtar var nyligen införskaffad och de hälsade på grabbarna som anlände i den. De hoppade in och Aulis fortsatte köra. Pauli var fokuserad inför uppdraget och hade sjunkit ner i sätet igen. Han ville vara med själv. Inget fick gå fel och eller lämnas åt slumpen. Om det var Johan Lilliecroona som hade varit vållande till Elenas död, fanns det endast en sak att göra.

Från Arlanda till Flen hade Pauli googlat fram allt om Johan. FB-konton, adress, personnummer. Sverige var fantastiskt. Efter några klick vältrades hela privatlivet upp. Johan hade varit sparsmakad med FB-bilder men de fick i alla fall ett ansikte på honom.

Vad som dessutom framkommit var att det fanns pengar att hämta. Att bo på en herrgård och heta Lilliecroona, borgade för att det fanns pengar på kontona, det var Pauli säker på.

Han hade förberett allt in i minsta detalj. De skulle vara diskreta och snabba och vänta ut honom. Men det var onödigt. Pauli sket fullständigt i om hela världen såg vad han gjorde efter den här dagen. Han var besatt av tanken att hämnas.

Missödet på Arlanda var inte optimalt. Att tjejen blev dödad var något som skavde i honom även om han inte ville erkänna det. Och att det var Johans syster hade han fortfarande ingen som helst aning om. Han försökte skaka av sig obehaget och trummade med fingrarna på benet. Nu var det Johans tur. Hela familjen skulle få lida för det han hade gjort med Elena.

Ingen gick ostraffad genom livet efter en sådan handling. Hade de inte följt efter Lennart till Arlanda hade han inte fått reda på att Johan var skyldig. Ibland har man tur, tänkte Pauli.

* * *

Johan hade handlat och kånkade på påsarna till bilen. Han var glad över att benen fungerade och att brännskadorna läkt så pass bra som de gjort. Haltandet fick han stå ut med och det var extra besvärligt när det var halt. Det blev korta steg till bilen. Framöver kunde det även vara aktuellt med en hudtransplantation men det var inget han tänkte på i dagsläget.

Ikväll hade han tänkt att han och Anna kunde bestämma vart de skulle åka. Vintern var inget de såg fram emot och inflyttningspresenten från Charlotte och Gustaf kunde komma bra till pass. En weekend till London lockade, med julshopping och marknader. Kanske en konsert eller en musikal? Att sova länge, äta långfrukostar, älska och njuta av romantiska middagar skulle vara ett underbart break i deras vardag. Anna pluggade för fullt och skrev full pott på tentorna och såg fram emot några dagars ledighet vid jul och nyår.

Möbelbutiken och lampaffären rullade på och Lennart hade tvättat alla drogpengar han kunde. Chang fixade blåsfakturor och Philip hämtade nya tjejer på Arlanda. Kokainet flödade och pengarna rullade in. Charlotte trodde att deras verksamhet växte lavinartat när hon såg omsättningen men hade fortfarande ingen koll på vad det stod för siffror på sista raden.

"Ägna dig åt kunderna, jag tar den tråkiga delen." Chang log och Charlotte nickade.

Att Changs släktingar exporterade möbler hade varit ett lyckokast och Johan funderade på om de kunde avveckla traffickingverksamheten under våren. Möbelimporten kunde de lätt öka och det var mindre besvär att hyra lager för soffor än lägenheter för horor. Han bestämde sig för att ta ett snack med Lennart om det.

Pengarna gav honom ett ökat utrymme i plånboken och han var sugen på att köpa något fint till Anna. Tänk att få överraska henne med en guldklocka eller ett par örhängen. Möjligen en ny ring. I London hade de möjlighet att botanisera bland guldsmeder som hade ett annat utbud än de var vana vid. Frågan var när de kunde åka.

När verksamheten var i rullning var det ytterst viktigt att inte vara frånvarande. Alla fyra jobbade stenhårt och eftersom Johan börjat köra i skogen med Gustaf hade han hade redan begränsat med tid.

Han ställde in påsarna i baksätet och satte sig i bilen. Bäst att stämma av med Lennart när det var läge. Affärerna fick styra. Johan väntade länge på att han skulle svara men han fick läsa in ett meddelande. Tänkte ta en semestertripp med Anna, möjligen i december. Hör av dig, vi kollar hur affärerna ser ut.

Johan backade ut från parkeringen och tittade på påsen från systemet.

Vanligtvis brukade han botanisera i Gustafs vinkällare hemma på Herrestanäs, men hade inte hunnit vara hemma på länge.

Trafiken var lugn och efter en stund parkerade han utanför huset och tog ut påsarna. Det knarrade under hans fötter och han kände några snöflingor som landade på näsan.

* * *

Det rådde tystnad under färden och inte ens radion var på. Varken Pauli eller Aulis var kända för att prata och grabbarna de hyrt in väntade på att få göra sitt. Efter det skulle de dra. Att snacka var det ingen som behövde.

"Vad är klockan?" Aulis trummade med fingrarna på ratten.

"Snart sju. Han kommer nog, han kommer. Lugn."

"Hur kan du vara säker på det?"

"Han lade upp bilder på FB från mataffären. Svenskar är inte så dumma som man tror, de är dummare."

De stod parkerade utanför Johans port. Grabbarna fick utföra grovgörat men Pauli var med för att han med egna ögon ville se Johans min.

"Är det han?" Aulis sträckte på sig och spände varenda muskel i kroppen.

"Nej, tagga ner." Pauli slängde ut en fimp genom rutan.

"Vart gör vi av honom?" En av killarna stack fram huvudet.

"Det tar Aulis och jag hand om, vi släpper av er efter jobbet." Pauli visste att det var farligt att blanda in för många, för mycket. Han och Aulis skulle inte ha några problem att klar av Johan om han var bunden. Med bakbundna händer och huva över skallen blev det inte några problem. Han trummade med fingrarna och tittade på klockan. Sju. De fick sitta i tio minuter innan det hände något.

Det var Anna som dök upp. Hon hade handlat nya täcken och kuddar och kom med två gigantiska påsar i varje hand. Stegen var lätta och hon längtade till kvällen. Johan skulle göra mat och det kunde gå hur som helst. Sist hade han bränt köttet och saltat såsen för mycket.

Men det gjorde inget, bara han försökte. Hon trivdes i den nya lägenheten och väntade endast på att studierna kunde ta slut. Därefter borde de börja fylla de andra tomma rummen.

"Är det hans tjej?" Den ena killen i baksätet stack fram huvudet.

"Ja, det är det." Pauli sjönk ner i sätet och drog ner mössan i pannan.

"Man kanske kunde ta och…" Aulis kliade sig i skrevet.

"Man gör ingenting." Pauli blängde.

"Har du inte knullat på ett tag eller?"

"Men vad fan, hon är fin."

"Det är möjligt. Men vi viker inte från någon plan. Fattar ni det?"

"Jaja, tagga ner." Aulis skruvade på sig.

Han hade varit Paulis underhuggare i många år men började tröttna. Inga egna initiativ och inga improvisationer. Allt enligt plan och enligt Paulis vilja. Ja tack, nej tack, visst Pauli, jag fixar det Pauli. Någon gång skulle det bli ändring på det. Han stirrade på tjejen som gick in i porten. Efter en stund började det lysa i en lägenhet och hon var säkert igång med att bädda sängarna. Tänk om hon hade tagit av sig allt och gick i trosorna. Eller inga trosor alls. Aulis suckade tungt och vaknade till ur sina drömma när Pauli stötte till hans arm.

Johan var på ingång. Det tog flera minuter innan han tog sig ur bilen men därefter kom han gående mot deras bil med ett par matkassar och en systempåse.

De kände igen hans haltande steg och Pauli log ett brett leende medan han knackade i bakväggen. Det hördes ett lätt rasslande av männens kängor som skrapade mot golvet. Ett klick följde när de öppnade dörren på glänt.

"Har du en cigarett?" Aulis gled snabbt ut ur bilen och ställde sig provocerande mitt framför Johan.

"Nej, jag röker inte."

"Fel svar." Han gav honom ingen chans att reagera utan såg bara att deras kumpaner drog in Johan i vanen. Innehållet i matkassarna spreds på trottoaren och ett krasande hördes i systempåsen. Trottoaren färgades röd och hade man inte vetat bättre kunde man tro att det var blod. Inte en människa var inom synhåll.

Chocken över vad som hände gjorde honom förlamad och han kände hur en klump växte i magen. Buntbandet rispade hans handleder och han skrek till när någon trampade på hans ben.

"Vad gör ni? Vad fan håller ni på med?" Han var skräckslagen.

"Fina lilla Johan Lilliecroona. Äntligen får jag tag på den skyldige." Pauli lutade sig bakåt och stirrade på Johan.

"Vad menar du? Skyldig? Till vad?"

"Du ska fan inte komma undan ditt jävla svin. Jag har fått reda på att det var du som tog med dig Elena hem en kväll."

Elena? Tusen tankar flög i Johans skalle och han började ana det värsta.

"Det är ditt fel att hon är död. Min syster. Fattar du. Nu jävlar ska lilla pappa få betala om han vill se sin favoritson igen. Annars dumpar vi dig i en sjö med en kula i skallen."

Sekunden senare hörde Johan hur någon drog en remsa från en tejprulle och han kände gaffatejpen som vevades runt hans huvud. Han landade på vanens golv och märkte att ingen utnyttjar RUT-avdraget på de senaste åren.

Pauli nickade åt en av killarna som tog fram en bultsax och knipsade av Johans högra ringfinger. Guldringen fick hänga med.

"Mmmhrrf...... ooooooaaaaa......." Johans smärta försökte komma ut genom tejpen men blev kvar som en privatbil i bussfilen vid rus-ningsdags.

Trots snötäcket guppade allt eftersom bilen for fram. Sällskapet var nöjda med tillslaget och tände varsin cigarett. När de kom till Flen var det dags att tanka. Aulis stannade på macken och gick ut. Han fick slå till på tanklocket för att kunna få upp det. Möjligen dags att smörja? Det var folktomt sånär som en kille stod och pratade i sin mobil medan bilen tankades. En kopp kaffe och en chokladbit unnade han sig. Sverigeresan hade blivit riskablare och längre än han först hade trott. Visst var det kul att sova på hotell, men började han längta hem. Han var osäker på vad Pauli hade för planer för killen de nyss kidnappat. Som vanligt hängde han på. Vad som än hände hoppades han att det gick fort.

* * *

Svensson pratade med Karlsson om ändrade tider på den kommande ordningsvaktsutbildningen. De älskade fysträning båda två och stannade gärna kvar och körde extra. Det var snabbast på hela stationen vad det gällde att sätta på handfängsel och ingen slog hårdare med de vadde-rade batongerna än Svensson och Karlsson. Att få hjälpa till att drilla blivande ordningsvakter var något de såg fram emot. Fanns säkert några tunnisar som de kunde ge lite extra pisk.

Svensson lade på och sträckte på armarna. Han var nöjd med sig själv när han tittade in i baksätet på bilen. Att handla var inget han gillade och de gånger han kom iväg var det storhandling som gällde. Åtta påsar med matvaror och diverse andra nödvändigheter för att klara sig en vecka med lättare inköp som mjölk och frukt. Han hade till och med hunnit tvätta bilen. Det var bensin och spolarvätska kvar. Lufttryck i däcken fick han ta en annan gång. Det var dags att byta vindrutetorkare men det fick grabbarna i blå rockar ta på servicen nästa vecka. Han var på väg att gå in och betala när han hörde en kraftig smäll.

"Se till att han ligger still." Saliven sprutade medan Pauli fräste.

Johan hade lyckats få in en spark på sidan av bilen och det ekade i plåten när Svensson passerade.

Sekunden senare landade en fot på Johans knä och han skrek av smärta under tejpen. Pauli hade kunnat döda de två idioterna som var satta att vakta Johan. Hur svårt kunde det vara?

Han knöt händerna och log trevligt mot Svensson som blivit stående en sekund och stirrade.

Världen stannade upp och Pauli såg att mannen funderade på vad som var i görningen i bilen. Han öppnade handskfacket och var beredd att gripa tag i pistolen, medan grabbarna som vaktade Johan hade lagt en kniv mot hans strupe.

Mannen blängde och fortsatte in för att betala och Pauli andades ut. Sekunden efter kom Aulis ut och satte sig i bilen. Pauli vred om nyckeln och drog upp rutan.

"Är det bråttom eller?" Aulis ville njuta av några klunkar nybryggt, svenskt bensinmackskaffe och en godbit som idiotiskt nog kallades dammsugare, innan avfärden.

"Vi åker." Pauli pekade med handen likt en chef som stannat i åttiotalet.

Aulis suckade och sekunderna senare var de på väg. Pauli gav grabbarna ett brunt vadderat kuvert och fick tillbaka det ett par sekunder senare. Då med innehåll. Pauli log och drack upp Aulis kaffe.

* * *

På Arlanda rådde full panik. Poliser och ambulanssjukvårdare trängdes med väktare och nyfikna resenärer. Poliserna spärrade av och jobbade febrilt med att försöka få bort alla människor son envist stannade kvar och hade börjat fota.

"Backa undan, backa."

Lennart hade dött omedelbart och blodpölen under honom hade växt ihop med pölen från Lisa. De låg likt två stupade soldater. Två skott i huvudet, två i hjärttrakten och ett i sidan som enbart touchat och gått vidare in i Lisas mage. Hon levde fortfarande då ambulansmännen trängde sig fram och försökte stoppa blodflödet. Men efter ett par minuter gick pulsen ner och försvann. Upplivningsförsöken lyckades inte och hon slöt ögonen. Blodet rann ur munnen och det hördes ett sista stön innan hennes kropp la av.

Det sista som hon tänkte på var mamma Charlotte som stått med utsträckta armar på trappan vid herrgården med ett par skällande hundar bakom sig. Hennes varma, trygga famn som hon suttit i som barn de gånger hon varit ledsen och behövt tröst. Och Sabre. Hästen som följt henne sedan hon var barn. Som gett henne lycka och frihet och som hon aldrig mer skulle få återse. Efter det slocknade allt.

Ambulanskillarna lade upp henne på en bår och täckte över kroppen. Det var alltid lika jobbigt när någon oskyldig människa blev utsatt för våld och död. Speciellt en ung kvinna.

Tjejerna som Lennart var på väg att hämta hade smitit förbi folkmassan och stod inne på en handikapptoalett och grät.

"Vad är det som händer?"

"Vad ska vi göra?"

"Jag vet inte. Undrar vem han var och varför han blev skjuten."

"Har vi numret till någon annan?"

"Nej, det var han som skulle hämta oss. Jag vet inte vad vi ska göra."

Tjejerna hade inget mer än fickpengar. De hade blivit lovade mat och husrum av Lennart direkt efter ankomst.

"Jag kommer att fixa allt. Kliv av flyget och vänta på mig på Arlanda. Jag känner igen er. Jag tar hand om er. Vi börjar med en trevlig välkomstmiddag på en bra restaurang. Efter det ska ni få sova ut ett par nätter i Stockholm. Jag har bokat rum på Grand."

"Det låter toppen."

"Visst, jag står för det praktiska."

"Vem ska vi få arbeta hos? Hur många barn hade familjerna?"

"Vi tar det senare. Först ses vi."

Tjejerna hade haft höga förväntningar då de klev ombord på planet och hade varit upprymda. Att få lämna Polen och arbetslösheten, komma till ett annat land och få resan betald, var mer än de någonsin vågat hoppas på. Det skulle ha blivit verklighet.

Den verklighet som mötte dem, visade en annan sida av Sverige.

Tjejerna beslutade sig för att ta sig ut från ankomsthallen och försöka ta en buss mot centralen. I värsta fall fick de spendera en natt på en bänk innan de kom på en lösning. En av dem hade växlat till sig svenska pengar och det var med de slantarna de betalade bussen. De satt tysta och hade väskorna i knät. Deras ögon avspeglade rädsla och förtvivlan.

Kapitel 30

När kaoset varit som värst på Arlanda, hade Charlotte och Gustaf kommit hem med flyget. Så fort de anlänt möttes de av ambulansmän och poliser.

"Vad är det som händer? Det verkar vara mer fart på Arlanda än i London." Gustaf drog i handtaget utan att få ut det. "Vad tusan är det på gång?"

"Vänta en stund älskling." Charlotte tryckte till och handtaget föll ut. "Så ja."

"Vad skulle jag göra utan dig?" Gustaf tog tag i henne och gav henne en lång kyss. "Nu ska vi hem. Det ska bli skönt." Han började dra väskan och Charlotte slöt upp vid hans sida.

"Det ska det sannerligen bli. Jag pratade med Chang och det har gått jättebra utan mig."

"Jag anar en viss besvikelse i rösten. Vi kan åka iväg fler gånger." Han skrattade åt henne.

"Passa dig du. Men visst var det skönt att dra iväg. Lova mig att vi gör om det inom ett år."

"Inom ett halvår. Akta dig."

Ambulansmännen kom med en rullande bår med en kropp på. Lisa var övertäckt men några hårtestar hängde ner över bårens kant.

"Vad är det som har hänt?"

"Vet inte."

"En flicka var det i alla fall. Lika långt hår som Lisa hade hon." "Kom, vi åker."

De kom ut på parkeringen och lastade in väskorna i bagaget. Gustaf satte på sig bältet och de åkte iväg. Vid först trafikljuset blev de stående och tittade på den röda gubben. I ambulansen framför låg Lisa, död på en bår.

* * *

Bandaget runt Johans hand höll på att lossna och det var mer rött än vitt. Han hade svimmat av smärtorna och låg fortfarande bunden. Grabbarna hade fått sina kuvert med pengar och blivit avsläppta.

"Tack, vi hörs." Pauli nickade och stängde dörren.

"Ligger han stilla?" Auli sneglade bakåt på Johan som fått oljefläckar på sina byxor.

"Skulle tro det. Han rör inte ett finger." Pauli drog på munnen och drog ner rutan för att spotta ut snusen.

En stund senare kom de fram till torpet. De körde in bilen i ladan och stängde dörrarna. I samma sekund som Pauli låste, öppnade Johan ögonen.

Aulis tog nyckeln som låg på kanten ovanför torpets dörr. Låser var kärvt men fungerade.

De stampade av sig på den nötta trasmattan men behöll kängorna på. Termometern visade sexton grader inne. De hade eldat i öppna spisen och köksspisen på morgonen men även om det var lågt i tak tog det flera timmar att värma upp. Och värmen försvann snabbt. Aulis ville ta in på hotell igen. Han hade tröttnat på att bära in ved och frysa på mornarna. Pauli vidhöll att torpet var bättre. I skogen fanns anonymiteten och lugnet och han hade vant sig vid båda.

Aulis tände i vedspisen medan Pauli kollade kylskåpet. Det var välfyllt och de hade bunkrat på sig mat och dryck och skulle inte behöva handla de närmsta dagarna.

"Kyckling, det är ok. Köpte du bananer?"

"Vad gör vi om han vaknar?"

"Mjölken är slut. Vi kollar till honom om en stund." Han tog en tugga av bananen och drog nylongardinen åt sidan. En hare skuttade in i skogen och ett par fåglar kvittrade. Det enda sällskap man behövde, tyckte Pauli.

"Jag fixar en gryta. Är du hungrig?" Aulis började plocka fram och skära upp grönsaker.

Han värmde händerna över spisen och lade in en björkkubbe.

"Så in i helvete. Jag gör eld i brasan, sedan käkar vi i vardagsrummet." Han slog på teven och blev stående en stund.

En reporter stod bredvid en polisman som såg ut att vilja vara någon annanstans.

"Under dagen sköts två personer till döds på Arlanda. Våldet i Sverige eskalerar och vi kan enbart titta på. En man och en kvinna blev offer för en galen pistolman. Han var maskerad och avvek från platsen tillsammans med en annan man sekunderna efter dådet. Finns det inga vittnen till dagens händelse?"

"Vittnen till händelsen finns men ingen kan identifiera männen. Det hela gick väldigt snabbt. Männen var svartklädda och tog sig obemärkt därifrån innan polisen hann komma. Vi spärrade av så fort vi anlände men har svårt att stänga av hela Arlanda."

"Är mannen eller kvinnan kända av polisen tidigare?"

"Det kan jag inte yttra mig om."

"Hade de någon hotbild mot sig?"

"Det kan jag inte yttra mig om."

"Har ni några som helst spår av dagens pistolmän?"

"Nej."

"Är det någon som har sett något av dagens händelser? Hör av er till polisen på deras tipstelefon."

Ett nummer rullade i rutans nederkant och Pauli drog ner rullgardinen och tände brasan.

Tidningspapper längst under och efter det några smala stickor. För säkerhets skull stänkte han på några droppar tändvätska. Pappret tog sig snabbt och lågorna smekte pinnarna. Han lade på ett par björkkubbar och tog elden fart i barken och det sprakade hemtrevligt om brasan.

Han blev sittande och tänkte på sin uppväxt. Att hämta ved mitt i vintern iförd trasiga kängor och nakna händer. Att värma den vattniga soppan på spisen och dricka maten istället för att äta. Somna frusen och vakna frusen. Och gå till skolan utan frukost. De fick även känna på skammen och pikarna eftersom de enbart hade två vinterjackor i familjen.

Året efter kom lilla Elena och det blev en mun till att mätta. Det var då han tröttnade och började snatta. Först ensam och sedan med sina syskon. Mat i mataffären, bröd och kött.

Ingen hemma undrade var han hade fått tag i det. Det var viktigare att mätta hungern. Senare blev det plånböcker i herrarnas fickor och portmonnäer från kvinnors handväskor.

Efter några år blev det grövre rån. Han började sälja sina tjänster till andra vid de tillfällena det gällde indrivning och fann att det var en lönsam bransch. Aulis var han sedan länge förtrogna följeslagare och de jobbade bra ihop. Det var den enda som Pauli kunde lita på. I alla fall till nittionio procent.

Pauli var naturligt bred om axlarna och det tog inte lång tid att lägga på sig muskelmassa men hjälp av steroider. Det slutade han med efter att ha misshandlat en tjej. Det slog slint i skallen och hennes ansikte blev sig inte riktigt likt igen.

Hans längd och karga ansikte i kombination med kroppen gjorde honom till ett monster om han inte fick som han ville. Ibland hade han enbart behövt visa sig för att få det han ville. En gång hade en ung kille i sjuttonårsåldern svimmat när Pauli slagit in hans dörr. En annan gång var det en pundare som hoppat ut genom fönstret på fjärde våningen. Uppenbarligen hade han föredragit det mot att träffa på Pauli.

Doften från köket vittnade om att maten var på gång. Han sträckte på sig och satte sig i soffan. De nötta kuddarna gjorde att han sjönk ner djupt. Efter att ha slutit sina ögon kände han tröttheten sprida sig. Teveljudet var på och han fortsatte slölyssna. Chansen att Johan skulle vakna och sticka, ansåg han inte var stor. Efter maten fick han ta sig en titt i bilen så att allt var som det skulle.

Han var lättad över att det inte fanns några vittnen och att kamerorna hade missat deras språngmarsch. Mindre nöjd var han över misstaget med kvinnan. Han drog med händerna över ansiktet. En begynnande huvudvärk gjorde sig påmind.

Var hade hon kommit ifrån? Och varför gick hon så tätt bakom Lennart? Nåja, det skulle han få reda på då de släppte hennes identitet. Tog nog bara ett par dagar innan journalisterna luskade ut det, kontaktade familjerna och lät dem gråta ut i en fin tidningsintervju. Det spelade inte någon roll hur folk hade levt sina liv. Den dagen de dog var de alltid änglar.

Oskyldiga små änglar.

Pauli hörde Aulis slamra i köket och kröp ihop under en filt. Han funderade på hur Gustaf Lilliecroona skulle reagera på fingret. Pengar fanns det i alla fall och troligtvis skulle han betala. Johan Lilliecroona fick lida under tiden och det var det värt. Frågan var om de skulle släppa honom eller enbart döda honom. En kula i nacken var enklast. Men de var tvungna att hålla honom vid liv ett tag till. Kom det inga pengar i första skedet kunde de skicka ett öra.

Det tricket hade Pauli använt sig av tidigare. En gång blev det två öron innan gubben pröjsa fyra miljoner för sin dotter. När de fått pengarna var Paulis så trött på allt att han sköt henne. Ett nackskott.

* * *

Gustaf släppte in Dolly och Parton och ställde ner varsin skål med vatten. De lapade glupskt i sig och han torkade upp vattnet de spillt på golvet. Innan han gick upp tog han ett äpple från fruktkorgen med sin brunbrända näve och njöt av en stor tugga. Han gick med lätta steg och kände sig mer utvilad än på länge. Att åka på weekendsemester hade inte varit så tokigt i alla fall. Om man jobbade undan innan avresan och var effektiv, skulle de kunna boka in en liknande helg om något halvår. Han var förvånad över hur han njutit när de väl kommit iväg hemifrån och redan börjat tänka på nästa semester.

Charlotte höll på att packa upp på rummet och han log när han hörde henne smånynna.

Deras äktenskap hade livats upp den sista tiden. Men vill ha något får man också offra något, hade Gustaf lärt sig.

"Jag måste in till butiken så fort jag packat upp. Vi väntar på en leverans från Kina som är försenad." Charlotte hade hört honom komma och stack ut huvudet genom sovrumsdörren.

"Och den kommer på en söndag?"

"Kan komma när som helst. Jag äter i butiken. Gör du ordning något eget?" Hon lade huvudet på sned och log.

Han tittade på henne innan han gick fram och gav henne en kyss. Det smakade mer och han kände hur lusten väcktes. Doften av henne var det bästa han visste.

Semestern hade varit lyckad. Hon hade fått bestämma allt. Vart de skulle åka, var de skulle bo och vad de skulle göra på dagarna. Först hade han trott att shoppingen skulle prioriteras och han såg sig själv sitta på en pall i någon exklusiv butik och tvingas le oavbrutet samtidigt som hon visade plagg efter plagg och bad om smakråd. Men det hade endast blivit några korta besök i enstaka affärer.

I stället hade de vandrat hand i hand, varit på en båtutflykt och besökt ett par museer. Han hade njutit varje sekund. Stillsamma middagar med goda viner på små mysiga kvarterskrogar och tidiga morgnar där de sett solen gå upp i horisonten. En riktig drömsemester.

"Ska du jobba på en söndag?" Han lutade sin panna mot hennes och gav henne än en kyss.

"Mm, ska in och kolla läget. Chang har allt under kontroll. Jag behöver inte bli sen, om du inte vill."

"Kör försiktigt, det ska visst bli sämre väder."

"Jag lovar." Hon tog sig loss ur hans grepp och stängde sovrumsdörren med glimten i ögat. Dörrklockan plingade och Gustaf skyndade sig ner för att öppna.

"Gustaf Lilliecroona?" En kille på motorcykel hade stannat utanför och sträckte fram ett kuvert. Han hade hojen igång och hjälmen kvar på huvudet.

"Ja, det är jag. Ska jag signera någonstans?"

Innan Gustaf hade hunnit reagera satt killen på motorcykeln och drog iväg. Snön yrde och Gustaf backade in.

"Lustigt. Är det företagspaket som kommer på en söndag? Vad är det som är så viktigt?" Han började öppna men blev avbruten av telefonen i biblioteket.

"Sablar." Han höll på att snubbla över Parton när han vände och sprang uppför trappan. "Akta dig gubben."

Kuvertet landade ihop med den övriga posten som täckte skrivbordet. När han sträckte sig över skrivbordet föll det ner på golvet.

"Lilliecroona."

"God dag, är det Gustaf?"

"Stämmer." Gustaf kände igen polismannen Svenssons röst efter alla förhören och kände att han var tvungen att ta ett djupt andetag.

"Vi har jobbat vidare med olika misstänkta och behöver prata med din son Johan."

"Misstänkta? Men Johan kan inte vara misstänkt?"

"Vi vill prata med honom och höra honom upplysningsvis. Han kan ha sett något kvällen det brann."

"Men han var ju skadad. Hela han var alldeles… Jag såg själv då vi kom dit och…" Gustaf var tvungen att sätta sig ner.

"Vi behöver ha tag i honom. Finns han hemma eller?"

"Nej, jag har inte pratat med honom på ett tag. Min fru och jag har kommit hem från en semester. Johan har en egen lägenhet och tror han är hemma. Har ni sökt honom i hemmet?"

"Jaha, är det därför vi inte har hittat honom?"

"Möjligen."

"Vi åker dit på en gång." Svensson lade på och tittade på Karlsson.

De hade kommit överens om att säga att branden var orsaken till att de ville träffa honom. Att säga att han var misstänkt för dråp alternativt mord och att de hade misstankar om att han krängde kokain kunde de vänta med att upplysa honom om.

"Han kan inte hålla sig undan längre."

En stund senare stod de utanför Johans port och konstaterade att det var någon som roat sig med att slänga varor på trottoaren.

"Undrar vad som har hänt? Ser ut som om någon har blivit släpat ut hit och…"

"Kommer du? Vi ska äntligen plocka in Johan och du snackar om kälkspår." Svensson blängde irriterat.

"Jag kollade runt, ok."

De gick upp och ringde på.

"Hej, vad vill ni?" Anna öppnade med ett förvånat ansiktsuttryck.

"Vi söker Johan Lilliecroona. Bor han hos dig?"

"Ja, men han har inte kommit hem än. Han är och handlar." Hon tittade på klockan. "Han borde ha varit hemma för en kvart sen."

"Kan du be honom att han kontaktar oss snarast möjligt." De lämnade numret och gick ut.

Karlsson blängde på spåren igen och bakom gardinen i köket stod Anna och tittade på systempåsen som fladdrade och varorna som låg utspridda. Kollegorna fortsatte mot centrum.

* * *

Gustaf flinade och skakade på huvudet. Johan hade flyttat ett halvår tidigare, hur hade de missat det? Det verkar inte ens som den svenska polisen hittar sitt eget arsle ens även om någon upplyste dem om var det satt. Han gick fram till fönstret och såg ner mot sjön. Hade inte hundarna fått tag på benet den ödesdigra dagen, hade kvinnans kropp inte blivit upptäckt. Han rös och gick tillbaka mot skrivbordet.

Dolly hade fått tag på det bruna kuvertet och viftade glatt på svansen. Hon sprang ut och började proceduren med att få fram innehållet.

"Dolly, inte ta kuvertet. Kom hit med dig." Han rusade ut efter hunden och krockade med Charlotte i hallen.

"Vilken fart det var på dig. Var det någon som kom?"

"Ja, ett brev."

"Jaha."

"Vart tog Dolly vägen?"

"Nerför trappan, tror jag. Busar ni?" Hon tog väskan och följde efter Gustaf som med snabba steg susade nerför trappan.

"Har du hört något från Johan?"

"Nej, jag åker."

"Dolly, kom hit." Han blev stående i hallen och hoppades att hon skulle komma fram. Ett vitt papper fångade hans uppmärksamhet på tröskeln till köket och han tog upp det.

"Vi ses senare." Charlotte slog igen porten utan att vänta på något svar.

Det var något med kuvertet som fick Gustaf att vara på sin vakt. Sist han fick ett vadderat kuvert hade innehållet chockat honom ordentligt. En sexfilm med hans Charlotte sög av en ung, vältränad hingst i form av Patrick Sjöö. Han mådde illa av tanken. Det kunde väl inte vara fler vidriga överraskningar på gång?

Han hörde Dolly gnälla från köket medan han vecklade ut lappen och stirrade på texten.

Tre miljoner om tre dagar ska vi ha. Annars dödar vi Johan. Kontakta inte polisen. Vi kontaktar dig.

Luften gick ur Gustaf och han höll sig i dörrkarmen för att inte falla ihop. Var det ett skämt, eller? I så fall, vem hade den dåliga humorn? Dolly skällde till och fick honom att gå in i köket.

Hon satt framför diskbänken och delar av det bruna kuvertet låg utspritt. Gustaf stannade upp och trodde inte sina ögon. Mitt på golvet låg ett finger med en guldring på. Det var klackringen som Johan fått av sin farfar.

Kapitel 31

Kinden var randig eftersom han legat på jackans dragkedja. Benet dunkade och handen var bortdomnad. Efter att ha konstaterat att han var ensam började han röra på benen. Smärtan var enorm och svetten i pannan började framträda.

Johan kände något vasst bakom ryggen. En kant av något slag som kom bra till pass. Efter att ha gnidit buntbandet mot kanten tillräckligt länge gick det av. Hela hans kropp var kall och stel och det tog flera minuter att sätta sig upp och få bort tejpen runt huvudet och fötterna. När han äntligen var fri kröp han fram över ryggstöden och satte sig på förarplatsen. Han lyssnade noga men kunde varken se eller höra någon i ladan. Tankarna snurrade i hans huvud medan handen värkte. Det dunkade likt ett gammeldags lokomotiv.

Bilfärden hade varat i ungefär trettio minuter vilket gjorde att de inte kunde vara allt för långt ifrån Katrineholm. Dessutom hade de stannat, troligtvis på en mack. Sista biten hade bilen kört sakta och med tanke på guppen var de en bit ut i skogen. Ladan han befann sig i var gigantisk. Högt i tak och glest mellan brädorna. Det stod tre traktorer i ena hörnet och alla såg ut att kunna platsa i antikrundan. Vid ena väggen hängde en gammal sadel och nedanför låg det en trave björkved. Längre bort stod ett par metalldunkar och en vedkap.

Bilnycklarna var givetvis borta och han hade ingen aning om hur man tjuvkopplade en bil. Om han försökte och den inte gick igång, kunde det höras och de skulle komma tillbaka på en gång. Lyckades han blev han tvungen att köra genom de stängda dörrarna. Han suckade och lutade huvudet bakåt. Det var vid det tillfället han fick syn på toppen av en nyckel som stack fram från solskyddet. När han fällde ner det kom en hel nyckelknippa fram. Det såg ut att vara lägenhetsnycklar och nycklar till bankfack. Han provade bilnyckeln. Den passade. Jackpot.

Han klev ur bilen och lämnade dörren öppen. Genom brädorna i dörren såg han att de var låste med ett hänglås. Han försökte spana ut men såg endast ett rött torp omgärdat av fruktträd. Bakom torpet fanns det ett utedass med ett hjärta sågat i dörren. Röken från skorstenen steg mot skyn och han kände han hur han frös. Han måste härifrån och det fort.

På ladans baksida fanns en smal dörr som var stängd med en vanlig hake. Efter två rejäla sparkar flög haken av och dörren öppnades. Rädslan att de hade hört honom var stor men han måste agera snabbt.

Han öppnade locket på dunkarna och konstaterade att det var bensin. Han fick en idé.

Mellan bilens säten låg det ett par tändare och han hämtade den ena och tog med sig dunkarna ut. Baksidan av torpet hade enbart ett fönster och rullgardinen var nerdragen. Han smög fram och hällde ut bensinen runt torpet. Det torra träet drog åt sig vätskan som en kamel i Sahara.

Det hela tog enbart några minuter men Johan tyckte det tog en evighet. Han fick krypa runt längs med sidorna och på framsidan. När han var klar var det dags att tända på.

Han provade en gång, två gånger och tre gånger. Tändaren fungerade inte.

"Helvete, det är inte sant." Han slängde den i en snödriva och sprang in i ladan igen. Den andra tändaren visade sig fungera och elden tog sig lika bra som brasan på insidan. Allt blev övertänt på några minuter och eftersom Pauli och Aulis hade somnat, tog deras lungor snabbt emot den giftiga röken medan Johan startade bilen och körde ut genom ladan. Hänglåset flög iväg och han var ute på den asfalterade vägen efter fem minuter. I baksätet stod en dunk bensin.

Det gamla torpet hann brinna ner till grunden innan brandkåren var framme. Bensin och torrt virke gifte sig bra med blåsten.

Handen dunkade och Johan försökte lokalisera var han befann sig. Efter tjugo minuter såg han ljuset över Katrineholm och fundera på vad han skulle göra. Med nio fingrar kvar behövde han uppsöka sjukhuset. Frågan var hur han skulle förklara skadan.

De högg av mig fingret för att jag eldade upp hans syrra av misstag. Efter det passade jag på att hälla ut ett par dunkar bensin och tända på, innan jag stal deras bil och körde ut genom de stängda dörrarna. Grabbarna innebrända och huset borta och jag undrar om ni har tid att sy ihop min hand.

Han kände efter i jackfickan. Mobilen fanns kvar. Han böjde sig ner för att ta den men den och föll och landade golvet. Han böjde sig igen och i samma ögonblick hoppade en hare ut från vägkanten. Johan bromsade men kunde inte undvika att bilen kanade ner i diket.

"Faan, detta är inte sant." Han lade i backen och försökte komma upp. Efter fem minuter gav han upp. Däcken hade sjunkit ner och fortsatte han försöka ta sig upp skulle han behöva en bärgningsbil. Han suckade och efter en stund ringde han Philip.

"Vad gör du?"

"Inget speciellt. Vad konstig du låter. Har det hänt något?"

"Ja, det kan man säga. Jag behöver hjälp." Johan förklarade kort vad som hänt och kände ett illamående komma.

"Vad håller du på med? Vad menar du, ett finger borta?" Philip stannade upp mitt i en tugga av oxfilépizzan.

"Jag måste ha hjälp, jag kommer inte upp från diket."

"Är du i diket? Det är inte bra."

"Vad fan ska jag göra? Anna har ringt på mobilen och jag måste ha en riktigt jävla bra anledning till att inte ha kommit hem."

"Var är du? Stanna, jag kommer. Och du, städa ur bilen." Han reste sig och grabbade tag i jackan. Ett par hundra i kontanter landade på disken innan han lämnade Olympus.

Johan hade inte några mängder att städa ut. Han dränkte in bilen i bensin och kollade tändaren flera gånger innan han hörde Philips bil.

"Vad är det som händer?"

"Kommer du ihåg snubbarna som besökte lägenheten då du och Lennart var där?"

"Vilken lägenhet? Menar du den i Stockholm?"

"Exakt. Den ena snubben är brorsa, eller halvbrorsa eller något annat skit till Elena. Tjejen vars lik hittades bakom herrgården."

"Vad?"

"De bestämde sig för att kidnappa mig och pappa har troligtvis fått ett brev med mitt finger i." Han höll upp handen och Philip backade då han såg det röda bandaget.

"Fan, det låter som en taskig svensk deckare som filmatiserats."

"Det är fan ingen deckare. Det är real life, Philip. Och jag håller på att förblöda. Så vad gör vi?"

"Tänd på. Jag vet en veterinär som jobbar jämt."

* * *

Det var dags att äntligen tid att träffas i lugn och ro. Jobben hade staplats på hög och eftersom ingen av dem ville tacka nej var almanackans alla dagar fullkletade. Roger hade beställt bord och satt i baren och drog med fingret runt martiniglasets kant. Efter dagens producentmöten som dragit ut på tiden, hade han känt sig stressad och nervös inför mötet med Claes. Samma kostym som under dagen och ingen ren skjorta. Han luktade inte direkt tårta. Nåja det kunde vara värre. Men han ville visa sig från sin bästa sida och rättade till skjortkragen för tredje gången.

Roger hade beundrat Claes från första gången han såg honom. Snärtiga repliker med inlevelse och en karisma som stod utanför det ordinära. Han visste inte om det var vid det tillfället eller när han träffade honom på en fest några veckor senare som han blev förälskad. Men vad han märkte var att Claes också var intresserad. Även fast det hade suttit en ring på hans finger som det stod ett kvinnonamn i. Kvinnor, usch. Han rös vid tanken. Kul att jobba med men så fixerade vid sina kroppar och sitt yttre att han fick avsmak vid bara tanken på dem. Nej, en ung man var det bästa som fanns.

"Är det du som är tidig eller är det jag som är sen?" Claes seglade in med ett brett leende på läpparna. De nyblekta tänderna fick Roger att tänka på tandkrämsreklam.

"Det är jag som är tidig." Roger skrattade och tryckta hans hand.

Claes gav honom en klapp på axeln och dröjde med blicken innan han slog bort den. Han hade under långt tid velat lära känna Roger. En man med den kreativiteten och skaparglädjen kunde inte vara annat än spännande.

"Trevligt ställe." Claes spanade in de välmanglade dukarna och de stora kristallkronorna. "Det är fint."

"Ja, verkligen. Jag går enbart hit vid speciella tillfällen."

"Kul att vi fick till det. Jag är inte ledig ofta nuförtiden jag heller."

"Jag är hungrig. Vi repade extra. Lena är värdelös på stämmorna och pianisten var sen och…"

"Skit i den trista produktionen."

"Ja, ursäkta, jag är alldeles uppe i jobbet. Det rullar på hela tiden." Han blev röd om kinderna och frågade sig själv varför han började rodna.

"Du behöver slappna av en stund. Relaxa och ta en drink."

"Det har du rätt i." Claes tittade på honom och på något sätt var det som om han sjönk in i hans ögon och försvann. En märklig känsla som gjorde honom yr och nyfiken.

"Jag har tänkt att vi kunde prata business du och jag. Och jag lovar

dig att jag har betydligt roligare saker på gång än konserten ni repar in."
Roger lekte med oliven och sneglade på Claes.

Frågan var om han var intresserad. Det borde han vara. De hade inte
jobbat ihop någon gång men sprungit på varandra på premiärer och hört
talas om succéerna den andre medverkat i. Roger hade varit teaterpro-
ducent i över tjugo år och kunde branschen på sina fem. Claes räkna-
de sig fortfarande som nykomling, men eftersom han jobbat intensivt
och brett, hade han skaplig koll på nöjessverige och vilka som styrde.
Eftersom Roger frågat honom om de kunde äta en bit mat ihop hade han
genast tackat ja. Det var viktigt med nya kontakter och Roger verkade
vara en kille som hade koll på både uppsättningarna och ekonomin i de
projekt han drivit. Det gillade Claes. Det fanns en uppsjö av kreatörer i
branschen, men få administratörer som fick sopa upp.

Claes fick en martini serverad av killen i baren som passade på att
heja glatt. En misslyckad skådis som levde på statistjobb och slavade
till tidiga morgnar i olika barer. Den tiden var förbi för Claes. Han heja-
de tillbaka och följde efter Roger som började gå mot bordet.

Han var nyfiken på vad Roger hade i kikaren den närmsta tiden och
hade försökt luska men ingen visste vad som rörde sig i den mannen
hjärna. Roger hade många projekt på gång i hela Sverige och hade varit
en språngbräda för flera unga musikalartister då de ville ut i Europa.

Hans kontakter skulle en karriärsugen skådis kunna döda för.

"Tala om." Claes lutade sig fram och placerade den välpressade ser-
vetten bredvid glaset.

"Är du nyfiken?"

"Ja, har du sagt a får du säga b."

"Låt oss säga så här. Jag har fått rättigheterna för en av de bästa musi-
kalerna och håller på att sätta ihop en ensemble för tillfället."

Claes kände att pulsen ökade och tänkte fråga vad då de blev avbrut-
na.

"Vad önskar herrarna äta." Servitören hade känt igen Claes och Roger
och gjorde sitt bästa för att få uppmärksamhet. Roger himlade med ögo-
nen och beställde oxfilé och pommes. Den som jobbar på krog istället
för på scenen bör stanna på krogen, tänkte Roger.

"Jag också." Claes slog ihop menyn och servitören lommade iväg
med oförrättat ärende.

Roger höll Claes på halster genom att fråga honom vad han själv hade för kommande projekt på gång även fast han visste vad det var. Det dröjde ända tills servitören kom in med maten innan han berättade om sitt erbjudande.

Han gillade att höra Claes berätta. Han gillade att se på honom och konstatera att han var lika trevlig som han såg ut. Det skilde åtta år mellan dem men det var inget som märktes.

"Jag vill ha dig… jag menar i rollen. I La cage aux follies. Premiär om ett år och två dagar." Roger kom på sig själv med att ta Claes hand. När han märkte att han inte drog undan den kramade han den hårdare och de blev fast i varandras ögon.

"Jag vet inte vad jag ska säga. Det kom lite hastigt."

"Jag har beundrat dig länge Claes. Du är en fantastisk begåvning och jag måste få jobba med dig."

"Tack." Tack? Det kändes som ett torftigt svar men det var det bästa han kom på.

Om det var rollen eller närmandet som Claes reagerade på visste ingen av dem förrän de befann sig på hotellrummet. Han både ville och inte ville. Roger började smeka honom och gav honom en kyss. Efter det försvann allt tvivel. Det var det här som var det rätta. Linda var endast en vän numera. Kärleken var borta och det var hans fel. Men det spelade ingen roll.

Händer och läppar överallt. På platser de aldrig varit förut. Hämningar som gav vika och spänningar som släppte. Lyckorus och åtrå. Ett fyrverkeri av känslor.

Roger var en fantastisk älskare och Claes nådde höjde han sällan kommit i närheten av tillsammans med Linda. En ny dimension som han plötsligt upptäck. Med en annan man. Efter kärleksstunden låg de stilla i varandras armar och enbart andades. Roger smekte Claes kinder och drog upp täcket över dem.

Tystnaden var skön att vila i. En dörr slog igen i korridoren och fick Claes att slå upp ögonen och komma tillbaka till verkligheten. Ångesten kom krypande. Han satte sig upp och kände Roger som satte sig bakom honom.

"Ångrar du dig?"

"Nej. Jag …" Claes visste inte var han skulle göra av sina händer.

"Hoppas du inte ångrar dig för jag... jag…"

"Nej, det blev omtumlande. Det blev snabbt på och…"

"Jag vill gärna träffa dig igen. Men jag vill att du också ska vilja."
Han strök bort en hårslinga från Claes ansikte och gav honom en djup kyss.

"Jag vill." Barriären var försvunnen och han kände sig som en hundvalp som kommer ut på gräsmattan för första gången. Nyfiken, avslappnad och med glimten i ögat. Beredd att ta sig ann allt roligt och spännande som fanns att se och uppleva.

"Kom vi tar en dusch." Roger tog hans hand och ledde in honom i badrummet. Efter en lång dusch tog de på sig och Claes tittade i smyg på Roger. Spanade in hans stolta hållning och kroppen som inte hade ett uns fett. Han kände sig lycklig.

Ett sms plingade till och han kollade om det var nya reptider som levererades inför morgondagen. Det var det inte. Det var Linda som messade. Han var på väg att lägga ifrån sig mobilen när han stannade upp. Han satte sig på sängen och läste meddelandet igen. Jag är gravid.

Kapitel 32

Stormen fortsatte dra in över landet och tog med sig träd, tak och annat löst material som lämnats kvar ute. De flesta höll sig inomhus och de barn som tagit sig till dagis eller skolan var inne på rasterna. Flera bussar hade hamnat i diket och bärgningsbilarna jobbade för högtryck.

Svensson stod framför den nya white boarden och tittade på alla foton han satt upp. Det såg ut som ett avsnitt av Criminal Minds, det var enbart en profilering som saknades.

Tidsaxeln som fanns i nederkanten var som en avbild av Brottskod försvunnen. Han hade sett båda serierna och var fullständigt uppslukad av hur de arbetade. Han var övertygad om att det kunde implementeras i större skala på polisstationen i Katrineholm. Därför hade han, mot sin chefs vilja, köpt in en stor white board till sitt kontor. Gliringarna han fått av kollegorna rann av honom direkt.

Han gick igenom anteckningarna en sista gång innan han tog på sig handskarna och ropade på kollegan. Det var det dags. Karlsson kom gående i korridoren med mobilen i högsta hugg. Han var inte lika säker som Svensson på knarkaffärerna. Hur kunde det vara möjligt att Charlottes lampaffär var en av Sveriges största knarkcentraler? Det var obegripligt och han skakade på huvudet varje gång Svensson påstod det.

"Är du klar? Vi tar och kollar läget." Svensson var förväntansfull och gick med lätta steg.

"Kollar läget? Om det är rea på några lampskärmar eller?" Karlsson suckade.

"Kom."

Karlsson fick hänga på i brist på annan sysselsättning. De gick ut i garaget för att hämta en bil. Svensson var fullt fokuserad. Han tog på sig bilbältet och stämde av de sista detaljerna.

Han måste ha rätt i sina antaganden. Hur hade det annars kunna kommit in den mängden med droger sista tiden? Katrineholm svämmade över av mer och mer skit och han och hans kollegor jobbade häcken av sig för att lösa allt.

Dessutom hade flera personer från andra städer som var involverade i drogaffärer, setts i Katrineholm den sista tiden. De kom inte för att fika, det var en sak som var säker.

I samma sekund som de körde ut kände de vinden ta tag i sidan på bilen, det kändes som den lyfte från marken.

"Fan vilken storm, ska det pågå länge?" Karlsson drog ner mössan i pannan. Han frös och såg hur snön yrde.

"Vi skiter i om det stormar, så länge de inte har blåst bort."

"Skulle inte tro det."

"Jag ger mig fan på att Johan är skyldig."

"Tror du det? Hur kan du vara säker på det? Kunde i och för sig vara skönt att sy in den typen ett tag."

"Ja, Lennart verkar vara ute ur bilden."

"Verkar vara?" Karlsson stirrade på Svensson. "Tror du den jäveln återuppstår, eller?"

"Man kan aldrig veta. Du såg hur det gick med Patrick och Thomas. Kryper ut ur bilvraket, plastikopererar sig och fortsätter köra. Man har fortfarande inte hittat dem. Hur fan är det möjligt?"

Svensson körde ut på Djulögatan och var nära att köra på en cyklist som, trots snön, kom farande med dålig balans på gatan. Han fick tvärnita och svor en ramsa. Han svängde av vänster på Drottninggatan såg de att det lyste i butiken.

"Så bra att de jobbar en söndag." Svensson saktade in och stannade på en parkeringsficka.

"Är de på plats menar du?" Karlsson reste sig nästan i sätet av upphetsning.

"Kan du ge dig fan på. Ser du pallen utanför? I den finns varorna." Svensson pekade och stannade bilen.

"Du tror att knarket ligger i varupallen? Och Charlotte fattar inte vad de håller på med eller?" Karlsson flinade mot kollegan.

"Jag vet inte. Det kan vara så att kokainet kommer in med möblerna också. Vi måste spana."

"Spana och spana, kan vi inte ta en fika på norr? Det ser dött ut."

"Konstigt att pallen står på trottoaren. Undrar varför de inte lämnat den på lastkajen på baksidan."

"Ingen aning. De kanske kom tidigt imorse."

"Kan vara möjligt. Ingen större trängsel i centrum i alla fall."

"Ingen vill gå ut i den här blåsten."

Han rös vid tanken på att behöva gå ut ur polisbilen. Hade han gjort det och lyft blicken hade han troligen sett pipan på Thomas PS 90 uppe på taket. Han och Patrick hade fri sikt men led av blåsten. Kikarsiktet var på plats och Thomas drog ner mössan en centimeter till. Filten han hade lagt över sig och Patrick var blöt och tung av snön. De var trötta av allt jagande på familjen Lilliecroona. Varje gång de tänkte hämnas, sket det sig och de fick börja planera på nytt. Men rättvisa skulle skipas även om det var i senaste laget.

"Och vem fan dyker upp på gatan, om inte Kling och Klang." Patrick suckade och pekade på Svensson och Karlsson som stannat och gått ut ur bilen.

"Klarar vi av det i blåsten?"

"Vad fan, jag tänker inte packa ihop och avbryta om det var det du trodde. Han siktade och försökte komma in i rätt andning.

De hade tagit med sig ett extragevär. Det var Thomas som hade propsat på det.

"Varför? Vi klarar oss med ett gevär."

"Vi tar två. Jag vill också skjuta."

Patrick var den som skjutit bäst. Både på skjutbanan och i lumpen. De hade bestämt att han fick äran att fälla det avgörande skottet. Men i sista sekund hade Thomas plockat med sig ett gevär till. Han struntade i att brorsan muttrade.

Patrick siktade. Han var stadig på handen och fick in Charlotte i blickfånget. Smällen skar i öronen och när pipan sprängdes blev det enbart trasor kvar av ansiktet och händerna. De vita flingorna som landade färgades röda och Thomas blev paralyserad.

"Brorsan, vad fan händer?" Han föll på knä och ögonen tårades. När han tog i Patricks axel blev hans hand blodig och han backade instinktivt. Det fanns inget kvar av Patricks överkropp och han fick ta ett snabbt beslut. Skottet hade ekat i halva stan.

Thomas tog det andra geväret och sköt som om han befann sig i trans. Flera skott gick av och han var knappt medveten om han träffade eller inte. Efter skjutningen, plockade han snabbt ihop geväret, tittade en sista gång på sin bror och drog filten över de rester som fanns kvar. Efter det sprang han mot dörren som tog honom ner till parkeringen och bort från huset. Händerna var blodiga och han torkade av sig på byxbenen. En stund senare satt han i flyktbilen med geväret i bagaget och tårar i ögonen. Han drog bort snoret från näsan med ena handen och startade bilen med ett ryck.

Vad hade det varit för fel på geväret? Vad hade Sinus levererat för skit? Pipsprängning var inte vanligt men visst förekom det. Han tog upp mobilen och ringde Sinus som svarade efter två signaler.

"Tjenare."

"Vad fan var det med geväret? Hela jävla pipan smällde. Brorsan är död och det har gått åt helvete."

"Det gör det om man jävlas." Sinus bet på naglarna och hällde upp kaffe.

"Vad menar du? Tala om vad fan du menar?" Thomas skrek och höll på att köra i diket.

"Ja, vad fan tror ni att ni får eftersom ni kommer med en påse falska sedlar?"

Det blev tyst i luren och Thomas körde in till kanten.

"Falska sedlar är ingen man lämnar till mig. Det borde du veta. Jag utför allas tjänster till belåtenhet, men får jag inga riktiga pengar blir det skit. Skit in, skit ut."

Sinus lade på och Thomas stirrade på luren. Det betydde att påsen med pengar från Lingbo innehöll falska sedlar. Hur hade det gått till? Vem hade sett att de var i torpet?

* * *

Karlsson gäspade samtidigt som han drog ner mössan och det första skottet brann av. Varken han eller Svensson uppfattade var skottet kom ifrån. Och vem tusan var det som sköt på Drottninggatan, en söndag?

Det måste vara någon som hade med drogerna att göra, tänkte Svensson. Lennart var utesluten, Charlotte räknade han bort direkt och efter det återstod Johan och Chang. Men varför sköt de och på vad?

De slängde sig bakom polisbilen och Karlsson larmade kollegorna på stationen. Efter en stund avlossades flera skott i en tät följd och de kröp ihop som små köttbullar.

"Var kommer det ifrån?"

"Jag tror det är någon jävel som ligger på taket. Får du tag i kollegorna?"

"Är det någon som har startat världskrig eller?"

"Du ska se att jag har rätt." Svensson log med hela ansiktet medan Karlsson hötte med näven åt honom.

"Det är någon uppgörelse på gång."

"Vad ska vi göra? Vi kan inte ligga bakom bilen som statister i en Beck-film?"

"Varsågod och kliv fram och säg något om du vill. Testa med, Time out, eller, vi tar en vattenpaus."

"Håll käften. Vi får vänta in kollegorna. Ser du någon i butiken?"

"Gubben är visst på plats. Han står och glor i fönstret."

Chang hade ägnat morgonen åt att prismärka varor och fyllt på i hyllorna. Efter lunch tänkte han skylta om i fönstret. Han hade ingen aning om att Charlotte skulle dyka upp och hon hade precis kommit innanför dörren och hängt av sig i pentryt samtidigt som första skottet föll.

"Vad var det?" Hon tappade påsen med sallad.

"Jag vet inte, det lät som ett skott." Chang stirrade på henne. "Men det kan det inte vara. Inte på denna gata."

"En bil möjligtvis." Chang gick fram till fönstret och fick syn på polisbilen. Han backade eftersom det kom en ny skottsalva.

"Vad ska vi göra?" Charlotte stod paralyserad och sirrade ut genom fönstret. "Snöar det?"

En vit pelare med kokain dansade upp från den trasiga pallen med kartonger som innehållit kuddar och filtar från Kina. Hennes första tanke var att det var kuddarnas stoppning som flugit ut och hon var på väg ut ur affären när hon möttes av Svenssons röst.

"In med dig, gå in igen, de skjuter." Han viftade med handen och Charlotte backade in.

"Mina varor." Hon såg kuddarna och filtarna, indränkta i snö och ett vitt pulver. I ren förskräckelse rusade hon ut och sekunden senare föll hon till marken och pulvret färgades rött.

"Men fattar hon ingenting? Varför gick hon ut?" Karlsson låg ihopkrupen bakom bilen och ingen av dem vågade titta fram.

"Kommer back upen någon gång? Har de fikapaus eller?"

"Troligtvis, vi hinner bli översnöade. Hallå damen, hur är det?"

Inget svar kom från Charlotte som låg med båda händerna tryckta på sin mage. Thomas hade siktat bra. Blodet spred sig som en solfjäder under henne. Hon kved men ingen hörde henne och det enda hon såg var en vit himmel, full av snö och kokain. Sedan blev det svart.

* * *

Chang fattade vad som var på gång och bestämde sig för att sticka. Dels hade han uppmärksammat polisens spanade för flera veckor sen. Han tittade sig hela tiden över axeln så fort han gick ut genom dörren. De hade fått nys om något, frågan var vad och hur mycket?

Lennart hade hela tiden varit säker på att de skulle klara sig men man kan inte veta vad den svenska polisen har för kontakter och spanings-metoder. Ibland kunde de överraska.

Dessutom hade han haft ett förtroligt samtal med Charlotte om vad som hänt familjen Lilliecroona under året innan. Hennes otrohet med Patrick, hur Gustaf fått reda på det och hur de små småningom kommit tillbaka till varandra efter hennes självmordsförsök. Bråket med Claes och hur han till slut räddat Gustaf genom att få fram pengar till en ny skogsmaskin.

Lilss spelberoende och våldtäkten efter hennes uppkomna skulder. Värsta Dallas-familjen, hade Chang tänkt, när allt rullades upp med en skogsbrand och en skadad Johan som grädde på moset.

Han tänkte inte stanna och se vad som hände utan sprang ut på lagret och tog med sig jackan i farten. Han ringde Johan, men fick inget svar. Inte heller Lennart behagade svara och det oroade honom. Han fick prova en stund senare. Det skulle inte vara hälsosamt om någon av dem dök upp vid butiken i den här stunden.

Bakom den långa gobelängen fanns extradörren som ledde ner till källaren. Därifrån kunde han ta sig till baksidan av grannhuset och efter det ut på parkeringen och in på Åhléns för att försvinna i mängden. Några minuter senare kunde han lugnt promenera ut därifrån.

* * *

Gustaf körde från Herrestanäs och fick sladd på bilen redan i första korsningen. Efter några sekunder fick han kontroll på bilen och fortsatte in mot Katrineholm. Snöflingorna dansade ner mot rutan och det dröjde innan värmen i sitsen kom igång. Knogarna vitnade runt ratten och hans ögon tårades. Han orkade snart inte med mer. Hjärtat dunkade som en hammare och hans tankar rörde sig i jitterbuggtakt. Vad var det med den familjen Lilliecroona?

Efter att ha fått styrsel på Johan och fått honom att börja jobba i sko-gen, hade Claes avslöjats med att studera på scenskolan istället för Handels. Efter det hade Charlotte varit otrogen, tagit en överdos och blivit inlagd. Vid hennes hemkomst fick de reda på att Lisa blivit våldtagen och att hennes sparkonton var tömda. Just som han trodde att allt skit hade slutat brann skogen ner och som om inte det var nog hade Johan blivit svårt brännskadad. Räddningen var att Claes kom hem med pengar till en ny skogsmaskin så att Gustaf kunnat börja jobba igen eftersom försäkringsbolaget strulat med ersättningen. Och nu kom detta.

I samma sekund som Gustaf svängde in vid Kuriren, hörde han ett skott. Vad var det som hände? Han tvärnitade och bilen gled flera meter innan den stannade utanför SEB.

Mobilen ringde och han tappade den på golvet innan han fick upp den.

"Gustaf." En irritation fanns i hans röst och han tog ett djupt andetag innan han drog ur bilnyckeln.

"Är det Gustaf Lilliecroona?"

"Det stämmer." Det var något i rösten på den som ringde som gjorde att han stelnade till. "Vad är det som har hänt? Vem är det som ringer?"

"Jag heter Lovisa Geller och ringer från polisen. Är Lisa Lilliecroona er dotter?"

"Ja, det stämmer?"

"Jag har den smärtsamma uppgiften att meddela att er dotter är avliden. Hon har blivit skjuten på Arlanda."

Gustaf förstod inte vad han nyss hört. Lisa befann sig ju i Australien och red. Hon fanns inte i Sverige. Det hela måste vara ett misstag.

"Det måste vara fel."

"Vi har identifierat henne med hjälp av passet."

"Jag kan inte… min son har… måste prata med Charlotte."

Han tog sig ut ur bilen och ramlade på snön men kom snabbt upp på fötter igen. Samtidigt som han sprang mot Drottninggatan hörde han en polis skrika att någon skulle gå in. Han saktade in och tittade bort mot butiken.

Allt stannade av ett par sekunder innan sirenernas tjut tog överhanden. Ingen hörde Gustafs ångestvrål när han såg en kula tränga in i magen på Charlotte. Hennes smala kropp veks ihop på mitten och han såg henne falla bakåt och slå huvudet i trappan. Gustaf rörde sig framåt i slow motion och hörde kvinnan i telefonen prata för fullt, utan att uppfatta vad hon sade.

Han föll på knä vid Charlotte och försökte trycka sin jacka mot blodflödet i magen men märkte att det inte gav någon effekt. Det sista han gjorde var att tappa mobilen. Sedan blev det svart.

www.ingramcontent.com/pod-product-compliance
Lightning Source LLC
Chambersburg PA
CBHW072219170626
46813CB00003B/1011